घर से घर तक
(चर्चित कहानियाँ)

घर से घर तक

उषाकिरण खान

रेमाधव पब्लिकेशन्स प्राइवेट लिमिटेड

ISBN : 978-81-89914-71-4

घर से घर तक (कहानी-संग्रह)

पहला संस्करण : 2008
दूसरा संस्करण : 2024

मूल्य : ₹ 895

प्रकाशक
रेमाधव पब्लिकेशन्स प्रा.लि.
जी-17, जगतपुरी, दिल्ली-110 051
शाखाएँ : अशोक राजपथ, साइंस कॉलेज के सामने, पटना-800 006
पहली मंजिल, दरबारी बिल्डिंग, महात्मा गांधी मार्ग, प्रयागराज-211 001
1, अनमोल सोराबजी संतुक लेन, धोबी तलाव, मरीन लाइंस, मुम्बई-400 002
वेबसाइट : www.remadhav.com
ई-मेल : contact@remadhav.com

मुद्रक
बी.के. ऑफसेट
नवीन शाहदरा, दिल्ली-110 032

GHAR SE GHAR TAK
Stories by Usha Kiran Khan

अनुक्रम

दूब-धान

मंजिल से पहुँचने से पहले गाड़ी की रफ्तार तेज हो गयी थी, और अब एक तीखी आवाज सीटी की अर्थात् स्टेशन नजदीक है। वैसे तो केतकी ने जब से गाँव आने का कार्यक्रम बनाया, तभी से उसकी नींद उड़ गयी थी लेकिन छोटी लाइन की गाड़ी पर चढ़ते ही आँखों ने थकान का अनुभव भी भुला दिया था। प्रसन्नता के अतिरेक में केतकी बावरी हो गयी थी। रात के लगभग एक बज रहे थे जब गाड़ी स्टेशन पर पहुँच रही थी। कितने वर्षों के बाद केतकी अपने गाँव की दहलीज पर आ रही थी। यह अवसर बड़ी मुश्किल से मिला था। चार भाइयों की डेउढ़ी में अकेली लड़की केतकी अपनी भतीजियों-भतीजों की हमउम्र थी। पिता के दो विवाह हुए थे। पहली पत्नी से मात्र चार लड़के थे, दूसरी से केतकी। केतकी माता और पिता के लिए राहु बनकर अवतरित हुई थी। पिता का स्वर्गवास तभी हो गया था जब केतकी गर्भ में थी और किशोरी माता के सम्बन्ध में सुनने में आता है कि विधवा होने के बाद वे केतकी को जन्म लेने देने के लिए ही मात्र ज़ीवित थीं। बड़ी भाभी ने केतकी को अपनी बेटी की तरह पाला था। पालन-पोषण में कोई त्रुटि नहीं आने दी थी। पन्द्रह वर्ष की केतकी ब्याहकर ससुराल चली गयी थी। उसके श्वसुर महानगर में रहते थे। गाँव-घर से कोई मतलब ही नहीं था। केतकी भी वहीं चली गयी थी। गाँव के एक-एक पंछी से बिछुड़ते केतकी का हृदय फटता था, किन्तु नये वातावरण का आकर्षण उसे जीवित रखे था।

इस बीच में कितने परिवर्तन आये। केतकी के भाई लोगों का मकान शहरों में बन गया। सभी भाई नगराभिमुख हो गये। सबसे बड़े भाई चीफ इंजीनियर के पद तक पहुँच गये हैं। सभी ब्याह-शादी शहरों में ही हुए। मुहल्ले की शादियों की तरह केतकी आती और ब्याह का न्यौता पूरा कर चली जाती। पशु-पक्षियों और ग्रामीण जन से अधिक घुली-मिली यह दीवानी लड़की यदि गाँव के सम्बन्ध में कुछ पूछती भी तो माकूल उत्तर नहीं मिल पाता। एक बार बड़ी भाभी से कहा भी था इसने।

''भाभी, गाँव में कोई समारोह करिए, काफी दिन हो गये।''

तो भाभी ने उत्तर दिया था—''गाँव में सड़कें बन रही हैं, घर तैयार हो रहे हैं, फिर देखूँगी।'' केतकी ने यूँ ही कई बार अपने पति से भी कहा था कि एक बार अपने गाँव जाने का मन करता है। उन्होंने यह कहकर टाल दिया था कि गाँव में कौन रहता है? केतकी क्या कहे कि गाँव में कौन रहता है उसका।

भाई-भाभी और भतीजे-भतीजियाँ नहीं रहते हैं तो क्या, पूरे का पूरा गाँव उसका अपना है। वह एक क्षण के लिए भी गाँव को भूल नहीं पाती है। बच्चों की छुट्टियों में सम्पूर्ण भारत का भ्रमण भी उसको सन्तुष्ट नहीं करता, महानगर के पास के साफ-सुथरे कंक्रीट की सड़क वाले गाँव उसे नहीं भाते। लोगों द्वारा 'केतिकी' पुकारना याद आता और याद आता कोसी का मिट्टी-पानी, कोर-कछार। उसके समय में जो नवगछुली बम्बई और मालदह आम की लगी थी वह कितना विस्तृत हो गयी होगी यह सोचकर केतकी प्रसन्न होती। थोड़ा-सा भी समय मिलेगा तो वह जरूर उसपर झूला लगवा लेगी। क्या हुआ माघ है तो, अब झूला लगाने के लिए कोई सावन का इन्तजार तो नहीं करने देगा केतकी को। ''देखा तुमने, बड़ी भाभी की चिट्ठी आयी है कि अब की समीर के बेटों का जनेऊ गाँव में ही करेंगी।'' केतकी ने कहा था।

''अच्छा तो है, अब उनके गाँव तक सड़कें चली गयी हैं, घर भी ठाट का बन गया है।''

''क्या ऐसी ही सड़कें?''

''और नहीं तो क्या, पगली!'' केतकी क्षण-भर को उदास हो गयी थी। फिर सोचा था—अच्छा ही तो है, अब गाड़ी सीधे दरवाजे पर पहुँचेगी। पहले बैलगाड़ी और नाव की सवारी करनी पड़ती थी। उसे याद आया कैसे गौने के

बाद उसकी बारादरी उठाकर नाव पर रखी गयी थी और वह नदी पार कर अपनी ससुराल के घर में देवी को शीश नवाने पहुँची थी। चार दिन की विधि पूरी करने के बाद ही उसकी सास उसे लेकर महानगर चली गयी थीं। तब से केतकी ने कभी इधर का मुख नहीं किया। अपने दरबे से नीचे उतरकर सामने कोसी नहीं देखी, सुनहरी-रूपहली अबरकों वाली सिकता नहीं देखी, कास और पटेर के जंगल नहीं देखे, आम की पीपें घिसकर सीटी नहीं बजायी। केतकी ने सीकी की डलिया में मुढ़ी-लाई नहीं खाये और न ही सीकी के बने कंगन, बाजूबन्द खेल-खेल में सबुजनी से बनवाकर पहने। क्या सबुजनी जिन्दा होगी। केतकी सोचती है और उसका मन दौड़कर धुनिया टोली पहुँच जाता है। गोरे-चिट्टे धुनिया मजदूर और गुलाबी रंगतों वाली उनकी औरतें। केतकी उन्हें देखती ही रह जाती। और यह सबुजनी कितनी सुन्दर थी। गाँव की बेटी थी, गाँव में ही बस गयी थी। सो वह घर-घर मुँह उघारकर घूमती रहती थी। गहरे काले बाल, नीले-हरे बैजनी मारकीन के चूने लिखे चूनर, गोरे मुखड़े पर लाल कान और कान में ऊपरी छोर से क्रम से लटकती पाँच-पाँच बालियाँ चाँदी की। छम-छम करते गहने जौसन-बाजू तक और रुपैया का छड़ा जहाँ बैठती झन-झन बजता। सबुजनी की बड़ी पूछ बड़े घरों में थी। वह सीकी की रंग-बिरंगी सुन्दर-सुन्दर डलिया बनाती थी। उससे सीखनेवालों का ताँता लगा रहता। सबुजनी की दो बेटियाँ फूल और सत्तो ब्याहकर ससुराल जाने-आने लगी थीं और बेटा रहीम कुदाल कन्धों पर रखने लगा था। उसी से केतकी सीकी का बाला-झुमका बनवाकर पहनती थी और फिर तोड़कर फेंक देती थी। सबुजनी लाड़भरी झिड़की देकर फिर रंगी सिकी से केतकी के लिए कंगना बनाने लगती थी। केतकी को सबुजनी का जोर से 'कतिकी...ई...ई...' पुकारना याद आता है। उसे याद आता है कैसे इस्लाम धर्म मानते हुए भी सबुजनी जीतिया और छठ करती थी। छठ की डलिया में सिर्फ फल-फूल देखकर एक बार केतकी ने टोका तो उसने कहा था, "मैं मुसलमान हूँ न, मेरे हाथ का पकाया हुआ भोजन सूर्य देवता कैसे पाएँगे, इसलिए फल-फूल लेकर अर्घ्य चढ़ाती हूँ।"

"ऐसे देवता को क्यों अर्घ्य चढ़ाते हो जो तुम्हारे मुसलमान होने के कारण छूत मानते हैं? मत चढ़ाओ।" केतकी ने आवेश में कहा था। जीभ काटकर कान पकड़ते हुए सबुजनी ने ऐसा बोलने से मना किया। और डाँट भी बतायी।

कहा, "छिमा माँग लो, देवता-पितर के बारे में ऐसा नहीं कहते।" तब लाख यह समझाने पर कि वह कैसे जानती है भगवान किसका खाते हैं, किसका नहीं, वह कुछ सुनने तो तैयार नहीं हुई थी। जैसे ही निर्मल सौन्दर्य की स्वामिनी थी वैसा ही हृदय भी था उसका। जाने अब यदि यह जीवित होगी भी तो कैसी होगी। होगी भी या नहीं कौन जाने। उनके पास कोई अपनी जमीन तो होती नहीं थी कि एक स्थान पर टिके रहें, जहाँ रोजी मिली होगी, चली गयी होगी। नैहर की मिट्टी खाकर थोड़े कोई जी सकता है। खाएगा तो अनाज ही। जमीन वाले ही कौन अब जमीन पकड़कर बैठे रहते हैं। उससे असीमित आवश्यकताएँ कहाँ पूरी पड़ती हैं। केतकी के ही एक भाई चीफ इंजीनियर हैं, दूसरे डॉक्टर और बाकी दो बड़े ठेकेदार। सबकी कोठियाँ राजधानी में बनी हैं। बच्चों की शादियाँ भी वैसी ही हुई हैं। और केतकी के पति भी तो उतनी बड़ी संस्था के विज्ञापन मैनेजर हैं। मोटी तनख्वाह, गाड़ी, महानगर में अपना मकान। मैट्रिक पास केतकी ने महानगर में ही रहकर एम.ए., पी-एच.डी. कर ली। देश-विदेश घूमने से ही फुर्सत नहीं मिलती। छुई-मुई-सी केतकी फूल की तरह कोमल अब गदराकर भव्य महिला हो गयी है। गाँव जाना है, यह सुनकर ही उतावली हो आयी थी केतकी। अपने वार्डरोव में देखा एक भी सूती प्रिण्ट या ताँत की साड़ी नहीं थी। यहाँ सिन्थेटिक के सिवा कोई सूती पहनता भी नहीं। महरी भी सूती साड़ियाँ धोना नहीं जानतीं। हाउस-कोट तक केतकी के पास इम्पोर्टेड थे। पति के ऑफिस जाने के बाद सीधी वह राजस्थान इम्पोरियम चली गयी और कुछ सूती रंग-बिरंगी चूनरें खरीद लायी। बड़े स्टील के तह वाले बक्से से नीचे रखी हुई थी उसकी वह पीली विष्णुपुरी साड़ी। उसे निकालकर बहुत देर तक हाथ फेरती रही उसपर। लगा, कैशौर्य के कोमल सपनों को सहला रही है। इसे ही जनेऊ के दिन पहनेगी केतकी। आलता-बिछुआ और लौंग पहनकर कैसी लगेगी इस विष्णुपुरी साड़ी में। कल्पना में देर तक डूबी रही थी केतकी। उसे बहुत धुँधली याद है, छोटे चाचा का गौना था, बहू आने वाली थी। घर-आँगन लग रहा था जैसे खिल-खिल हँस रहा हो। कोठरियाँ और चौबारे, दालान और खलिहान सब गोबर से लिपा-पुता था। कोहबर में बारादरी में बैठे वर-कनिया, पुरइन के धड़, बाँसवन, केले के थम्ब, नाग-नागिन के जोड़े तथा शुक-शुकी के रूप में

विध-विधाता, चावल के घर और लाल-हरे सुग्गे चटख रंगों से लिखे गये थे। नीचे फर्श पर भी अइपन में चटाई लिखी हुई थी। चारों कोनों पर केले और बाँस की सच्ची टहनियाँ गड़ी हुई थीं। मोथी की सच्ची चटाई कोहबर में बिछी हुई थी। कोहबर से लेकर चौबारे तक अष्टदल और सीताराम के पदचिह्नों का अइपन था। और कर्णपुर वाली नाउन कटोरी में रंग घोलकर सभी कनियों बहुआसिनों का पैर रंग रही थीं। महानगर में यह सब कहाँ? केतकी की अपनी ननद का ब्याह हुआ था तो नैना-जोगिन बड़े कागज के पन्ने पर लिख गया था, सैलो टेप से वाल पेपर के ऊपर चिपका दिया गया था, अभी भी उसे हँसी आती है कैसे मिसेज चावला और बचानी ने कहा था कि यह डिजाइन तो बेहद मॉर्डन है, दो-एक उन्हें भी लिवाएँ। केतकी को सचमुच बड़ी हँसी आती है कैसे उनके ग्रामीण संस्कार का वह अविभाज्य अंग, वह अइपन और पुरहर अब कोहबर से उठकर ड्राइंगरूम तक चला गया है। नहीं, गलत सोचती है केतकी। वह तो विश्वप्रसिद्ध हो गया है। मिट्टी के हाथी पर रखी गौरी की पूजा करती हुई केतकी की ननद का झुँझलाया हुआ चेहरा याद आता है जब उसकी एक विदेशी मित्र ने उससे कहा था कि कितना सुन्दर टेराकोटा आर्ट है। यह सब देखकर केतकी मुस्कुराने के सिवा और कुछ नहीं कर पाती।

गाड़ी स्टेशन पर आ गयी है। चाँदनी रात है, लेकिन घनी धुन्ध जमी है। स्टेशन की इमारत भव्य लगती है। पहले यूँ ही-सी थी। नयी बनी है लगता है। इस इलाके के कई प्रभावशाली नेता-मन्त्री बनते रहे हैं। तो यह भी न हो। गाड़ी लेकर एक चचेरा भाई आया है। कुछ वर्ष पहले यह फटी चादर और धोती के सहारे जाड़ा काटता था, किन्तु अभी ऊनी कोट-पैण्ट पहने है। गाड़ी में सामान रखकर उसने पूछा कि क्या इतनी रात को गाँव चलना ठीक होगा? केतकी चाहे तो सर्किट हाउस भी रिजर्व कराया गया है, वहीं रह जाये। लेकिन केतकी को उतावली थी, उसने बेसाख्ता कहा—

"नहीं-नहीं, अभी गाँव जाऊँगी। गाड़ी है, कितनी देर लगेगी।" गाँव पहुँचकर देखा एक कतार में एक ही डिजाइन के चार मकान हैं। चारों मकानों को चारों ओर से ऊँची दीवार ने घेर रखा है और बड़ा-सा लोहे का दरवाजा है जहाँ ठीक शहरी तरीके का दरबाननुमा जीव बैठा है। रात और धुन्ध के कारण

और अधिक कुछ न देख सकी। चचेरे भाई ने पहले मकान का कोने वाला कमरा स्वयं खोला और केतकी का सामान रख दिया।

"तुम लोग सो जाओ, सुबह सबसे मुलाकात होगी।" कहकर चला गया। केतकी ठगी-सी रह गयी। गौने के बाद यह दूसरी बार गाँव आयी हूँ। गाँव में इतना परिवर्तन। बड़ा चचेरा भाई स्वयं कमरा खोलकर बहन और जीजाजी को सो जाने को कह रहा था, बेटी के आने पर प्रतीक्षारत बैठे कहाँ गये स्वजन-पुरजन, कहाँ है जुड़ाने को रखा हुआ बड़ी-भात और कहाँ गयी वह परम्परा जिसमें पहले देवी की विनती किये बिना किसी घर में पैर नहीं रखा जा सकता था। पथराई-सी खड़ी केतकी पति के टोकने पर सामान्य हुई। कई दिनों-रातों का जागरण और मकड़ी की तरह स्वयं के सत्व द्वारा बुने जाते तारों का खण्डित दंश केतकी को बेहद थका गया था। वह जो सोयी सो काफी दिन उठ आने के बाद जग सकी। जल्दी-जल्दी कमरे के अटैच्ड बाथरूम में स्नान कर बाहर निकली। "वाह, साले लोगों ने तो मकान बड़ा कम्फर्टेबल बना लिया है। इसमें तो रवि-हनी भी आकर रह सकता है।" पति ने प्रशंसात्मक नजरों से चारों ओर देखते हुए कहा।

"हाँ, बिलकुल सही, बल्कि ज्यादा अच्छा है। इतने खूबसूरत टाइलों और ग्रिलोंवाले मकान शहरों में भी कम हैं।" हँसते हुए पति भी बाथरूम की ओर बढ़ गये। भैया ने सारी सुविधाएँ दे रखी हैं इस कमरे में, सोचती है केतकी। यह तो सर्किट हाउस या डाकबंगले से कम नहीं है। उसे अब संकोच हो रहा था कैसे अन्दर की ओर जाये? किधर से जाये? उसे लिवाने कोई नहीं आ रहा है। तभी दरवाजे की घण्टी बजी। उठकर देखा तो एक बारह-चौदह वर्ष की बच्ची थी—"आप ही कतिकी दीदी हैं?" सुन्दर चटख जाँघों से ऊपर फ्रॉक और उलझे बाल, यह शायद काम करने वाली है कोई। उसे देखकर केतकी मुस्कुरायी—"हाँ।"

"तो चलिए, बड़ी काकी बुला रही हैं।" लगा पक्षियों का कलरव सुन रही है केतकी।

"चल!" झट से खड़ी होकर लगभग दौड़ती हुई उस बालिका के पीछे चल पड़ी। ग्रिल से घिरे हुए बरामदे को पार करती हुई केतकी ने देखा बड़े-से हॉलनुमा कमरे में भाभियाँ बैठी थीं। केतकी ने बारी-बारी से सबों के पैर छुए।

चाय पीते हुए उसने गौर किया, जाड़े में भी घर की नवीन सदस्या मसृण लिबास पहने हुए है, ऊपर का शरीर शाल से ढका हुआ है, यही गनीमत।

"तुम रात देर से आयी, मैंने रामविलास को कह दिया था कि तुम लोगों को गेस्टरूम में ठहरा दे। कोई परेशानी तो नहीं हुई। नींद तो आयी?" बड़ी भाभी ने औपचारिक आत्मीयता से पूछा।

"आपके राज में कोई कमी नहीं, भाभी!" कहकर केतकी नवागन्तुकाओं से परिचय पाने में व्यस्त हो गयी। गाजे-बाजे और रोशनी सब कुछ था। कहीं कोई झंझट नहीं। कोई काम किया जा रहा था, ऐसा नहीं लग रहा था, ऐसा लगता था मानो सारा काम आप-से-आप हो रहा हो। सागर की लहरें जैसे आती और चली जाती हैं, वैसे ही सारे रस्म-रिवाज, संस्कार।

"यह केतकी है?" एक वृद्धा ने नजदीक आकर पूछा।

"हाँ, मैंने पैर छुए थे आपके।" केतकी ने सफाई दी।

"कम दीखता है, बेटी!" एक बेदाँती वृद्धा ने कहा।

"बेटी, तुम्हें जमाय बाबू मानते हैं न।" उसकी आँखों में सन्देह लहरा रहा था। वह चुटकियों में इसकी साड़ी पकड़े हुए थी।

"हाँ, क्यों?" केतकी भी अचम्भित हो उठी।

"तूने कैसी साड़ी पहन रखी है। देख तो वे सब कैसी पहने हैं। फिर तू तो बड़े घर-वर से ब्याही थी।" अब केतकी को लगा कि उसने सचमुच गलती की, भड़कदार आधुनिक साड़ियाँ नहीं लायी। भाभी लोगों के सामने तो आँखें चुरा ही रही थी, गाँव की इन वृद्धा काकी के सामने भी लज्जित हो गयी।

शुभ-शुभ कर यज्ञोपवीत का कार्यक्रम समाप्त हुआ। केतकी अपने गाँव को देखने की लालसा को न्योत लायी।

"भाभी, जरा गाँव देखती।" केतकी ने बड़ी भाभी से पूछे बिना कभी घर से पैर बाहर नहीं निकाला था। वह मुस्कुरायीं।

"ठीक है, देख आओ, तुम बदली नहीं जरा भी।" केतकी ने उसी छोटी लड़की को साथ लिया और चल पड़ी। बड़ी-सी चहारदीवारी के बाहर भी चौड़ी कंकरीट की सड़क। चन्द कदमों पर पन-बिजली निकालने वाला विशाल यन्त्र, विद्युत-ग्राम। अब उसे यज्ञोपवीत के दिन की वह शहरी पार्टी याद आयी। सचमुच उस दिन उतनी सारी कास्मोपॉलिटन स्त्रियों को देखकर मन दुखी हुआ

था। यह सब शो गाँव में नहीं होना चाहिए था, इसने सोचा, लेकिन एक प्रश्न अवश्य मन में उठा था कि इतने सारे कास्मोपॉलिटन लोग कहाँ से आये?

"दीदी, यहाँ बिजली बनाते हैं, देखती हैं न, सब जगह गाँव में बिजली है।" साथ की लड़की पुलकित थी।

"तुझे बिजली अच्छी लगती है?"

"हाँ बहुत। खूब इजोत होता है।"

"अच्छा?" और केतकी मेड़ों के सहारे खेत में उतर गयी। मटर और तीसी का खेत। सफेद, नीले और गहरे गुलाबी खेत। आगे सरसों और तोरी का खेत, पीले-पीले फूलों वाले खेत। केतकी कुछ सोचती हुई नीचे उतरती रही। प्रकृति के पास सबसे अनूठे रंग हैं।

"केतिकी दीदी, इधर गाँव नहीं है, फुलवारी है।" साथ की लड़की ने कहा।

"मैं फुलवारी ही जाऊँगी।" और थोड़ी देर में केतकी पुरानी अमराई में पहुँच चुकी थी। फुलवारी कई चहारदीवारियों में बँटी थी, कई नये वृक्ष लगे थे। लड़की ने बताया कि चारों भाइयों की फुलवारी है। चलती हुई केतकी बीच में पहुँच गयी। एक पुराना महुआ का पेड़ कटा पड़ा था, पास ही विशाल आम का पेड़ था।

"दीदी, यह आप ही का पेड़ है।" लड़की ने याद दिलाया।

"तुझे कैसे मालूम?" केतकी ने पूछा।

"सभी कहते हैं कतिकी दाई का पेड़।"

"ओ, अच्छा।" इसी पेड़ के नीचे केतकी, संज्ञा, कालिन्दी, बुच्ची और रमा खेला करती थीं। लड़कों का झुण्ड बगलवाले महुए के पास जमता था। लड़कों ने एक बार महुए का ताजा फल लाकर केतकी की नाक में रगड़ दिया था। केतकी बेहोश हो गयी थी। बाद में इसी बात पर चिढ़ाया भी करता था समीर कि केतकी महुए की गन्ध से ही बेहोश हो गयी थी। पेड़ कितना ऊँचा और छायादार है, केतकी सोच रही थी। आम का यह पेड़ सबसे पहले फलता है। लाल-लाल सिन्दुरिया आम पक-पककर आप ही चूने लगते हैं। अधिक पके आम धरती पर गिरते ही फट जाते हैं, छिलका और बीज अलग-अलग। केतकी और उसकी सहेलियाँ इधर-उधर देखकर साड़ी खोल लेतीं, मात्र पेटीकोट और ब्लाउज में साड़ी के दोनों छोर पकड़कर पेड़ के नीचे खड़ी हो जातीं। हवा चलती तो एकाध

छोटे-छोटे आम उसमें गिरते। आहा, कितने सुगन्धित आम होते थे! गोपी सुपक्व, गछपक्व, रस कितना मधुर, जैसे मधु। केतकी का गाल सिनुरिया आम की तरह दहक उठा। समीर का ममेरा भाई हर छुट्टियों में आ जाता। उस दिन केतकी की साड़ी खोलने की पारी थी। वह अकेला ही समीर को खोजता हुआ पहुँच गया था। झपाके से शरमाकर केतकी बैठ गयी थी। कई दिनों तक उसके सामने नहीं गयी। एक लम्बी साँस खींचती है केतकी। गौने जाने के पहले जब वह एक बार आया था तो कैसे सहज भाव से कह गया था कि वह केतकी से ब्याह करना चाहता था। केतकी ने अपनी गहरी आँखों से उसे देखा भर था, कुछ पूछा नहीं था।

"तुम पूछोगी, यह अब क्यों कह रहा हूँ? तो उसका उत्तर है कि मैं साधारण गरीब घर का लड़का, तुम्हारे यहाँ मेरी बुआ ब्याही है, तुम्हारा हाथ कौन मेरे हाथ में देगा। फिर भी मैंने अपनी माँ से कहा था विवाह के समय, मुझे मार पड़ी थी और जबरदस्ती विवाह कर दिया गया था।"

उस समय केतकी को मात्र आश्चर्य हुआ था, सचमुच यह किस प्रकार मुझसे विवाह करता? कोई संवेदना नहीं जगी थी। लेकिन इस वृक्ष के नीचे खड़ी होकर उसे उस दिन का दृश्य याद आ गया। भावानुभूति-सी हुई, सारे शरीर में एक पुलकन व्याप गयी। अपने मन के सब मालिक होते हैं। उस पर दूसरे का क्या वश! जोर की आवाज से ध्यान भंग हुआ। चहारदीवारी से निकलकर देखने लगी केतकी, कौन दहाड़ा इतनी जोर से। देखा सरसों, तीसी, मटर के खेतों के पार वाले खेत में ट्रैक्टर चल रहा है। दूर-दूर तक कहीं बैल-हल नहीं दीखते।

"बड़का काका का खेत है, मकई के लिए तैयार हो रहा है। मेरा बाबू डिरेवर है।" लड़की ने गर्व से बताया। अचानक दहाड़ जैसे स्वर से वातावरण की तरह केतकी का ध्यान भी भंग हुआ। कलेजा धक-धक कर रहा था। कलेजा सँभालते हुए पूछा उस लड़की से—"तुम किसकी बेटी हो?"

"रामप्रीत की।"

"बैजू तुम्हारा दादा था?"

"हाँ।" केतकी को स्मरण हो आया, बैजू उन लोगों का अगला हलवाहा था। सिरपंचमी के दिन पसेरी धान के बिना हल ही नहीं उठाता था जब तक हल का फाल धान में पूरी तरह नहीं डूबे। उसके लिए अइपन का थड़ बड़ा बनाना पड़ता। पीठ पर पिठार सिन्दूर का थप्पा लिये दिन-भर घूमता रहता। कहता-

केतकी दाई का असिरवादी है। मन में आया पूछे कि क्या ट्रैक्टर भी सिरपंचमी में अइपन चढ़ता है? फिर स्वयं ही अपने आप पर हँसी आ गयी। वह मन ही मन नचारी गुनगुनाने लगती है—

"अमिय चूबिय भूमि खसत, बाघम्बर जागत है
आहे होयत बाघम्बर बाघ, बसहा धरि खायत है।"

शिव को पार्वती नृत्य करने को कहती हैं, शिव अपना डर पार्वती से बताते हैं कि उनके नाच से अमृत-बूँदें बाघम्बर पर गिरेंगी, बाघम्बर बाघ बन जाएगा और बसहा बैल को खा जाएगा।

विज्ञान के शिव का ताण्डव। अमृत-बूँद से जगा यन्त्र-व्याघ्र गरज रहा है खेतों में। लील गया बैल। लौट पड़ती है केतकी।

"कल चलते हैं न हम लोग?" रात को पति से कहा।

"क्यों, तुम तो कुछ और रुकने वाली थीं?" पति ने प्रतिप्रश्न किया।

"नहीं, चलूँगी।"

"ठीक है। मुझे क्या एतराज हो सकता है।"

दूसरे दिन केतकी के जाने की सारी तैयारी हो गयी। भाई-भाभियों का चरण-स्पर्श कर सूखी आँखों से केतकी गाड़ी में बैठ गयी। रामविलास आगे था, केतकी और उसके पति पीछे। गाड़ी थोड़ी देर में ही हवेली छोड़कर आगे बढ़ गयी। गाँव के पास आ पहुँची केतकी। कंक्रीट की ऊँची सड़क के किनारे मिट्टी के टीले पर बसा जाना-पहचाना गाँव। ऊखल-मूसल चलाती औरतें। अधनंगे बच्चे, नाक बहाते बच्चे, गाय-बैलें। "रामविलास भैया, गाड़ी रोकिए न!" केतकी उतावली होकर कह उठी। गाड़ी रोककर रामविलास पीछे देखने लगा।

"गोड़ लागू पैंया पड़ू भैया रे कहरिया पल एक दियउ बिलमाय।"

"मैं जरा गाँव में जाऊँगी।" वह झट से उतरकर सड़क से जुड़ी पगडण्डी से उतर गयी। पीछे-पीछे रामविलास मुस्कुराता हुआ चला। पहला ही घर तो सबुजनी दीदी का है। सामने खजूर की चटाई पर बैठी थी सबुजनी।

"के है?" मोतियाबिन्द उतरी आँखों पर तलहथी देकर देखने लगी।

"दीदी, मुझको नहीं पहचाना?"

"दीदी, केतकी है।" पीछे से आगे आकर रामविलास ने कहा, "जरा भी नहीं बदली।"

केतकी के मन में तूफान उठ खड़ा हुआ। इन्हीं से मिलने तो वह आयी थी, इन्हीं के लिए मन व्याकुल था।

''बाबू, कतिकी समीर बौआ के बेटा के जनउ में आयी है?''

केतकी बोल नहीं पा रही थी। रामविलास ने ही कहा, ''हाँ, अभी लौटकर जा रही है।'' सबुजनी के गोरे झुर्रीदार चेहरे पर हर्ष की लहर दौड़ गयी।

''अच्छा हुआ, गाम-समाज को देखने आ गयी। तू बिना माँ की बेटी हम सबकी बेटी। अरे, कहाँ गयी सुलेमान की कनिया, जरा सोना-सिन्दूर ले आ, केतकी की माँग भर। एक चुटकी धान-दूब ले आ, खोइँछा भर दे।'' भीड़ जैसा समा हो गया था। एक बहू दौड़कर अन्दर से सारा सामान ले आयी। भाभी तो खोइँछा देना भी भूल गयी थीं। रेशमी आँचल की खूँट आप-से-आप खुल गयी। दूब-धान के लिए मन उदास था।

''मेहमान कहाँ हैं बेटी!'' सबुजनी ने पूछा।

''गाड़ी में हैं।'' अब रामविलास चिढ़ने लगा था—''ट्रेन छूट जाएगी।''

''अच्छा-अच्छा। जैनबी, जा, तूने जो नया-सीकी का पौती बुना है, ले आ।''

''और सुन, गिलास माँजकर पानी और गुड़-भेली भी ले आ।'' कमर से निकालकर दो रुपये का लाल मुड़ा-तुड़ा नोट पौती में बन्द कर केतकी के हाथों में थमा दिया।

''यह मेहमान का सलामी है, दे देना। गुड़ खा ले बेटा, पानी पी ले। जरा ठीक से। हाँ, जा, गाड़ी को देर हो रही है। देख लिया तुझे, सुख-चैन से मरूँगी।''

आगे बढ़कर सबुजनी गले मिलने को हुई कि उद्भ्रान्त-सी केतकी ने सिर टेक दिया और इतने दिनों का जमा आँसुओं का बाँध टूट पड़ा। सबुजनी हौले-हौले पीठ सहलाती जा रही थी।

''रो ले, बेटी, रो ले, मन में कुछ न रखना, कहा-सुना छिमा करना, गाँव-जवार को असीसती जाना।''

''लाल रंग डोलिया सबुज रंग ओहरिया आब बेटी जाइ छुइ बिदेस।''

केतकी बड़ी मुश्किल से अलग हुई। खूँट में बँधे चुटकी भर दूब-धान को मुट्ठियों में भींचे पगडण्डी पार करने लगी।

❑

साबुत मूरत

बड़ी तेज धूप है। चारों ओर धरती नंगी है। ट्रिंच के तीसरे पायदान पर हनीफ काम कर रहा है। बड़े-से ब्रश से मिट्टी के छोटे-छोटे ढूहों को झाड़ रहा है। बड़े एहतियात से झाड़ना पड़ता है वैसे ढूहों को, जिन्हें देखकर यह भान होता है कि इसके अन्दर कोई पुरानी कलाकृति है। यह तीसरा पायदान है; अभी तक उत्खनित सबसे पुरानी सभ्यता का वाहक। इसमें मिट्टी की मूर्तियाँ मिलने का विश्वास है अजय विश्वास को। डॉ. अजय विश्वास की देखरेख में ही यह खुदाई का कार्यक्रम चल रहा है। अप्रैल का प्रथम सप्ताह है; इस नंगी पहाड़ी के वन में विश्वप्रसिद्ध मन्दिर के पार्श्व में मिट्टी के छोटे-छोटे झोपड़ों में से एक में डॉ. अजय विश्वास चश्मा चढ़ाये सादे कागज पर स्केल और पेन्सिल से उत्खनन के ब्योरों को अन्तिम रूप देते रहते हैं। आसपास की अनगढ़ मेजों पर विशाल पुस्तकों का भण्डार है जो आधे से अधिक खुला है, बन्द पुस्तकों में लम्बी-पतली कागज की पर्चियाँ लगी हैं। पर्चियों में सूचनाएँ लिखी हैं। डॉ. अजय विश्वास उन्हीं सूचनाओं के आधार पर उत्खनन करवाते हैं। पिछले वर्ष दो पायदानों तक खुदाई हुई थी। पूरी तरह से आकार निखरा भी नहीं था कि बरसात आ गयी और काम बन्द कर देना पड़ा। काम शुरू होने से बन्द होने तक एकमात्र निष्ठा से मजदूरी करने वाला हनीफ। वर्षों से इस ट्रिंच पर काम करते-करते जानकार हो गया है।

पुरातत्त्व के मर्मज्ञ विद्वान, उत्खनन देखने को आये कॉलेज-स्कूल के छात्र और शिक्षक और अपने मित्रों को घुमाते-टहलाते हुए डॉ. विश्वास हनीफ के पास आकर रुक जाते हैं। पक्के रंग का खुरदरा चेहरा और हाथ लिये हनीफ एक क्षण को मात्र सलाम करने रुकता है फिर काम में लग जाता है। कानों में डॉ. विश्वास की आवाज गूँजती है—"यह तारापुर ट्रिंच का स्किल्ड लेबर है, अपनी मेहनत और सूझबूझ से इसने बिना बताये सीख लिया।"

"अच्छा?" अकसर लोग चकित होकर पूछ बैठते—"हाँ भई, जिस काम को सीखने के लिए हमें महीनों तम्बू गाड़कर रहना पड़ा था, सालों ग्रन्थ पलटने पड़े वह सारा काम इसने फावड़े और ब्रश से सीख लिया। काम करते-करते इतना अनुभवी हो गया है कि मिट्टी छूकर कालनिर्णय कर दे।" हनीफ को कोई फर्क नहीं पड़ता है इन बातों का। उसके चेहरे पर सदा पथरीला चिकनापन पसरा रहता। आँखें काम पर जमी रहतीं। अलबत्ता कान चौकन्ने रहा करते। अनपढ़ गँवार-गँवई हनीफ तारापुर में रहकर कई ऐतिहासिक तथ्यों और शब्दावलियों का जानकार हो गया है।

वर्षों पहले लुटा-पिटा जहानाबाद के एक गाँव से आकर हनीफ यहाँ ठौर लग गया। एक होटल वाले के यहाँ बर्तन साफ करने की नौकरी की। उससे नहीं चला तो जापानी मन्दिर निर्माण में ईंटें ढोने का काम किया। उसी दौरान तारापुर गाँव खाली हो रहा था। दिन में खाना खाकर सो जाने का इसका स्वभाव था, लेकिन यहाँ नींद आने का कोई उपाय ही नहीं था। एक तरफ मन्दिर में फर्श का मोजाइक कटने की घर्र-घर्र, दूसरी ओर जनाना रेजा (मजदूर) के बच्चों की चिल्लपों। नींद का झटका-भर आता था। उसी झटके को एक दिन इकबाल मियाँ ने तोड़ दिया—"ओ हनीफ भाई, उठ, देख मैं किसे लेकर आया हूँ।" वह अचकचाकर उठ बैठा।

"का है इकबाल भाई! इस भरी दुपहरिया में कहाँ से दुपहरिया फूल की मानिन्द खिल पड़े।" कमर से बीड़ी निकालते हुए हनीफ खुश होकर बोला, इकबाल की बदौलत ही हनीफ इस अनजान जगह पर पायदान-दर-पायदान बढ़ा जा रहा है। बड़े शान का आदमी है इकबाल। खूब रंगीन लुंगी के ऊपर अकसर झकाझक कुरता पहनता है। नीम गंजे सिर पर धागों के क्रोशिये से

बुनी गोल टोपी पहनता है। बड़ी-बड़ी मूँछें रखता है, दाढ़ी सफाचट। आँखों में सुरमा लगाना नहीं भूलता। इस बस्ती के तिराहे पर इकबाल का ढाबा है। क्या मुर्ग पकाता है! एक गैरमुल्की सैलानी मेम ने इसे सुरमेदानी बतौर तोहफे के दे दी। लगातार दस दिनों तक वह अपनी टोली के साथ इस कस्बे में बैठी रही थी। क्या चोला डालनेवाले, क्या फ्रॉक पहननेवाली सभी इसके मुर्ग शोरबे के रसिया हैं।

"अरे मियाँ, सिकरेट लो, सिकरेट"—इकबाल ने हाथों से बरजते हुए कहा और निकाला एक बड़ा-सा पैकेट। "अरे वाह!" इतना ही निकला था हनीफ के मुँह से। फिर तो सुगन्धित धुएँ के गुबार में खोये रहे काफी देर तक। साथ के आदमी ने ही हनीफ को तारापुर वाली इस खुदाई पर लगवाया था। तब से आज तक काम करता चला आ रहा है। सरकारी रेट अच्छा मिल जाता था और काम भी मन लगने का हुआ। अनपढ़, अनगढ़ हनीफ भी यह जानता है अब कि कैसे ऊपर की ओर से नीचे की ओर खुदते जाते ये गढ़े एक-एक सभ्यता की कहानी सुनाते हैं। जैसे-जैसे सभ्यता की अन्दर तक धँसी हुई जड़ें खुदती हैं, हनीफ के हाथ पर और अधिक पैसे जुड़ते जाते हैं। लगातार पाँच सालों के बाद ट्रिंच बन्द हो जाने के बाद बरसात में अपने गाँव दो-चार दिनों के लिए जाता है। अब्बा के चचाजाद भाई के यहाँ इसकी मौसी ब्याही है उसी के घर ठहरता है। मौसी की छठी बेटी जैनब के नाम अम्मा ने रिश्ता भिजवाया था। मुहल्ले में थोड़ी सुनगुन हुई थी—"अय हय, इस गोरी-चिट्टी जैनब का जोड़ हनीफ के साथ वैसा ही बैठेगा जैसे मडुवा में गेहूँ मिला दिया गया हो।"

सुना जैनब और उसके अब्बा ने रिश्ता कुबूल कर लिया था। अम्मा भी कहती फिरतीं—"मेरा हनीफ लायक बेटा है, कहता है घर पक्का बनवाऊँगा तब शादी करूँगा।"

"कहाँ से कराएगा घर पक्का, क्या कहीं जज-कलक्टर बनेगा?" औरतें ताना कसतीं।

"अरे मुझ बेवा की कहाँ औकात थी कि बेटे को पढ़ा-लिखाकर जज-

कलक्टर बनवाती! जिनके चारों खूँटे मजबूत हैं वे क्यों नहीं बनवातीं अपने लाड़लों को! मजूर है मजूरी करेगा, कोई उलट-सुलट आदत नहीं पालेगा तो पैसा जोड़ लेगा, दूसरों के पेट में काहे दरद होता है?"—अम्मा पूरी लड़ाई में जुट जातीं।

जैनब अब तक क्वाँरी बैठी है, उसके अब्बा नहीं रहे। अम्मा और एक छोटा भाई है। बड़ी और छोटी सारी बहनें ब्याही गयीं। जैनब गाँव में मजूरी करती है, लोगों के ताने-तिश्ने सहती है। हनीफ के काले पत्थर से चिकने सीने में एक दिल धड़कता है, जैनब से लगन करने के लिए। कमर पर हाथ जाता है। लाल बटुएनुमा कपड़े में तह कर रखे रुपये ईंट खरीदने के लिए काफी पड़ेंगे। अपने झोंपड़े की जगह को याद करता है हनीफ। एक तरफ से भरान पर दो मुँह का छोटा-सा घर बन जाएगा। एक रहने के लिए, दूसरा यार-दोस्त के लिए। बिलकुल वैसा ही जैसा इकबाल मियाँ ने तिराहे पर बना रखा है। ऊपर टाली वाले चौड़े खपड़े की छप्पर देगा। कभी-कभी सभ्यताओं के चौकोर में खड़ा हनीफ अपनी, अपने घर की कल्पनाओं में डूब जाता। यानी कल्पनाओं में डूबा-डूबा वह चतुराई से काम किये जाता। चार महीनों में ही इतनी कमाई हो जाती है कि बाकी महीने वह सुख से जैनब के साथ गिरस्ती काट सकता है। अम्मा को कितनी साध थी, गोरी दुल्हन को घर ले आने की। अम्मा की याद आते ही हनीफ मन्द हो जाता है। थोड़ी देर तक सुन्न हो जाता है सारा शरीर। इस सूखे मौसम में वह शोक और दुख के अपार सागर में डूबने-उतराने लगता है। कभी-कभी वैसे ही समय में विश्वास साहब आ निकले तो पुकार लेते हैं।

"हनीफ मियाँ बड़ी तेज धूप है निकल आओ ट्रिंच से। देर हुई भीतर घुसे। थोड़ा आराम कर लो।" तब वह धीरे-धीरे उठकर पड़ाव की ओर आता है। मिट्टी के बने लम्बे झोंपड़े में मजूरों के लिए बने बँसखटों पर सो जाता है पलभर को। यहाँ कोई शोर नहीं, कोई चिल्लपों नहीं पर हनीफ अपने भीतर के शोर को झेल नहीं पाता, जल्दी ही जग जाता है। कई हजार रुपये जमा हो गये हैं। थोड़े और हो जाएँ तो जैनब के लिए सोने की नथ लेकर जाएगा निकाह करने। अम्मा ने पोटली में बाँधकर अपने चाँदी के भारी जेवर रखे थे,

रात-दिन अपने आप से बात किया करती थी कि "न सही बड़ी नथ, एक सोने की नथुनी ही जरूर जैनब को पिन्हाएगी।"

किशोर हनीफ कहाँ उतना सोचता था! आज पचीसेक साल के ऊपर जा रहा है। समय ने सब कुछ सिखा दिया है, इसी उम्र में अधेड़ों वाला स्वभाव हो गया है। दिल की किसी को न कह पाता, न गाँव जाकर, न इस कस्बे में। अपनी उम्र का कोई दोस्त नहीं है। बड़ी उमर के इकबाल मियाँ का वह नुमाइन्दे की तरह आदर करता। इकबाल भाई भी उसे छोटे भाई से ज्यादा अहमियत देते हैं; तब तो इस काम में लगा दिया। खुदाई की मजूरी काफी ज्यादा है और फिर ऊपरी कमाई। रोज धूप में मरो तो चालीस और एक कोई मूरत या बरतन-भाँड़ा चुपचाप बिसुनदेव भैया के हाथों में डाल दो तो हजार-दो हजार तक का डौल बैठ जाता है। बिसुनदेव भैया ही उस दिन इकबाल भाई के साथ आये थे। जापानी मन्दिर में खुशबूदार सिकरेट पिला चुके हैं। क्या ही दिलदार हैं भइया बिसुनदेव। पिछली बार जब आये थे तो नीली विदेशी टेलरिंग का शर्ट ले आये थे, अब तक न उसका रंग उतरा है, न फटने का नाम ले रहा है। सच पूछा जाये तो हनीफ यहाँ बिसुनदेव भइया के लिए ही काम कर रहा है। करना क्या है; सभी पायदानों पर मिलनेवाली टूटी-फूटी मूरतें डॉ. अजय विश्वास के झोंपड़े में जमा होती हैं और साबुत मूरत होशियारी से बिसुनदेव भइया को मिल जाती है। बिना कहे बिसुनदेव भइया इसका रेट बढ़ाते चले जाते हैं। जब यह सोचता है कि इस साल पत्थर की तारा देवी की बैठी मूरत का वह एक हजार माँगेगा उस साल उसे बिना मुँह खोले पन्द्रह सौ मिल जाते। डौरमेट्री में बैठकर खाते-पीते दोस्ताना तरीके से एक दिन पूछा था हनीफ ने—

"बिसुनदेव भइया, ये छोटी-छोटी मूरतें इत्ते-इत्ते दाम में कौन लेता है?"

"बड़े-बड़े शौकीन हैं दुनिया में। अपनी बैठकों में सजाते हैं। बड़ी-बड़ी डींगें हाँकते हैं कि हिन्दोस्तान से इत्ती पुरानी मूरत लेकर आया हूँ! जित्ती पुरानी मूरत उत्ता दाम।" हनीफ सिर हिलाता है अचरज से। उसे यह मालूम है कि बड़े-बड़े जादूघरों (म्यूजियम) में अपने यहाँ ये खुदाई से मिली मूर्तियाँ, टूटे-साबुत बर्तन-भाँड़े सजाकर रखे रहते हैं। बाहर-भीतर के सैलानी सब

कुछ इकट्ठे देख लेते हैं। यह भी मालूम है कि जब सभी पायदान के काम पूरे हो जाएँगे तब उसे वैसे ही बनाये रखने का काम शुरू होगा। काफी दिनों तक चलेगा यह काम। पहले पायदान के आखिरी छोर में एक बार एक छोटी मगर मोटी-सी पत्थर की मूरत मिली थी जिसकी गोद में बच्चा था। ब्रश से झाड़ते समय वह बेहद भावुक हो उठा था। उसे अपनी अम्मा याद आ गयी। साबुत मूरत थी, साबुत था उसकी गोद में बच्चा। पैरों की उँगलियाँ मात्र टूटी हुई थीं। हनीफ ने उस पर ब्रश चलाकर झाड़ा और ठण्डे पत्थर के पाँवों पर अपना नंगा हाथ फेरा। एक सुरसुरी-सी दौड़ गयी शरीर में। देर तक उस मूरत की ओर देखता आत्मालाप करता रहा। कब डॉ. विश्वास ट्रिंच में उतर आये, पता ही नहीं चला। एकबारगी उनका स्वर सुनकर चौंक पड़ा।

"वाह हनीफ मियाँ वाह, साबुत मूरत निकाल ली।" नीचे बैठ गये डॉक्टर साहब। हाथों में मूर्ति ले ली। "यह तो बच्चों की देवी हारिति है। कैसी सुन्दर मूर्ति है। चलो अभी का काम खत्म। चलते हैं झोंपड़े में कुछ चाय-वाय हो जाये।" मूर्ति हनीफ के हाथ में पकड़ाते हुए कहा डॉ. अजय विश्वास ने। उनके साथ झोंपड़े में आकर छोटी मेज पर मूर्ति रखी और चाय का पानी लाने बाहर चला गया। सामने के कुएँ से नहाने और चाय का पानी निकालना पड़ता; पीने के लिए मन्दिर परिसर के नल से पानी लाता, कुएँ के पास वाले पीपल पेड़ के नीचे बिसुनदेव भैया बैठा था, उसने पुकारा—"हनीफ ओ हनीफ, तू अपने हाथों में क्या लेकर जा रहा था?"

हनीफ चुप!

"तेरे हाथों में साबुत मूरत दिख रही थी, थी न?"

"हाँ भइया।"

"कई दिनों से धूल फाँकता बैठा हूँ, दस दिनों से खरीदार बैठा है और तू..." आश्चर्य और क्रोध से बिसुनदेव ने कहा।

"भइया, हम उसे मिट्टी में दबाने ही वाले थे कि विश्वास बाबू जी आ गये, क्या करते!"

"खाक करते, अरे बेवकूफ कितनी बार समझाया अब तू अनुभवी हो गया है, चौकन्ना रहा कर। देख तो कितना बड़ा नुकसान हो गया, पाजी कहीं का।

पता नहीं कब मिले फिर एक साबुत मूरत। मरो इस गरमी में पेड़ के नीचे बैठे-बैठे। खिलाओ मुफ्त का इस हरामखोर को।''—गुस्से में अनाप-शनाप बकता रहा देर तक, फिर उठकर चला गया। हनीफ बेहद मायूस हो उठा। बाल्टी में पानी भरकर झोंपड़े के अन्दर गया। चाय बनाने बैठने से पहले विश्वास साहब की ओर एक नजर फिरायी। विश्वास साहब मेज पर रखी मूर्ति का चित्र उतार रहे थे। कैमरे के फ्लैश से उनका चेहरा चमक-चमक जाता। उनकी आँखों में भी चमक थी। पल-भर को हनीफ उनकी खुशी में शामिल हो गया। बिसुनदेव भैया की फटकार को भूल गया; मूरत की गोद के शिशु को देखकर अपनी और अपनी माँ की याद आयी वह भी जेहन से उतर गयी। याद रहा मात्र वर्तमान का यह चमकीला लम्हा, जिसमें मूर्ति की तस्वीर उतारने को विश्वास बाबूजी उठकर, बैठकर, आड़े-तिरछे होकर फ्लैश चमका रहे हैं—चमक रही हैं उनकी आँखें, चमक रहा है उनका चेहरा और चमक रही है मूर्ति की नुकीली तराश।

चाय पीने के बाद ट्रिंच में उतरा तो काफी हलका था हनीफ। दो दिनों बाद ही एक तारा की काली पत्थरवाली साबुत मूरत थी। मूरतं मिलते ही दबा दी हनीफ ने। तारा की ही कई टूटी फूटी मूरतें मिलीं जिसे विश्वास बाबू जी को दे आया। हर उपलब्धि पर विश्वास बाबू खुश हो उठते। तारावाली मूरत पाकर बिसुनदेव काफी सन्तुष्ट हो उठा था। हनीफ को अच्छी रकम दी। डटकर खिलाया-पिलाया भी।

उस बार भी खुदाई में दोनों पक्ष प्रसन्न थे। ट्रिंच ढकने के दिन आ गये थे। हर बार की तरह इस बार भी शाम को एक चाय पार्टी होनी थी और भाषण वगैरह के बाद तम्बू उखड़ जाने थे।

डॉ. विश्वास ने मेजों पर सफेद चादरें बिछाकर मूर्तियाँ, बर्तन के टुकड़े औजार और मनके, मोती रख रखे थे। एक बार सुबह में ही विद्वान अतिथियों को खुदाई स्थल दिखाने ले गये थे।

''यह देखिए पहला पायदान—यहाँ एक मोनास्ट्री का स्पष्ट आकार नजर आ रहा है, यह उनका कमरा है, पीछे साधना-स्थल है, इन आलों में छोटी-

छोटी मूर्तियाँ थीं। ये छोटे-छोटे तीन मुँह के चूल्हे दवा तैयार करने के। भिक्षु-भिक्षुणियाँ आसपास इलाज करने भी जाते। थेरीगाथा में इस स्थान का वर्णन भी है और यह सामने है।'' डॉक्टर विश्वास मुस्कुराते हैं; उपलब्धि की आभा पसरी है उनके चेहरे पर।

''यह दूसरा पायदान, यह देखिए, इसकी तलाश थी, कितना बड़ा गोलाकार हौज है यह; बिलकुल साबुत निकाला है हमारे इस स्किल्ड लेबर ने। इसमें रंग का निशान तक है, विहार के भिक्षु-भिक्षुणियों के वस्त्र—काषाय रंगने के निशान।''—सारे दर्शक सिमट आये थे उस गोलाकार हौज के पास। छू-छूकर देखा था। बड़ी सावधानी से निकाला गया। मानो पंखों से सफाई की गयी हो। चाय-पान के पहले जो भाषण हुए उसमें डॉ. विश्वास ने, दिनेश भइया ने और अन्य सभी अधिकारियों ने जमकर हनीफ की तारीफ की। दिनेश भइया ने तो यहाँ तक कह दिया कि स्थायी रूप से सरकारी नौकरी में इसी काम के लिए ले लिये जाने की गुजारिश ये लोग करेंगे। सभ्यताओं के साबुत पायदान, आले, चूल्हेनुमा स्थान, दरबे, दुरूखे और हौज, कई मूर्तियाँ अकेले हनीफ की मेहनत का फल हैं और सारे मजूर इसी के कहे पर चलने वाले ठहरे। सब मिलाकर यह मेट की तरह है। आगत विद्वानों में से एक ने इसे देश की धरोहर के रक्षकों में से एक कह दिया और कहा हनीफ की तरह के मजूरों के बल पर ही हमारा पुरातत्त्व का सिर ऊँचा रहता है। कहा तो कई लोगों के बारे में गया, किन्तु हनीफ के मन में बार-बार अपने सम्बन्ध में बोले गये वचन ही कौंधते हैं।

यहाँ का हिसाब वह सबसे अन्त में लेता है। इस बार लगभग चार हजार रुपये होंगे। दो हजार अब तक बिसुनदेव भइया से भी मिल गया है। बार-बार भइया यह भी कहते हैं कि—''अगर एक पकाई मिट्टी की, क्या नाम टेराकोटा की घाघरेवाली मूरत या कोई और तीसरे पायदान में मिल जाए तो तुझे मुँहमाँगी रकम दूँगा।''

''क्यों भइया, माटी की मूरत का मुँहमाँगा दाम! पत्थर की खूबसूरत मूरत से भी जियादह?''

''हाँ रे बेवकूफ, तू क्या समझेगा; तेरी कौन-सी अकल है; कहा न जित्ती

पुरानी चीज उत्ता दाम। अब पत्थर के काम से पहले न माटी का काम होता था तो उसका दाम ज्यादा।''

''और सुन इतमीनान से खोजना, टूट-फूट न हो।'' फिर याद दिलाया था— बिसुनदेव भइया ने। सुबह-सुबह ट्रिंच में उतरा था। आज तम्बुएँ उतरनेवाली थीं। ट्रिंच पर खर-पतवार डाल मिट्टी डाली जानेवाली थी, रात बारिश हुई थी, हवा में थोड़ी ठंडक-सी आ गयी थी। हनीफ एक-एक कर सभी गढ़ों में घूमने लगा। घरों के नक्शे देखकर अपना घर याद आने लगा। घर की जगह पर जैनब साग के बीज डाल दिया करती है बरसात में; अब के उन्हें मना करेगा। जाते ही बरसात में ही ईंटें गिरवाकर घर बना लेगा। जहाना में कहाँ बारिश अधिक तंग करती है। बस कभी-कभी बिन बुलाये मेहमान-सा सैलाब जरूर उभर आता है। जाते ही नथ और पहुँची का ऑर्डर दे देगा। गले में उसके पहले से ही हैकल है। अम्मा के रखे सारे जेवरात तो पानी लील गया। शादी का लाल जोड़ा सन्दलोंवाला फुलवारी से छपवाएगा। बरसात में ही शादी रचाएगा। नथ पहने जैनब रोटी सेंकती रहेगी और हनीफ खाट पर पड़ा-पड़ा उसे, उसकी आग से चमकती लौ में डोलती नथ को निहारता रहेगा। सालों से उसे भर आँख नहीं देखा हैं। वह परदे में है, नीचे की ओर उतरता चला गया हनीफ। तीसरे पायदान की आखिरी सीढ़ी पर बैठ गया; आज यह सब अगले नौ माह के लिए बन्द हो जाएगा। अगले साल मार्च के आखीर में यहाँ फिर आएगा हनीफ। तब तक अण्डों का व्यापार करेगा। अभी भी वही करता है। बीवी वाला हो जाने के बाद खुद मुर्गियाँ भी पाल लेगा। तब ज्यादा फायदा होगा। सहसा उसकी नजर कोने में पड़ी। कोने का एक भाग उभरा लग रहा था। हनीफ ने हाथ बढ़ाकर टटोला। मूरत पहचानने में उसके हाथ कभी धोखा नहीं खा सकते। जाते-जाते यह खजाना हाथ आ रहा है, वह बेहद खुश हो उठा। जल्दी-जल्दी भुरभुरी मिट्टी और कोने में पड़े ब्रश से झाड़कर जोर डालकर खींचा। हाथ भर की कोई हल्की मूरत थी। जल्दी-जल्दी हनीफ ब्रश मारने लगा। गीली भुरभुरी मिट्टी सरककर गिरने लगी। लाल पकी हुई मिट्टी की मूरत हाथ में थोपा हुआ-सा दीया। अहा, इसी मूरत के लिए तो कहते थे बिसुनदेव भइया। एक हाथ को ऊपर उठाये है, घाघरानुमा घेरावाला कपड़ा

पहने है, दूसरे हाथ में दीया है। बाल साफ दीखते हैं। बिन्दी की जगह एक गोल-सा ठप्पा ठुँका है। बड़ी बेशकीमती है। चारों ओर देखा मेघ घिर आये हैं; यह क्या बड़ी तेज बारिश के आसार नजर आते हैं। सुबह शाम की मानिन्द हो गया। मूरत की ओर कभी देखता हनीफ कभी मेघ और झोंपड़ों की ओर। डॉ. विश्वास भी इस तरह की मूरत की बात करते रहते हैं। उन्हें दे दे? एक बार वह फिर मूरत को गौर से देखने लगा। वह सैलाब की रात घुमड़ रही है मानो। वर्षों पहले जहाना में बाढ़-सी आयी थी। अचानक ऊपर आसमान फट पड़ा था, नीचे बाँध टूट गया था कहीं का। वह मौसी के बरामदे से खड़ा गुहार लगा रहा था। अँधेरी रात थी, अम्मा के हाथ में दीवट था। वह जोर से चिल्लाया—"अम्मा!" अम्मा बाहर की ओर झाँकी—"उन्हैं रहियो, एन्ने मत आइयो।" पानी का रेला और एक गुडुप...दीवट सहित माँ का पता नहीं लगा। रात-भर जैनब की अम्मा-अब्बा पकड़े रहे उसे जकड़कर। सवेरे देखा सब साफ!

थरथरा रहा है हनीफ—अम्मा मेरी अम्मा। नहीं इसकी मुँहमाँगी कीमत नहीं लूँगा। यह...यह अपने पटना में, जादूघर में रहेगी, डॉ. विश्वास को दूँगा। निकाह के बाद हम और जैनब पौरी पौना करेंगे जाकर; मूरत कलेजे से सटाकर दौड़ पड़ा हनीफ। अन्तर्मुख सीधा-सा गम्भीर हनीफ अपनी हजारों साल की धरोहर राजकीय संग्रहालय को समर्पित कर देगा। अपनी सम्पूर्ण निष्ठा के संग उसे अपनी अम्मीजान के तख्त पर अपने दिल में बिठा के रखेगा। भयानक घटाओं के सैलाबवाली उस सुबह में वह इस साबुत मूरत को हाथ से जाने नहीं देगा।

❑

कारे बादर भरे मेघ

उसे अब तक रघुपति ने कभी नहीं देखा, न भोगा, न महसूसा, न साकार, न निराकार, किसी रूप में उसने इसे अपनी ओर कभी किसी क्षण आकर्षित नहीं किया।

दब्बू-सा साँवला दुबला-लम्बा रघुपति बड़ी छोटी उम्र में पितृहीन हो गया था। दो चाचाओं का साया सिर पर था। रघुपति से छोटी दो बहनें थीं जो माँ का आँचल और पिछौड़ा पकड़े घिसटती रहतीं। अपनी एक जेठानी और एक देवरानी की तुलना में माँ बेहद होशियार और स्वस्थ-सुन्दर थी। काम करने के अलावा वह अकसर हुक्म चलाती दीखती थी। सामने में जेठानी, देवरानी चुप रहती पर पीठ पीछे शिकायत करती रहतीं। रघुपति चुपचाप देखा करता था। पढ़ाई-लिखाई में रघुपति अच्छा था, बाकी घर के कोई लड़के किसी काम के नहीं थे, लड़कियों को चिट्ठी-पत्री से अधिक पढ़ाने की कोई जरूरत नहीं समझी जाती थी।

पढ़नेवाले लड़के होने के कारण माँ रघुपति को ज्यादा तरजीह देती थी। जब कभी शहर से गाँव आता माँ अच्छा-अच्छा खाना खिलाती, सोने के पहले पैर और सिर में तेल की मालिश करती और देर रात गए भविष्य के सपने बुनती रहती। माँ अकसर तेल मालिश करती हुई पूछा करती—

"बेटे रघु, तू कितनी पढ़ाई करेगा?"

"एम.ए. तक।" रघुपति कहता।

"तब क्या बनेगा?"

"प्रोफेसर।"

"नहीं बेटे, कोई ऑफिसर बन जाना।"

"क्यों माँ?"

"बड़ी शान रहती है।"

"लेकिन मैं शान नहीं चाहता।"

"तो क्या हुआ, अपनी माँ के लिए बन जाना।"

"लेकिन माँ मैं तो विद्वान होना चाहता हूँ। खूब-खूब किताबें पढ़ना चाहता हूँ। दूसरे किसी पेशे में जाकर यह नहीं होने का है।"—रघुपति कहीं खो जाता।

रघुपति के चचेरे भाई लोग स्कूल से भी आगे नहीं बढ़ पाये। बड़े चाचा के लड़के ने परचून की दुकान कर ली साथ ही साथ राशन बाँटने का परमिट ले लिया। छोटे चाचा के दुलरूए ने ग्रामीण राजनीति में अपनी जगह बना ली। रघुपति जब भी कभी गाँव जाता तो उससे कुछ-कुछ लिखवाने-पढ़वाने का काम लिया करते। अंचल के अफसरों के पास चलकर अँग्रेजी में बात कर प्रभाव डालने को कहते। धीरे-धीरे रघुपति से उम्र में छोटे ये दोनों भाई भी चाचा की तरह रौब गाँठने लगे थे।

"रघु भाई, बैंक में चलकर अफसर से बात करनी है, इन बिन्दा, ललुआ, सीतू को पम्पिंग सेट के लिए कर्ज दिलवाना है। तुम चलो न।"—एक दिन नेता भाई ने कहा था।

"क्यों तुम ही चले जाओ। मेरा खयाल है इन्हें मिल जाएगी।" कहने को कहा रघुपति ने लेकिन फिर सोचने लगा कि ये कौन-सी जमीन सींचेंगे? इनके पास तो जमीन है नहीं।

"क्या सोचने लगे?" भाई ने पूछा।

"यही कि ये क्या करेंगे पम्पिंग सेट?"

"अरे इन्हें थोड़े लेना है, मुझे जरूरत है, मैं इनसे ले लूँगा थोड़ा कुछ दे दिलाकर।"

"यह ठीक नहीं। तुम खरीद सकते हो।"

"अरे छोड़ो भी। तुम तो घर के भले का कुछ सोचते ही नहीं हो।"—

रघुपति बिन्दा और ललुआ को समझाने की कोशिश करने लगा। लेकिन उन लोगों ने तात्कालिक लाभ को ही तरजीह दी। रघुपति के सामने ही पम्पिंग सेट दरवाजे पर आ गया और इसकी माँ ने अच्छत फूल अर्पित कर पूजा कर डाली।

''माँ, यह क्या कर रही हो। इस मशीन की काहे पूजा कर रही हो?'' रघुपति ने समझाने के खयाल से कहा था। माँ के साथ सभी की नजरें वक्र हो गयी थीं। नेता भाई ने पम्पिंग सेट सम्बन्धित सभी बातें घर के लोगों के कानों तक पहुँचा दी थीं। अभी भी वह मूँछों में मुस्कुराए जा रहा था।

''पेट भी तो मशीन है भाई, उसकी पूजा क्यों रोज चार दफे करते हो? इस मशीन से कइयों को खुराक मिलेगी। हमारी तो पेट को ही, तुम्हारी तो पेट और दिमाग दोनों को खुराक मिलनेवाली है।'' नेता भाई की कटूक्ति सुनकर रघुपति को बड़ा धक्का लगा। उसका रोने का दिल करने लगा। वह वहाँ से हट गया। उस बार पूरी छुट्टी में घर के लोग उससे कटे-कटे रहने लगे। माँ भी उल्लास से तेल नहीं मलती थी। जाते वक्त पूछा था—

''अब तो तुम्हारे एम.ए. के इम्तहान हो जाएँगे। तुम कहीं-न-कहीं प्रोफेसर लग जाओगे।'' रघुपति मुँह देखता रह गया।

''क्या कहती हो माँ, प्रोफेसर लग जाना इतना आसान है?''

''पढ़ाई तो पूरी हो गयी न!'' माँ ने सम्भ्रम से पूछा।

''एक तरह से हो गयी समझो।''

''एक तरह से मतलब? और कोई डिग्री होती है क्या?''

''हाँ पी.एच.डी., डी. लिट्...।'' मुस्कुराकर कहा रघुपति ने माँ से। माँ हतप्रभ-सी उसे ताकने लगी।

''लेकिन हमने तो नहीं सुना था, अब कोशिश कर काम से लग जाना। अब तो तेरे चाचाजी लोग मालिक नहीं रहे। छोटे-चचेरे भाई का हुक्म चलता है। शरीर में न जोश रहा न ताकत कि घर चलाऊँ। तू शादी भी तो नहीं करता।'' कहती-कहती माँ कातर हो आई थी। कुछ सोचता हुआ रघुपति शहर लौट आया था। एम.ए. की परीक्षा जैसे ही समाप्त हुई, छोटा भाई नेता आगा था।

''भाई चलो अपने जवार नेताजी से मिल आएँ। तुम्हें कहीं-न-कहीं...।''

''छोड़ दे यार, मैं उन लोगों से नहीं मिलता।'' रघुपति तल्ख हो आया था।

''तुम वकालत ही पढ़ लो, इधर जवार के केस मुकदमे जो आते हैं उनमें

जैसा कहूँ पैरवी करना। पास करके वकील साहब बन जाना। पहले से तजुर्बा भी रहेगा।''

''वह सब मुझसे नहीं होगा।'' रघुपति ने सख्ती से कहा और मुँह दूसरी ओर फेरकर लेट गया। भाई को और कुछ कहने का मौका नहीं दिया। इससे एक बात ये हुई कि घर से मासिक वृत्ति आनी बन्द हो गयी। रघुपति बड़े कष्ट में दिन गुजारने लगा। मित्रों की सहायता से पूरा समय नहीं काटा जा सकता है यह भास होने लगा। घर के लोग ऐसे चुप बैठ गए जैसे किसी का इससे कोई रिश्ता ही न हो। भूखे पेट वाले रघुपति ने एकाध ट्यूशनें खोज लीं और नौकरी के चक्कर में रहने लगा। इण्टरव्यू में दही-अच्छत लगाये हुए साथियों को देखकर उसे हँसी आती। सफल होने की स्थिति में हनुमान मन्दिर जाकर लड्डू चढ़ाने की घोषणा करनेवाले साथियों की ओर उपहास की नजर से देखता।

आहिस्ता-आहिस्ता रघुपति बदलता जा रहा था। चिकना चेहरा उदासी और उपेक्षा का शिकार हो गया था। कपड़े घिस गये थे, माथा विचारों के झँझावात से बोझिल रहने लगा था। शरीर और मन दोनों आहत थे लेकिन रघुपति को वह याद नहीं आता। कभी आस्थावान लोगों को देखता, उसके में सोचता भी तो वह किसी रूप में इसके सामने खड़ा नहीं होता न साकार न निराकार।

कई बार माँ का पत्र आ चुका है कि वह क्या कर रहा है? कैसे रह रहा है? माँ का हर एक पत्र अन्तिम उपदेश का होता है। रघुपति के मन में सिर्फ माँ की प्रतिमा है वह भी समय की आँधियों से छीजती जा रही है। यह माँ भी उन लोगों में शामिल हो गयी है। उसे भी हैरत होती है कि उसका बेटा सामान्य जन की तरह क्यों नहीं है। ऐसा कैसे हो गया। कभी कथा नहीं सुनता, किसी मन्दिर में नहीं जाता, भगवान का नाम नहीं लेता। रघुपति सोचने पर उदास होता तो हँसी आने लगती उसे। वाह, कितने रूप हैं तुम्हारे, कितने मिजाज के हो तुम। इच्छानुसार इनसान चाहे तो तुमसे सम्पर्क बनाये। तुम क्या करते रहते हो यह रहस्य सन्देहों में घिरा है। लेकिन तुम रघुपति को कभी ठग नहीं पाओगे। तुम्हारा कोई रूप उसे आकर्षित नहीं करता है। उन्हीं दिनों रघुपति के सम्पर्क नये बनने लगे, एक ही प्रकार के लोग एक ही विचारधारा

को कमोबेश माननेवाले। अकसर ये गली के किसी नुक्कड़ पर बैठते और बहसें करते।

''यार, हमें बहसें छोड़कर कुछ-न-कुछ करना चाहिए।'' एक दिन समीर ने कहा।

''क्या करोगे?'' सुजीत ने पूछा था।

''हमें गाँवों की ओर चलना चाहिए। ग्रामीणों को अपनी वकत समझानी चाहिए।'' रघुपति का सुझाव था। और आनन-फानन सारी योजना बन गयी। सबों का अपना-अपना क्षेत्र बँट गया। कपड़े का एक झोला टाँगे रघुपति नितान्त अपरिचित परिवेश में अलख जगाने पहुँच गया था। ग्रामीण होते हुए भी वह आज तक शहर में ही रहता आया था। गाँव के कुछ पढ़े-लिखे लोगों के पास बैठकर समझाने की चेष्टा की कि वह नौकरी की तलाश में भटक रहा है और गाँवों के बच्चों को पढ़ाने की इच्छा रखता है। रघुपति ने जो गाँव चुना था वह अनपढ़ और छोटे तबके के लोगों का गाँव था। बलुआ पत्थर की पहाड़ियाँ ही पहाड़ियाँ थीं। पहाड़ियों की तलहटी में बसा यह गाँव रघुपति के आने से मानो अमृत बूँद पाकर जी गया था।

रघुपति ने पढ़ाने के साथ-साथ गाँव के बच्चों की निगरानी का ठेका भी ले लिया मानो। बच्चे माता-पिता के खदान पर जाने के बाद अनाथ से अकेले गाँव में पड़े होते। यहाँ रघुपति बिल्कुल रम गया। कैमूर की पहाड़ियों का ऊबड़-खाबड़ सिलसिला घण्टों देखता रहता। पहाड़ी की दो विशाल चट्टानों के बीच से बलखाती नदी किसी साँवली किशोरी-सी अठखेलियाँ करती उतरती सपाट भूमि पर पसरती जाती। सूर्य एक ही है, उसका सुबह से शाम तक विमल रूप होता है, विमल स्वभाव होता है, छहों ऋतुओं के साथ वह भारतीय मानव को अलग-अलग तरह से प्रिय-अप्रिय होता रहता है। यहाँ सूर्य रघुपति को बिलकुल अलग तरह का दीखता। प्रकृति की चित्रकारी को भाषा देनेवाला सुबह को आनेवाला शाम को जानेवाला सूर्य अपनी सहज विराटता का बोध सचमुच रघुपति को करवा रहा था।

''मास्टर जी, मैं कलेवा लेकर जाती हूँ बच्चों को बाहर न जाने देना।''— नित्य की भाँति चमेली आकर कह जाती। चमेली इस नन्हे-से गाँव की अनेक

अल्हड़ किशोरियों में एक थी जो प्रतिदिन पहाड़ी पर कलेवा लेकर जाती थी अपने माता-पिता और पड़ोसियों के लिए। रघुपति उनके बिना कहे भी बच्चों को देखता ही, उसका अपना काम बखूबी चल रहा था। वह अपनी योजना के प्रति सतर्क था। वह भूल चला था कि एम.ए. पास प्रोफेसर और विद्वान बनने की लालसा में बड़ा हुआ विधवा माँ का बेटा रघुपति है। अभी तो वह सम्पूर्ण अपना कहनेवाले समाज से अलग-थलग पड़ा है, अपनी एक विशेष धारणा के तहत काम में लगा है। समय पंख पसारे उड़ा जा रहा है, मजदूर नित्य अपनी पत्नियों और वयस्क आश्रितों के साथ पहाड़ी पर पत्थर तोड़ने जाते, रात को लौटकर चना चबेना खाते। देर तक एक जगह बैठकर रघुपति की बातें सुनते फिर थके-माँदे शरीर में वैचारिक ऊहापोह की दुहरी थकन लिये सो जाते।

"तुमको रोज-दिन कहने की क्या लत है, बाबू तो बच्चों के साथ ही बैठा रहता है।" चमेली की सहेली बिन्दा टहोका मारती कह बैठी थी। एक हाथ से रोटियों की टोकरी सिर पर सँभाले दूसरे हाथ से कमर पर मिट्टी का गगरा सँभालती हुई चमेली खिलखिला पड़ी थी। उसकी खिलखिलाहट ने रघुपति का ध्यान अपनी ओर आकर्षित कर लिया था। सिर के भार से टेढ़ी गर्दन और कमर के घड़े के भार से धँसी पीठ, उभरे नितम्ब अनायास इसके मन में हलचल पैदा करने लगे।

"क्यों इसी बहाने बात कर लेती हूँ, वह मुँह उठाकर देख तो लेता है, नहीं तो सिर नीचे किये बैठा रहता है दिन-भर बुद्धू की तरह।" चमेली ने शायद सुनाने की गरज से ही कहा था। एक बार और सिर उठाकर गौर से देखने लगा रघुपति। विश्वविद्यालय में अनेकानेक सायास सँवरी सुन्दरियों की अदाएँ कभी उसको मोह नहीं पायी थीं। लड़कियों का खिलखिलाता हुजूम जब इशारे कर इसे टी.डी.एच. कहकर आहें भरता तब भी यह वीतरागी के कठोर जामे से बाहर नहीं निकल पाया किन्तु इधर कई दिनों से चमेली का यह सीधा-सादा रूप कुछ हलचल-सी पैदा कर रहा था। रघुपति अपनी आदत के अनुसार आत्म-मन्थन करने बैठ जाता। ऐसा क्यों है ? क्या अभावों और कुरूप सच्चाइयों से डरकर रघुपति इस साँवली चमेली लता के निर्दोष सौन्दर्ययुक्त ताजे रूप पर रीझ गया है, अथवा अब यह घर-परिवार से दूर कोई नया स्नेह

बन्धन चाहता है। नहीं, कुछ नहीं है यह सब, रघुपति इसे क्षणिक मानव जीवन की कमजोरी मानकर दबा देता है और फिर से अर्धवयस्क बच्चों से बातें करने लगता है।

"चुनचुन तुम्हारे माता-पिता कब गुजर गये?"

"साल-भर पहले भइया!"—चुनचुन कहता।

"तुमने कुछ नहीं किया?"

"भगवान से प्रार्थना करता था और क्या करता?"

"भगवान कौन है? कहाँ है?"

"मुझे मालूम नहीं, पर वह सबकी सुनता है।"

"तुम्हारी तो नहीं सुना।"

"नहीं।"

"तब भी भगवान के बारे में सोचते हो? यह कोई नहीं है, समझे!"

"नहीं-नहीं ऐसा मत कहो, पाप लगेगा।"

"पाप क्या होता है?"

"झूठ बोलना पाप होता है, चोरी करना पाप होता है, भगवान के बारे में...।" चुनचुन के साथ के और लड़के भी रट लगाने लगते।

"बस-बस बहुत हुआ अब ये तो बताओ कि पाप लगने से क्या होता है?"

"बुरा होता है।"

"क्या बुरा होता है?"

"जैसे...जैसे...कोई मर जाता है, बीमार पड़ जाता है और और...।"

"हूँ, तुमने चुनचुन? तुमने क्या बुरा किया था?"

"दिदिया ने ताड़ पर वाली चिड़िया का घोंसला उजाड़ दिया था।"

"ऐसा तो रामू ने भी किया था। यही कहता है।"

"हाँ भैया किया तो था।"

"तब इसे ही क्यों सजा मिली, किसी और को क्यों नहीं मिली?"—इन लगातार की प्रश्न बौछारें बालकों-किशोरों को झकझोर के धर देतीं लेकिन फिर भी रघुपति बिलकुल उन्हें आस्थाहीन न कर पाता था। बच्चों से अधिक आस्थावान बूढ़े और स्त्रियाँ थीं। उनके अनुसार तकलीफों का भोग पूर्वजन्मार्जित

था। यह सब सुनते-सुनते तो रघुपति इतना बड़ा हुआ था लेकिन यह सारी ऊल-जलूल मान्यताएँ कभी उसे प्रभावित नहीं कर पायी थीं।

"मास्टर बाबू आप इस चुनचुनवाँ को भी दू अच्छर पढ़ा दीजिए, दिन-भर इधर-उधर घूमता फिरता है।"—यहाँ आने के छह-सात दिन बाद ही चमेली ने आकर कहा था।

"क्यों नहीं, बैठो बेटे, क्या नाम है तुम्हारा।"

"चुनचुनवाँ नाम है इसका मास्टरजी। चमेली मेरा नाम है।" चमेली ने ही उत्तर दिया था।

"इसे बोलने दो यह गूँगा है क्या?" रघुपति ने कहा था चमेली झेंप गयी थी। चुनचुनवाँ घोंघा की तरह उसकी आँचल में सिकुड़ गया था। अब चुनचुन वैसा घोंघा बसन्त नहीं रहा था। धीरे-धीरे पढ़ाई में मन लगाने लगा था। चमेली दिन में तीन बार आकर बैठ जाती और ऊल-जलूल प्रश्न पूछती रहती। उस दिन दोपहर में पिसी मेहँदी लेकर रघुपति के पास आकर बैठ गयी।

"अरे चुनचुनवाँ कहाँ गया मास्टरजी?"

"सिगरेट लाने भेजा है।" लेटे ही लेटे कहा रघुपति ने।

"सेवा-ऊवा करता है न!" अपनी पिण्डली पर मेहँदी थोपती रही चमेली। आँखें चुराकर रघुपति अनावृत पिण्डली की काली चिकनाहट सहेजता रहा।

"मेहँदी लगाने से बरसाती पानी असर नहीं करता न। काली पहाड़ी वाली नदी में अब पानी चढ़ने लगा। रोज का आना-जाना ठहरा।" चमेली के हाथ और जुबान दोनों एक-से चल रहे थे। रघुपति असहज अनुभव कर रहा था।

"मास्टरजी, देखो तो इधर क्या काट रहा है। हाय जल्दी उठो न, मैंने अपने दोनों हाथों में मुई मेहँदी थोप रखी है।" चमेली ऐंठने लगी थी। रघुपति तेजी से उठा—"कहाँ है?" एक पतला लम्बा-सा कीड़ा चमेली की काली चिकनी पीठ पर चिपका था चुटकियों से हटाकर फेंक दिया। अनायास क्या हो गया। उसके हाथ शरीर पर फिसलने लगे। नहीं, वह काला पत्थर नहीं था, वह तो पिघलता हुआ मोम था। निष्पाप किशोरी का समर्पित आवेश तन-मन को रंग

गया था। बाहर तेज बारिश हो रही थी। किसी को यह स्मरण नहीं रहा था कि चुनचुन कहाँ रह गया होगा। सिगरेट की तलब मर चुकी थी और जाने किस बात से मन बोझिल हो गया था। संस्कार जैसी वस्तु को पहले ही नकार चुके थे। यही करना होता तो माँ की इच्छा का आदर करता। लेकिन कहीं कुछ था जो अच्छा नहीं लग रहा था। बार-बार अपनी साथी सदस्या की एक बात याद आती थी, अपने मन को बिजली का झटका देकर आश्वस्त करना चाहता था। वह कहा करती थी कि यदि कोई मुझसे जबर्दस्ती शारीरिक सम्बन्ध स्थापित कर लेता है तो उसे मैं कुछ भी नहीं समझूँगी—शरीर की पवित्रता का एक ढकोसला है और कुछ नहीं—यह किसी भी समय समाप्त हो जानेवाला शरीर, एक निश्चित समय पर अपनी आभा खो देनेवाला शरीर मात्र एक रोल्ड-गोल्ड का आभूषण है जिसकी तथाकथित अपवित्रता एक नकली आभूषण के खो जाने जितनी कसक मेरे अन्दर भर सकती है, और कुछ नहीं।

लेकिन यह सब तो समान विचारधारा की पढ़ी-लिखी सदस्या कह सकती है। यह निष्पाप चमेली बिना माँ-बाप की बेटी, एक भाई की बड़ी बहन चमेली इतनी बड़ी-बड़ी बात सोच भी सकेगी क्या? यह सब सोचते-सोचते सो गया था रघुपति। नींद खुली तब साँझ झुक आयी थी। कोने में लालटेन जल रहा था और वहाँ बैठकर चुनचुन पढ़ रहा था। ओसारे पर खढ़-पात की आँच में चमेली रोटी सेंक रही थी। उसका साँवला चेहरा धधकती आँच की रोशनी में चमक रहा था, काले सुचिक्कन केश कसकर जूड़े की शक्ल में बँधे थे। चिकनी गरदन में रंग-बिरंगी प्लास्टिक की मोतियाँ पड़ी थीं। लाल किनारे की हरी साड़ी पहने चमेली अपने काम में लगी थी। कोशिश करके भी वह उसके मनोभाव को ताड़ न सका। गले में कुर्ता डालकर बाहर निकलने लगा कि उसने पुकारा—

"मास्टरजी, रोटी खा लो तब निकलना।"

"आज तो रोटी जदू के घर खानी है न।" उसने याद दिलाया इस गाँव में किसी एक के घर का भार नहीं था वह।

"लेकिन आज यहाँ खा लो।" चमेली ने मनुहार किया। वह, बैठ गया। अपने आपको कमजोर महसूस कर रहा था। जी अचानक उचाट हो आया था।

कभी-कभी अपने आप पर खीज भी हो आती थी कि क्या कर बैठा। यह कौन-सा तरीका हुआ कि बातें तो आदर्श की करूँ और अपने आप पर नियन्त्रण ही न रख सकूँ। रात-भर के सोच से एक बात निकली—यहाँ से आज ही चले जाना चाहिए। उस जैसे कमजोर व्यक्ति की कोई आवश्यकता नहीं है।

तैयार होने को क्या था, एक जोड़ी अतिरिक्त कपड़े और एक झोला, कुछ कागज-कलम।

"चुनचुन, चमेली, मैं जरा शहर जा रहा हूँ।" उन्हें बुलाकर कहा।

"अरे, ऐसे अचानक क्यों? कोई खबर आयी है क्या?" चमेली ने प्रश्न किया।

"नहीं यूँ ही जरूरी काम याद आ गया।" उसने टालने जैसा उत्तर दिया।

"ओह, ये कुछ खा लो मास्टरजी तब जाना।" चमेली ने कहा।

"नहीं-नहीं इच्छा नहीं है।" वह अनमना-सा था।

"तो यह साथ में रख लो रास्ते में खाना।" ना-ना करते हुए भी उसने केले के पत्ते में लपेटकर उबले हुए शकरकन्द डाल दिये।

"मास्टरजी, काली पहाड़ी पर होकर ही जाना है न, चलो मैं भी चलती हूँ।" चमेली ने जबर्दस्ती झोला लेकर टाँग लिया है अपने कन्धों में। आगे-आगे फुदकती पत्थर फलाँगती पहाड़ी पर चढ़ती जा रही थी—

'किनकर भींजल लटपट पगिया
किनकर भींजल लामी केस रे
महुइये तले
कारे बादल मारे ठेक'

गीत झरने की तरह उसके ओठों से फिसल रहे थे।

"मास्टरजी, आप तो कभी इस मन्दिर नहीं आये थे?" एक विशाल शिरीष के पेड़ के नीचे छोटा-सा पत्थर का चौंतरा था। उस चौंतरे पर मूर्तिनुमा कोई शिलाखण्ड स्थापित था सिन्दूर तेल से चुपड़ा हुआ। वह मुलुर-मुलुर ताकता रहा। साड़ी की खूँट में से निकालकर एक लाल-पीला धागे का लच्छा हाथों में थमा दिया और एक चितकबरा पत्थर का छोटा-सा टुकड़ा बीन लायी। "इस पत्थर को इस धागे में लपेटकर टहनी में बाँध दो।"—चमेली ने मानो आदेश दिया।

"क्यों?" उसने जिज्ञासा की।

"एक मनोकामना है मास्टरजी, देखते नहीं जितने पत्थर टँगे हैं सभी मनोकामना के हैं। जब काली मैया पूरी करेगी तब खोलकर चढ़ा दूँगी इन्हें।" खुशी से आँखें चमक रही थीं उसकी, जिसे नहीं मानता उसे करने में हाथ नहीं रुके। स्थिर होकर पत्थर बाँध दिये।

"अब यहाँ आओ।" उसे खींचकर चमेली काली पहाड़ पर ले गयी। हाथ पकड़कर उसकी अनामिका में सिन्दूर लगा दिया और देखने लगी। लगा चारों ओर सन्नाटा खिंच गया है। उसने अपना शरीर छोड़ दिया है। कहीं कुछ नहीं है। वह अन्धा-बहरा और निष्प्राण हो गया है। तभी चमेली की खिलखिलाहट से उसका स्व लौट आया। उसकी अनामिका मोड़कर लोमष छाती में सिन्दूर का टीका लगा दिया चमेली ने और लिपट गयी।

"मास्टरजी, डर गये। नहीं-नहीं मैं तुम्हें जबर्दस्ती थोड़ी बाँध सकती हूँ। इसीलिए तो ढेला बँध गया है। तुम लौटकर आओगे न?"

रघुपति ने सोचा, वह अब तक सोचता था इस काली किशोरी का नाम किसने चमेली रखा, क्यों रखा। लेकिन काली पत्थर पर खड़ी वह चमेली कितनी उज्ज्वल, कितनी सुरभित, कितनी कोमल लग रही थी। नंगे पैर चमेली आस्था की ऊँचाई पर खड़ी धीमे-धीमे गुनगुना रही थी :

'कारे बादर मारे ठेक रे महुइये तले
कारे बादर...।'

चारों ओर संगीत बिखरा है। उसका रोम-रोम कण्टकित हो आया है। उसने मन ही मन कहा, 'मैंने तुम्हें कभी नहीं देखा ओ अनन्त। जितना तुम्हारे बारे में सुना उस पर कभी आस्था नहीं रही। आज अभी अनायास तुम्हारे अनन्त अस्तित्व पर विश्वास करने का जी करता है। तुम्हारी अनगिनत अमूर्त बाँहों को अनुभव करने का जी चाहता है।

'उसी रूप में मैं वहाँ लौटकर जाऊँ या किसी और रूप में, काले लहराते आस्था के घनेरे बादलों की छाँव में तुम्हीं बताना।'—रघुपति गुहार लगाता तेजी से पहाड़ी उतर रहा था।

❑

कुमुदिनी

"**मैं** ठीक तो लग रही हूँ न शुभांगी?" श्रेया ने अपने आपको आईने में निरखते हुए पूछा। शुभांगी श्रेया की साड़ी की तहें बैठा रही थी। वह मुस्कुरायी और आँखें तिरछी कर पूछ लिया—

"कहीं तुम स्वयं को तो दिखाने नहीं जा रही हो श्रेया?" श्रेया हँसी। चेहरे पर लाज की कोई लाली नहीं फैली। कहीं कुछ नहीं दिखा, न दिल धड़का। बात आवारा बादलों की नाईं सिर से गुजर गयी।

"नहीं रे, लेकिन स्मार्ट बनकर तो जाना पड़ेगा न। लड़की भी क्या कहेगी कि कितनी अनस्मार्ट लड़की है, कहीं चाचा भी वैसा ही न हो।"

"ऐसा नहीं कहेगा कोई श्रेया, तेरे मोटे फ्रेम के चश्मे और बुद्धिजीवी चेहरे के भाव तेरे चाचा की नस्ल बता जाएँगे।" हँसकर कहा शुभांगी ने।

"क्यों? मेरे चाचा की नौकरी नहीं बता पाएगी उनकी बुद्धि का पता?" श्रेया ने गर्वोन्नत भाव से कहा।

"बताएगी, बताएगी, तुम नीचे जाओ, बेचारे इन्तजार कर रहे होंगे तुम्हारे अतुल चाचा, देर हो रही है। एक तो पहले से ही उतावले होंगे। अजीब-सा रिवाज है। लड़का लड़की को नहीं देखेगा। तुम जाकर अपनी होनेवाली चाची को देखकर आओगी। तुम्हारी आँखों में वे अपनी होनेवाली पत्नी का अक्स देखेंगे और तब..."

"ऊँह, बस करो अपनी कविता, जैसा होता है होने दो। नीचे तक चलती हो?" श्रेया ने पर्स उठाते हुए कहा।

"नहीं यार छोड़ दे मुझे। बड़ी तेज हवा चल रही है। बाहर निकलने का मन नहीं कर रहा है। तुम चली जाओ। मैं यहाँ बैठकर तुम्हारी प्रतीक्षा करूँगी। शाम तक आ जाओगी न?" अलसायी-सी शुभांगी थी।

"बिलकुल-बिलकुल" कहकर श्रेया नीचे उतर गयी। शुभांगी ने कमरे का दरवाजा बन्द कर लिया। श्रेया तेजी से सीढ़ियाँ उतरकर नीचे आई थी, तो साँस फूल रही थी। थोड़ी देर बैठी रही। तब तक अतुल ने रिक्शा बुलवा लिया। आज श्रेया एक बड़ा काम करने जा रही थी। अपने प्रिय तथा एकमात्र सम्बन्धी चाचा के लिए लड़की पसन्द करने जा रही थी। समय की बात सोचते हुए दोनों रिक्शे पर चुपचाप जा रहे थे। एक-दूसरे से बातें नहीं कर पा रहे थे। एकाध बार बातों का सूत्र जोड़ने की चेष्टा भी की तो टूट गयी। शायद दोनों एक ही बात सोच रहे थे।

श्रेया के पिता के एक ही छोटे भाई थे अतुल। और कहीं कोई भी नहीं। अतुल ने स्कूल की पढ़ाई पूरी कर ली थी। कॉलेज में दाखिले का प्रयत्न चल रहा था। श्रेया के पिता नामी-गिरामी वकील थे। किसी केस के सिलसिले में कार से राजधानी जा रहे थे। अतुल और श्रेया पीछे की सीट पर बैठे थे, भैया-भाभी आगे। श्रेया मुश्किल से पाँच-छह वर्षों की रही होगी। गाड़ी तेजी से जंगलों-पहाड़ियों को पीछे छोड़ती जा रही थी। श्रेया को वैसे उस उम्र की बहुत सारी बातें याद थीं जीवन का उतना बड़ा अनुभव सब कुछ याद रखने को विवश करता रहा था। टूटी-फूटी सड़कों से उबरकर गाड़ी जब चिकनी साफ चमकीली सड़क पर आती तो अनायास तेजी से दौड़ पड़ती। श्रेया ने गाड़ी की खिड़की खोलने को कहा। सड़क के किनारे कतार में सजे वृक्ष फूलों से भरे हुए थे। लाल, पीले, सफेद और बैंजनी फूल। अतुल ने शीशा नीचे कर दिया। बादल घिर आये थे। झींसी-फुहार पड़ने लगी। श्रेया कभी हाथ बाहर कर वर्षा की बूँदें ग्रहण करती, कभी कूद-कूदकर गीत गाने लगती। सामने बैठे माता-पिता हँस रहे थे। कार के अन्दर मानो स्वर्ग उतर आया था कि अचानक एक गाय कार के सामने दौड़ती चली आयी। पिता ने जोर का ब्रेक

मारा। फिर न तो श्रेया को कुछ याद रहा, न अतुल को। होश में आने पर अतुल के सामने भविष्य की लम्बी राहें पड़ी थीं और पालने को एक छोटी-सी बच्ची थी। अतुल चुप हो गया था। अपने भइया के सपनों को साकार करने का अहम भार अतुल के कन्धों पर आ गया था। अपना आपा भूलकर वह जुट गया था।

रिक्शा रुक गया। अतुल ने श्रेया को उतारा, स्वयं रिक्शे पर बैठा रहा। ''तुम कहाँ जाओगे चच्चा?'' उतनी देर से चुप श्रेया ने पहली बार प्रश्न किया। ''पास ही एक मित्र रहता है, वहीं जाऊँगा। फिर तो नीलाभ रेस्तराँ के लॉन में मिलते हैं।'' अतुल ने बेफिक्री से कहा।

''चलो ठीक है। लेकिन मैं तो स्वयं नर्वस हो रही हूँ चाचा। अगर प्रदीप चाचा की माँ ने इतनी जिद न की होती तो कभी लड़की देखने नहीं आती।'' श्रेया ने कहा।

''वीर बाला बनो और जाकर...''

''लड़की देख आओ, यही न। ठीक है तुम जाओ।'' सामने के मकान की दरवाजे-खिड़कियाँ बन्द थे। श्रेया ने घण्टी बजायी। दरवाजा जल्दी खुल गया। बड़ी गर्मजोशी से अगवानी हुई श्रेया की। बड़े-से सजे हॉल में बैठायी गयी श्रेया।

''आपने बड़ा विचित्र समय चुना यहाँ आने का। झक्कड़ और साँय-साँय करती दुपहरी। कष्ट तो हुआ होगा।'' यह प्रौढ़ा शायद लड़की की माँ थी।

''जी नहीं, कोई खास नहीं। दरअसल मेरे होस्टल से छुट्टी ही नहीं मिलती किसी और समय। आप लोगों को तकलीफ हुई।''

''नहीं ऐसी कोई बात नहीं है। जब बेटी को बड़े ओहदेवाले के साथ ब्याहना है तो यह सब चलेगा।'' सपाट लहजा था। श्रेया को उनका स्वर नहीं भाया। थोड़ी देर में लड़की आयी अपनी बहनों के साथ। सुन्दर, सुघड़ सुसज्जिता लड़की श्रेया को चमत्कृत कर गयी। वह चुपचाप बैठी रही। उसकी माँ ने बार-बार कहा कि वह तो अतुल को ही बुलाकर दिखाना चाह रही थी किन्तु वह स्वयं तैयार न हुआ। घण्टे-भर का समय श्रेया ने मुश्किल से काटा और भागी-भागी नीलाभ रेस्तराँ जा पहुँची। अतुल पहले से ही रेस्तराँ

के लॉन में बैठा इन्तजार कर रहा था। श्रेया का जी हल्का हो गया। चाचा से कभी कुछ न छिपानेवाली श्रेया ने आज सोच रखा था कि उतनी ही बात बताएगी जितनी चाचा के जीवन के लिए उपयोगी होगी। बाकी छिपा जाएंगी।

"चाचा, लड़की जन्नत की हूर है।" आँखें मटकाकर कहा श्रेया ने।

"अच्छा?"

"चाचा तुरन्त हाँ कर दो।" लड़ियाकर कहा श्रेया ने।

"इतनी जल्दी! पगली। जरा सोचने दे। बड़े बाप की बेटी है, स्वभाव, गुण और उसकी सम्भावनाओं के बारे में जान लें तब कुछ कहना।"

"कहना क्या है, मुझे तो बड़ी सोबर लगी। बिलकुल तुम्हारे लायक। समझे, ना-नुच न करो।"

"हूँ-हूँ। ऐसे नहीं। सोबर का क्या मतलब? कोई बात की तुमसे?"

"नहीं, कोई नहीं। मैंने नाश्ते के लिए अपनी प्लेट उठायी। उसने नहीं उठायी। मैंने उसे प्लेट पकड़ाया, उसने कहा थैंक्यू। मैंने उसे नमस्ते की, उसने भी की। बस।" श्रेया ने बताया।

"बस?"

"हाँ तो और क्या? अरे तुम नहीं जानते लड़कियाँ नर्वस हो जाती हैं शादी की बात पर।" श्रेया ने आँखें बड़ी-बड़ी कर समझायी अपनी बात। जोर से हँस पड़ा अतुल। "देख, जल्दी नहीं है कोई। फिर बातें करेंगे। अब तू जल्दी-जल्दी बता कैसी पढ़ाई चल रही है। तू विश्वविद्यालय में पोस्ट ग्रेजुएट करेगी न?" प्रसंग बदला अतुल ने।

"अब यह कैसे बता सकती हूँ। लेकिन पढ़ रही हूँ। पर, चाचा तुम अब जल्दी शादी का निर्णय लो। बी.ए. की परीक्षा देकर मैं फिर तुम्हारे साथ रहकर बोर नहीं होना चाहती। हाँ।" रूठे-से स्वर में कहा श्रेया ने।

"तुम मेरे साथ रहकर बोर होती हो? और वह जो कोई बाहर से आएगी, उसके साथ मन लग जाएगा? तब तो मैं किसी को नहीं लानेवाला। बस।"

"नहीं चाचा, मैं तुम्हारे साथ रहने को कहाँ मना करती हूँ लेकिन घर में सिर्फ नौकर, दाई और मैं। तुम अपनी नौकरी में व्यस्त। सच, मैं तंग आ गयी हूँ। चाची लाने में तुम्हें क्या एतराज है?" श्रेया ने प्रश्न किया।

"अब कोई एतराज नहीं। ठीक है बाबा, मैं कहाँ मना करता हूँ।" अतुल ने कहा, श्रेया ने मान लिया। अतुल का मन सचमुच स्थिर नहीं हो पा रहा था। श्रेया के कोमल हृदय को कोई बाहरी लड़की आकर दुखा न दे। अतुल को यह आशंका चैन नहीं लेने देती। श्रेया अपना दुख तो कभी बताएगी नहीं, अतुल स्वयं समझ लेगा तब अपने को क्षमा नहीं कर सकेगा। प्राथमिक चिकित्सा के बाद लौटा अतुल आँखों से श्रेया की ओर नहीं देख पा रहा था। भैया-भाभी का क्रिया-कर्म करने के बाद एक दिन छत की टेरेस पर पड़ा शून्य में ताक रहा था कि फ्रॉक में घरौंदे का सामान समेटे श्रेया आयी थी।

"चाचा, चाय बनाऊँ?" कहा और तख्त पर पूरी गृहस्थी सजा बैठी थी। किशोर अतुल पाँच वर्षों की श्रेया को देखने लगा था। बिलकुल अपनी माँ की तरह चाय और नाश्ते का सरंजाम कर रही थी। अनायास अतुल के हाथ आगे बढ़ गये थे। उसने झूठ-मूठ का नाश्ता-चाय लिया और हल्का हो गया। श्रेया के घरौंदे की चाय वह पहली बार नहीं पी रहा था लेकिन अहसास की जमीन पर अनायास भीग गया अतुल। उतने बड़े हादसे के बाद उस दिन पहली बार चुप्पी की दीवार तोड़ी थी नन्ही बच्ची श्रेया ने। मातृहीन अतुल ने भाभी को माँ के रूप में देखा था। उस दिन श्रेया के चेहरे पर अतुल ने माँ की छाया देख ली। जीवन का सम्बल मिल गया था अतुल को। राजधानी जाकर पढ़ने की इच्छा का अतुल ने त्याग कर दिया था। अपने घर रहकर कॉलेज की पढ़ाई करने लगा। छोटी-सी श्रेया की देखभाल का सारा भार ढेर नौकर-चाकरों का हुजूम होते हुए भी स्वयं वहन करता, चाचा-भतीजी के बीच ढेर सारी बातें होतीं, पर एक नंगी तलवार की तरह जो हादसे और दर्द का सिलसिला लटकी होती—ये देखकर भी अनदेखा कर जाते।

"चाचा, तुम कम्पिटीशन में क्यों नहीं बैठते?" श्रेया ने एक दिन कन्धे से अपना स्कूल बैग उतारकर रखते हुए पूछा था अतुल से। पुस्तक पढ़ता अतुल चौंक उठा था।

"क्यों वकील नहीं बनूँ?" बोलने को बोल गया अतुल, पर भीतर से काँप उठा। वकील बनने की इच्छा जाहिर करने का सीधा अर्थ था अपने भइया के

प्रसंग को याद करना। कहीं श्रेया का यत्न से जमा बर्फ जैसा मन पिघल न जाये। डर गया अतुल।

"नहीं कभी नहीं वकील बनना है। आपको ऑफिसर बनना है।" श्रेया ने तेजी से कहा।

"अच्छा बेटे, ऑफिसर बनने की कोशिश करूँगा।" अतुल ने मुस्कुराकर कहा।

"नहीं कोशिश नहीं, तुम्हें बनना है बस।" जिद में भरकर कहा श्रेया ने।

"ठीक है, बनूँगा। अब खुश? अपने कपड़े बदलो और नाश्ता करो।" अतुल ने वादा कर पीछा छुड़ाया था। लेकिन कहाँ छूटा था पीछा? रात-दिन एक कर पढ़ना पड़ा था अतुल को। अन्ततः ऑफिसर बनकर की दम लिया था। श्रेया नाचती फिरी थी घर में। बाहर के लोगों के यहाँ से कोई आना-जाना नहीं था श्रेया का। सहानुभूति की चिपचिपी लहर वह बर्दाश्त नहीं कर पाती। शुभांगी बचपन की सहेली थी। उसी ने स्कूल के बाद कॉलेज में होस्टल में रहने की सलाह दी थी। घर में अतुल के रहते श्रेया बाहर जाने की बात पर विचार करती, किन्तु अब तो उन्हें ही बाहर जाना था। विचारने का सवाल ही नहीं रहा।

"लगता है तुझे भी अभी ही कम्पिटीशन में बैठना है।" शुभांगी श्रेया को किसी किताब में लीन देखकर कहती।

"नहीं यार, यह तो मैं रजनी पनिक्कर का उपन्यास पढ़ रही हूँ।" श्रेया गम्भीरता से कहती। शुभांगी उपन्यास छीनकर ले लेती और छत पर टहलने को बाध्य कर देती। फिर देर तक दोनों सहेलियाँ रजनी पनिक्कर के उपन्यास पर बातें करती रहतीं। यहाँ भी श्रेया ने अधिक मित्र नहीं बनाये। प्रशंसिकाएँ अलबत्ता जुटा ली थीं। शुभांगी और श्रेया का एक-दूसरे में डूबे रहना यदा-कदा मजाक का विषय भी बनता किन्तु इन्हें किसी बात की परवाह नहीं थी। अतुल भी अकसर श्रेया को शुभांगी का नाम लेकर चिढ़ाता।

"अच्छा सुन तो श्रेया, तेरी उस चिड़ीमार दोस्त शुभी का क्या हाल है।"

"ऐसे क्यों बोलते हो? वो चिड़ीमार कब से हो गयी। अच्छा नहीं लगता, बहुत अच्छी लड़की है वो।" श्रेया चिढ़कर कहती।

"वाह, बहुत अच्छे लेकिन एक चिड़िया मार ले तो मैं समझूँ।"

"चिड़िया मारने की क्या जरूरत है, क्या बहेलिया है?"

"मतलब चलती-फिरती कैसे है?"

"देखो चाचा, मेरी दोस्त को बेकार मत चिढ़ाओ। मैं कौन-सी पहलवान हूँ।"

"हा-हा, इस गणित से ठीक है। तुम दोनों तराजू के पलड़े में बैठा दी जाओगी तो डण्डी बराबर रहेगी।" लेकिन पता नहीं क्या होता, शुभांगी के सामने अतुल कुछ बोल न पाता। उसका सारा साहित्य धरा रह जाता, विनोदप्रियता कुन्द हो जाती। वह उसकी बड़ी-बड़ी साफ कोयोंवाली आँखों से आँखें चुराता और उसके पिघलते सोने से रूप का ताव न सह पाता। श्रेया के साथ बढ़ती देखता रहा था शुभांगी को। लाल स्कर्ट में स्कूल से घर आती, लहर की तरह फ्रॉक से दुपट्टा में बदलती, अधिक कुछ सोचने-विचारने की फुरसत कहाँ थी, कहाँ थी ऐसी मनःस्थिति कि गम्भीरता पूर्वक हृदय की आवश्यकता को समझे।

"अच्छा बता तो कैसी लगी लड़की?" आते ही शुभांगी ने पूछा श्रेया से।

"सुन्दर तो बड़ी है शुभी, लेकिन..." सोच में डूब गयी श्रेया।

"लेकिन क्या?" शुभांगी सुनने को उतावली थी।

"ऐसा है कि कुछ था जो अच्छा नहीं लगा, मुझे लगता है मैं अपनी पसन्द को ही नहीं समझ पा रही हूँ, ऐसे तो काम नहीं चलेगा न शुभी? चाचा के पास बड़ी प्रशंसा की है कि शादी कर लें।" अन्यमनस्क थी श्रेया।

"तुम भी विचित्र जीव हो, अगर पसन्द नहीं है तो..."

"लेकिन ऐसे कैसे चलेगा?" सोच में डूब गयी शुभांगी चुपचाप पड़ गयी, श्रेया पहले ही लेट गयी थी, देर रात तक दोनों सहेलियाँ जागती रहीं, किन्तु मौन का अन्धकार उनके बीच फैला रहा, अब जैसे बातचीत करने का कोई विषय ही नहीं रहा था कि विषय की निरन्तरता ने रुचिहीनता की सृष्टि कर दी।

जीवन अबाध गति से चलता रहा, अतुल ने उस लड़की से विवाह करना पसन्द नहीं किया, श्रेया और शुभांगी ने बी.ए. की परीक्षा दे डाली, अतुल वहीं

राजधानी में अपनी नौकरी के सिलसिले में रह गया और श्रेया शुभांगी छुट्टियाँ बिताने अपने शहर आ गयीं। शुभांगी की माँ नित नये रिश्ते की बात लेकर बैठने लगी, श्रेया को मजे आने लगे, शुभांगी मन ही मन कुढ़ने लगी। श्रेया के यहाँ शुभांगी की बात नहीं चल सकती, क्योंकि दोनों दो बिरादरी के थे। शुभांगी के पिता जहाँ कहीं भी बात करते, शादी पक्की होती, टूट जाती। भारी-भारी रातें और उदास दिन बीत रहे थे। पर लगभग तितलियों की तरह भागते दिन और आँखों में कटी रातें गुजारना तो सब पसन्द करते हैं, श्रेया और शुभांगी को इन बोझिल दिन-रातों का उपयोग करना अच्छा लगता। भरपूर जी रही थीं दोनों सहेलियाँ निर्द्वन्द्व निस्पृह जैसे दुनिया इन्हीं के लिए बनी हो।

शुभांगी के पिता हरिहर जायसवाल अच्छे व्यापारी थे। शहर में उनकी साख थी। अन्य बेटे-बेटियों की शादी कर निश्चिन्त हो गये थे। शुभांगी के अतिरिक्त किसी बच्चे को पढ़ाई-लिखाई में अधिक रुचि नहीं थी। शुरू-शुरू में जब शुभांगी पढ़ाई में मन लगाती, जायसवाल साहब फूले नहीं समाते थे। लेकिन अभी वे इस पढ़ाई-लिखाई से ऊब से गये थे। अकसर शुभांगी की माँ सुनाया करती कि एक तो उन चाचा-भतीजी को कोई ब्याहने वाला नहीं है, दूसरे वे लोग हैं भी किताबी लोग। यह सब तौर-तरीका हमारे घर में नहीं चलने का।

इन लोगों की बात का शुभांगी पर कोई असर नहीं पड़ता। पिता की छाती में मुँह रगड़कर शुभांगी आगे और पढ़ने की बात मनवा लेती। बी.ए. करने के बाद शुभांगी फिर श्रेया के साथ विश्वविद्यालय चल पड़ी पढ़ने। माँ मुँह ताकती ही रह गयी।

तंग आकर श्रेया ने अतुल के लिए दुल्हन देखना बन्द कर दिया। अतुल ने अवश्य श्रेया की चिन्ता शुरू कर दी थी। उस दिन विश्वविद्यालय छात्रावास के सबसे ऊपर वाले छत पर बैठी श्रेया धूप सेंक रही थी। स्नान कर तुरन्त निकली थी। काले-काले घनेरे केश पानी की सघन झालरों की तरह कन्धों पर लोट रहे थे। बिना चश्मे की आँखें बड़ी-बड़ी स्वाभाविकता लिये खुली थीं। सीपी-सी पलकें और काली वरौनियाँ, बुद्धि से दीप्त कोमल कान्ति। शुभांगी स्नान करने गयी थी। एक दूसरी छात्रा भूली-सी आ गयी श्रेया के पास।

"आपके केश कितने सुन्दर हैं श्रेया दी!" बातचीत का क्रम शुरू करने का बहाना था।

"आँ? हाँ, तुम्हारे केश भी सुन्दर हैं।" श्रेया मुस्कुराने लगी।

"श्रेया दी, आपसे हम लोगों को बड़ा डर लगता है।" वह लड़की भोलेपन से कह गयी।

"क्यों?" अब श्रेया सँभल गयी थी। सामने बैठी भोली लड़की की बातों में रस आने लगा था।

"आप इतनी गम्भीर जो हैं। दिन-रात मोटी-मोटी किताबें पढ़ती हैं। और किसी से बात नहीं करती हैं।"

"अच्छा सिर्फ इसलिए?" श्रेया हौले-हौले हँसने लगी। उसे यह भी ठीक से नहीं पता था कि सामने बैठी लड़की किस कक्षा में पढ़ती है। अचानक श्रेया को लगा यह सचमुच ठीक नहीं है। व्यक्तित्व के लिए ऋणात्मक बिन्दु है यह। अब वह सोचने लगी कि किस प्रकार उस लड़की का ध्यान अपनी बातों से हटाकर उसकी ओर कर दिया जाये।

"अच्छा सुनो, तुम सन्थाल परगना से आयी हो क्या?" पूछा श्रेया ने।

"नहीं, मैं सन्थाली लगती हूँ?" वह मुस्कुरायी।

"उस दिन तुम मुझे धनबाद जाने वाली गाड़ी में मिली थीं।" स्टेशन पर पिछली बार अतुल को छोड़ने गयी थी श्रेया। अतुल उधर ही जा रहा था। उसी गाड़ी में यह लड़की अपने किसी अभिभावक के साथ बैठी मिली थी। इसने उस दिन उसे देखकर मुस्कुराया भर था।

"वह मैं अपनी मौसी के यहाँ जा रही थी शादी में।" वह हँसने लगी। अब श्रेया को कुछ पूछने से संकोच हो रहा था।

"अच्छा बताइए श्रेया दी, आप मेरा नाम जानती हैं।" उसने हँसकर पूछा।

"हाँ बिलकुल, तुम्हारा नाम इरा है।" श्रेया को छात्रावास का चुनाव याद आया। यही लड़की थी जिसने श्रेया का नाम प्रीफेक्ट के लिए प्रस्तावित किया। नाम इरा ही था इसका। उस दिन का हंगामा याद आ गया श्रेया को। लड़कियों की मिश्रित प्रतिक्रिया थी। कुछ इसके नाम से हक्का-बक्का रह गयीं, कुछ प्रसन्न हो उठीं। श्रेया स्वयं अचम्भित रह गयी थी। उठकर कहा उसने—

‘‘नहीं-नहीं, मैं यह उत्तरदायित्व नहीं ले सकती।’’ उसके बाद हलचल शान्त हो गयी थी। यह लड़की इरा श्रेया से रूठ गयी थी। श्रेया ने उसके रूठने पर ध्यान नहीं दिया कभी। इरा को झटका लगा। उसने मन ही मन निश्चय किया श्रेया से घुल-मिलकर रहेगी। कब तक अपने आपको एक कमरे में एक मित्र के साथ एक टेरेस पर बैठकर गुजारेगी।

‘‘इरा, तुम्हारे इम्तहान के दिन निकट होंगे न?’’ श्रेया बातचीत का सूत्र थामने की कोशिश कर रही थी। इरा हँसने लगी। शुभांगी स्नान कर आयी थी। अपने केश तौलिये से सुखा रही थी।

‘‘तुमने भी खूब कहा श्रेया, यह तो अभी थर्ड इयर में है। इसकी परीक्षा कैसी?’’ शुभांगी ने कहा।

‘‘ओ आई सी। मैंने समझा...।’’ श्रेया इस बातचीत से परेशान हो गयी थी। शुभांगी के आते ही अपने को आश्वस्त महसूस किया। शुभांगी ने मानो उसे वार्तालाप के घोर दलदल से उबार लिया। पार्श्व से उठाकर चश्मा आँखों पर चढ़ाया और किताब खोलने लगी।

‘‘नो-नो, नहीं श्रेया दी, आपको यह नहीं पढ़ना है अभी।’’ भौंचक श्रेया के हाथ से इरा ने किताब छीन लीं। श्रेया चकित-सी उसका मुँह देखती रही। शुभांगी भी थोड़ी भौंचक हुई। श्रेया के हाथ से किताब लेने की बात तो दूर, किसी समय उसके पढ़ने के विषय को लेकर टिप्पणी भी नहीं कर सकती शुभांगी। श्रेया के बालसखी होने, एक मात्र अन्तरंग रहने पर भी एक छोटा-सा दायरा है जिसमें जब श्रेया सिमट जाती है तो उसे बाँह पकड़कर शुभांगी भी नहीं खींच पाती। कम क्रोध करने वाली श्रेया का क्रोध भयानक है, यह जानती थी शुभांगी, सो वह थोड़ी आशंकित हुई। श्रेया हँस पड़ी।

‘‘अच्छा, जैसा तुम कहोगी। नहीं पढ़ूँगी किताब। कहो क्या कहती हो?’’ श्रेया के चेहरे पर कोई तनाव नहीं था, बल्कि सुकून था। शुभांगी भी मुस्कुरायी। उसे तो अपने ही घर में बहुत से सम्बन्धियों का अनुभव था। नया तो यह सब श्रेया के लिए था।

‘‘अच्छा तो-तो, चलिए कविताओं पर बातें करें।’’ इरा ने कहा।

‘‘चलो हुआ बण्टाढार!’’ शुभांगी ने जड़ा। पहले साहित्य की गम्य विधा

पर बातें होतीं अब अगम्य की बारी आयी।—इरा जल्दी ही इन लोगों से घुलमिल गयी। श्रेया इरा को प्यार करने लगी। अनायास उसे लगा कि जीवन का एक विशेष भाग अब तक सूना था। श्रेया स्वयं को दुनिया से अलग रखकर देखने की चेष्टा करती, वह स्थिति बिलकुल समाप्त हो गयी थी। अब इनकी जोड़ी तिगड़ी बन चुकी थी। बातचीत में चहक बढ़ गयी थी, विषय का फैलाव बढ़ा था। श्रेया को बहुत प्रसन्न देखकर शुभांगी प्रसन्न थी। कैसे वर्ष बीते और शुभांगी, श्रेया ने विश्वविद्यालय की पढ़ाई पूरी कर ली। छात्रावास से जाते समय पहली बार लगा कि इरा को इनका जाना बुरा लगेगा। इरा ने अकेले इनसे मैत्री बढ़ायी थी। अब यह नये सिरे से कैसे रह पाएगी। इरा को समझाने-बुझाने के लिए इसके पास कोई शब्द नहीं था। इसे लग रहा था इसने इरा से थोड़ी ताजगी उधार ली और इरा ने इनका एकान्तिक सूनापन ओढ़ लिया। सामान सिमट चुका था। शुभांगी नीचे लेन-देन साफ करने लगी थी, इरा चुपचाप कुर्सी पर बैठी थी कि श्रेया ने उसे दिलासा देना चाहा।

"इरा, हो सकता है हम लोग रिसर्च स्कॉलर होकर...।"

"श्रेया दी, कब तक आप लोग जीवन की सच्चाइयों से नजरें चुराती रहेंगी।" बात काट दी इरा ने।

"कैसी सच्चाई?" श्रेया ने पूछा।

"आप लोग लड़कियाँ कब तक रहेंगी।" बीच में ही हँस पड़ी श्रेया।

"तुमने भी कमाल किया है इरा, पूरी बुढ़िया हो गयी हो।" श्रेया ने कहा।

"श्रेया दी, आपको जीवन-भर होस्टल में ही रहना है क्या? और कोई काम नहीं है जीवन में? कितने दिनों तक आप होस्टल में रह पाएँगी?" इरा ने कई प्रश्न एक साथ दाग दिये।

"नहीं रे, अतुल चाचा की शादी हो जाएगी, घर बस जाएगा, फिर मैं क्यों होस्टल में रहूँगी।" श्रेया ने बेफिक्री से कहा।

"इससे क्या होगा? आपका घर बसेगा क्या?"

"तुम कहना क्या चाहती हो?"

"आपके चाचा के लिए आपको कोई लड़की मिलती है? मैं इससे आगे कुछ नहीं सोचती।"

"नहीं, अब तक नहीं मिली, लेकिन...।"

''मिल जाएगी, यही न? तो श्रेया दी, ज़हाँ पास में ही लड़की हो वहाँ दूर भटकने से क्या लाभ?'' श्रेया चौंक पड़ी। कहीं यह लड़की तो चाचा के योग्य अपने को नहीं समझती।

कितनी खुदगर्ज है, सोचा श्रेया ने। इतनी छोटी-सी लड़की, सोचा इसने जरूर मेरे चाचा के ऊँचे ओहदे से, हमारी सम्पत्ति के विवरण से प्रभावित है।—श्रेया के गम्भीर चेहरे के भाव पकड़ना आसान नहीं। इरा ने उसकी ओर देखा भी नहीं, अपनी बात कहती चली गयी।

''श्रेया दी, शुभांगी दी को क्यों नहीं अपनी चाची बना लेती हैं? आपके चाचा को, आपको और आपके भावी सुखी जीवन को इनसे ज्यादा कौन सँवार सकेगी?''

''कीप क्वायट!'' श्रेया चीखी। उसे लगा, उसके जीवन का सन्नाटा तोड़ने इरा आई है, शीशे की धारदार तलवार से, उसे लगा श्रेया और शुभांगी के साथ दो वर्षों से रहकर इरा ने इन्हें इतना ही समझा है। श्रेया आहत हो गयी।

''श्रेया दी, मुझे आपके सीधेपन और स्वप्नदर्शी व्यक्तित्व पर नाज है, आपकी और शुभांगी दी की दोस्ती पर गर्व है लेकिन एक सुहावना सच है कि अगर बिरादरी का बन्धन तोड़ शुभांगी दी आपकी चाची हो जाएँ तो आपके परिवार के लिए सुखद होगा।''

श्रेया हक्की-बक्की उसकी ओर देखती रह गयी। कुछ बोलने को जैसे था ही नहीं। क्रोध जाने कहाँ बिला गया। शुभांगी आ गयी थी, ट्रेन का समय भी हो चला था।

''अच्छा इरा मेरी चिट्ठी का जवाब देती रहना, है न।'' शुभांगी के स्निग्ध चेहरे पर आश्वासन का भाव था।

''श्योर, ऐसा न हो कि जवाब आपको देना पड़े।'' कहा इरा ने।

''देख लेना।'' शुभांगी ने कहा। ऐसे ही हँसते-बोलते वातावरण को हल्का बनाते तीनों नीचे उतर गयीं। सामान कम था। रिक्शा चल पड़ा। इरा चुपचाप देखती रह गयी।

इरा द्वारा उछाले गए सवाल श्रेया के मन को हर पल मथते रहते। शुभांगी से कैसे पूछे यह प्रश्न, अतुल से कैसे कहे यह सब। श्रेया चुप बैठी सोचती

रहती। किताबों में मन नहीं लगता, शुभांगी से बातें नहीं कर पाती। उद्विग्न रहने लगी। उधर शुभांगी के घर में अलग बावेला मच गया था। शुभांगी ने सीधे-सीधे कह डाला कि—मैं विवाह करूँगी ही नहीं।—घर के लोग बार-बार पूछते क्यों? वह कहती, बस नहीं करूँगी? क्यों का जवाब नहीं दूँगी। घर के लोगों के अधिक जिद करने पर शुभांगी उखड़ गयी थी। कहा था मैं बालिग हो गयी हूँ। आप मेरी इच्छा के विरुद्ध मेरी शादी नहीं कर सकते। सबको सकते में डाल दिया था। नये-नये खुले महिला महाविद्यालय में श्रेया और शुभांगी की नौकरी भी लग गयी थी। शहर के लोगों ने मान लिया था कि ये लड़कियाँ किसी दूसरी दुनिया में रहने वाली हैं। गहने-कपड़े और सामाजिक मान्यताओं का पुराना तरीका इन्हें आकृष्ट नहीं करता। लेकिन कोई बात थी कि इन्हें आलोच्य विषय नहीं बनाता। इनकी सादगी, इनकी गम्भीरता इनका गर्वोन्नत व्यक्तित्व एक नया माहौल रचता। जहाँ भी ये जातीं, लोग ठगे से देखते रह जाते।

दो दिनों के लिए अतुल आया था। श्रेया से पास बैठने को कहा। श्रेया स्वयं चाचा से ढेर सारी बातें करने को उत्सुक थी, कुछ कर नहीं पा रही थी। अतुल ने ही बात शुरू की।

"श्रेया क्या तेरे लिए लड़का देखूँ? या तू खुद कहीं ठीक कर लेगी?" अतुल ने पूछा।

"अभी तो पाँच वर्षों से एक चाची तलाश रही हूँ। वह तो पूरी हो जाने दो।"

"अरे फिर कर लेना तलाश, मुझे अपना काम पहले कर लेने दो।"

"चाचा, आप भी परम्परागत बातें करने लगे? क्यों बताइए न? मैं भी आपको भारी लगती हूँ? मैं यहाँ से कहीं जाना नहीं चाहती। मैं किसी के साथ सामंजस्य बैठा ही नहीं पाऊँगी। प्लीज मुझे बख्श दीजिए।" कातर हो आयी थी श्रेया।

"श्रेया, मैंने तुम्हारा दिल दुखाने के लिए कुछ नहीं कहा। सच, तुम्हें सुखी देखना चाहता हूँ। तुम्हारा सुख मेरा स्वप्न है।"

"तुम मेरे लिए चाची ले आओ चाचा। वही मेरा सुख होगा। मैं तुम्हारे

साथ प्रसन्न रहूँगी अपने इसी घर में।''

''लगता है उसका योग नहीं बन पाया है।''

''मैं बना दूँ?''

''तुम्हीं तो बना रही थीं।''

''अच्छा चाचा, एक बात गम्भीरतापूर्वक कहूँ?''

''कहो भाई...।''

''वो, वो जो अपनी शुभांगी है न? वो कैसी रहेगी?'' कहकर श्रेया चाचा के चेहरे की ओर देखने लगी। चाचा का चेहरा कोमल हो आया।

''ठीक है, ठीक तो रहेगी।'' चाचा ने कहा।

''क्या? क्या मतलब है तुम्हारा।'' उछल पड़ी श्रेया।

''वही जो तुम्हारा मतलब है?'' अतुल ने निरुद्विग्न-सा कहा।

''ओ चाचा, तुमने तो कमाल कर दिया। एक बार भी नहीं पूछा कि क्या शुभांगी भी यह प्रस्ताव पसन्द करेगी, क्या बिरादरी और परिवार इजाजत देगा। चट से 'हाँ' कह दिया। जैसे कि कोई आल्टरनेटिव—'' एक साँस में बोल गयी श्रेया।

''श्रेया, तुमने जो पूछा मैंने उत्तर दिया। उतनी लम्बी बातें न पूछी गयीं, न उत्तर मिला तुम्हें। तुम खुद समझती हो, और मैं कुछ नहीं जानता।'' श्रेया की प्रसन्न मुद्रा वैसी ही रही। अतुल की गम्भीर बातें कोई असर नहीं डाल सकीं।

''श्रेया, श्रेया तुम कहाँ हो?'' शुभांगी की आदत थी अकसर वह आवाज देती हुई आती। श्रेया दौड़कर उससे लिपट गयी। अतुल उठकर खिड़की के पास जा खड़ा हुआ, बाहर की तरफ देखने लगा। शुभांगी ने श्रेया को इतनी उत्तेजित कभी देखा ही नहीं था।

''अरे, रे ऐसे क्यों करती हो, क्या हुआ?'' शुभांगी चकित थी।

''शुभी तू अतुल चाचा से शादी करेगी?'' तेज-तेज साँस ले रही थी श्रेया।

''करूँगी, क्यों नहीं करूँगी।'' शुभांगी मुस्कुरायी।

''क्या? करेगी? चाचा सुनो, यह करेगी। शुभी तुम अपने घरवालों से नहीं पूछोगी?''

श्रेया अपनी प्रसन्नता रोक नहीं पा रही थी।

''नहीं। शादी मैं करूँगी, घरवाले नहीं।'' अतुल खिड़की से हटकर सामने आ गया। गम्भीर चेहरे पर आभा फैली थी। सीधी आँखों से देख रहा था शुभांगी की ओर। शुभांगी के चेहरे पर एक निष्पाप शान्ति थी। एक कदम आगे आया अतुल, एक कदम आगे आयी शुभांगी, श्रेया ने दोनों का हाथ पकड़ा दिया। तीनों चुप थे। दुपहरी चढ़ रही थी। श्रेया प्रकृति में लौट आयी। चश्मा उतारकर पोंछा, फिर आँखों पर चढ़ा लिया।

''शुभी, चलो कोर्ट चलते हैं। चाचा चलो।'' अनायास अतुल की आँखें भर आयीं। लगातार चुप्पी के बाद घरौंदा के बरतन में खाना बनाकर खिलाने वाली श्रेया नाच उठी। अपनी अनछुई साड़ियों के अम्बार से एक चटक पीली साड़ी निकालकर शुभांगी को पहनाती श्रेया, सुनहरी चूड़ियाँ और सन्दली शृंगार रचती श्रेया, कोर्ट में शुभांगी का हाथ बँटाती श्रेया, गवाह के रूप में मित्रों को तैयार करती श्रेया—माँ, बहन और मित्र श्रेया, अपने नाम को सार्थक करती, प्रणम्या, जी चाहा अतुल का कि चरण स्पर्श करे श्रेया का। पहले कोर्ट में फिर मन्दिर में जाकर श्रेया ने अतुल और शुभांगी का विवाह करवाया फिर सीधी चली गयी शुभांगी के घर उन्हें लेकर। शुभांगी के घर के लोगों को हक्का-बक्का छोड़ अपने घर आ गयी। अपने हाथ से खाना बनाकर टेबल सजाया, परोस-परोसकर अतुल और शुभांगी को खिलाती रही। तीन व्यक्तियों के नये छोटे-से संसार में किसी परिन्दे को भी पर मारने की इजाजत नहीं मिली।

अतुल और शुभांगी के कमरे को सादी सजावट से बोर दिया श्रेया ने। और—''मैं बहुत थक गयी हूँ।'' कहकर चुपचाप सोने चली गयी। सुकून की गहरी नींद में सोयी थी उस दिन श्रेया। दिन उगने के बाद जब शुभांगी और अतुल का प्यार भरा हाथ सर और पैरों पर पड़ा तभी नींद खुली। नींद खुली तो बदला-बदला-सा लगा। शुभांगी नहा-धोकर तैयार थी। रंगीन साड़ी, निरालस सौन्दर्य जादू कर रहा था। वह चाय ढाल रही थी, श्रेया उसे निहार रही थी। उसका कुछ कहने का मन हो आया किन्तु कुछ दिन आराम करने देगी। ''मैं थोड़ा और सोना चाहती हूँ।'' शुभांगी सुनकर हँसने लगी। कहा कुछ नहीं। मन ही मन दोनों एक-दूसरे की बातों को समझ मन ही मन उत्तर देने लगीं उस दिन से। श्रेया फिर सो गयी। मानो वर्षों की थकान से बोझिल

शरीर को आराम दे रही हो।

श्रेया को अपनी अक्ल पर हँसी आती कि कैसे वह अब तक भटकती रही थी। शुभांगी और अतुल की रहस्यमयता पर और आश्चर्य होता कि कैसे ये इतने दिनों तक चुप रहे। कैसे श्रेया के कहते ही दोनों तैयार हो गये। नहीं, कुछ था जो श्रेया की समझ में नहीं आ रहा था। शुभांगी और श्रेया लगातार निकट रहीं किन्तु प्यार की गन्ध भी नहीं लगने दी। कई बार तो ऐसा होता कि अतुल चाचा की शादी की बात बढ़-चढ़कर कर की। तब ऐसा नहीं होगा श्रेया सोचती है। अब इधर यह सब पनपने लगा होगा। क्यों? अपने आपसे प्रश्न करती, स्वयं उत्तर दे देती। इरा का कहा याद आता कि—"बाहर क्यों लड़की ढूँढ़ती हैं श्रेया दी, आपकी मित्र शुभांगी क्या आपकी चाची नहीं बन सकती?" बड़ी तेज है इरा। श्रेया सोचती है उसको एक पत्र लिख ही देना चाहिए। प्रसन्न होगी जानकर कि उसकी नसीहत का पालन हो गया। बिना कहे जीवनभर बैठी रहती शुभांगी क्वाँरी, विचारती श्रेया। और मेरे अतुल चाचा? हँसी आती है बार-बार, श्रेया को छेड़ने के लिए शुभांगी लगातार लड़कों का नाम जोड़ती रहती। श्रेया शुभांगी के लिए कभी ऐसा नहीं कर पाती थी सोचती है श्रेया, चलो अच्छा हुआ, मेरी चाची बनने वाली थी न शुभांगी।

श्रेया को अपने साथ ले जाने को अतुल बेहद बेचैन हो गया था। शुभांगी भी चिरौरी करती रही थी किन्तु श्रेया ने मना कर दिया था। कहा था कि—"अभी मुझे मेरी पी-एच.डी. पूरी करनी है, कैरियर का सवाल है, मैं नहीं जाऊँगी तुम्हारे पोस्टिंग की जगह। इससे एक और लाभ होगा, तुम लोग इस जगह बार-बार आने की कोशिश करोगे।" अतुल और शुभांगी भारी मन से गये थे।

श्रेया रात-दिन किताबों में डूबी रहती। पढ़ते-पढ़ते आँखें थक जातीं तो सीढ़ियों पर बैठी रहती। नीम के झरते पत्ते देखती रहती। उदासी और एकान्त ने नयी श्रेया को जन्म दिया। पुस्तकों में डूबी श्रेया अपने आप पर पश्चाताप करती। लगता कि यह एक जन्म पूरे अँग्रेजी, संस्कृत और जिन भाषाओं से सरोकार है, उसके साहित्य को पढ़ने के लिए भी काफी नहीं है। कई जन्म लेने पड़ेंगे। तब अतृप्ति की एक लहर उठती। रात-दिन एक करने लगती श्रेया

सुध-बुध खोकर। नीम की कोपलों के साथ-साथ सृजनशील श्रेया का जन्म होने लगा। आत्मलिप्त श्रेया के हाथों में अब कलम और कागज रहने लगा। किताबें धरी रहने लगीं। कहने-सुनने और दिखाने की न तो आवश्यकता समझती, न कोई उपयुक्त व्यक्ति था जिसे दिखाती।

अतुल और शुभांगी साथ रहने चले आये थे। श्रेया को एकाध बार अतुल ने विवाह करने को पूछा। श्रेया ने मना कर दिया। अतुल के बेटे में श्रेया लगी रहती। लेकिन शुभांगी देखती, श्रेया दिन-ब-दिन अपने घेरे सख्त करती जा रही थी। सख्त और गम्भीर घेरे के भीतर श्रेया बेहद संवेदनशील, कोमल होती जा रही थी। छोटी-छोटी बातें उसे आहत कर जातीं। प्रकृति का हल्का-सा परिवर्तन इसमें अपनी छाप छोड़ जाता। अगस्त्य के लाल फूल देख इसका हृदय धड़कने लगता। लगता इसी की अनावृत्त देह पर प्रकृति ने गाढ़े चुम्बन का अरुण राग रच डाला है। पीले अमलतास के लच्छे मानो हल्दी-चन्दन लगा जाते। कृष्णचूड़ के दहकते अंगारे-से फूल इसे बेसुध कर जाते—नीम के झरते श्वेत पुष्प उच्छ्वासों पर मरहम लगा जाते। किन्तु श्रेया के ये मनोभाव कोई न जान पाते। वसन्त क्या है? श्रेया विचारती ऋतुओं की ग्रीवा पर उत्तप्त छुअन। ग्रीष्म क्या है? वसन्त के प्रस्फुटन का व्याकुल प्रदर्शन और बरसात, अनकही तृप्ति। चिड़ियों का चहचहाना इसे गुदगुदा जाता, तितलियों का उड़ना अच्छा लगता। श्रेया को प्रकृति का सारा सुख प्रिय था, दुख ने संतप्त थी। सुख और दुख के एकान्तिक योग में लिपटी समय के पंख पर सवार दूर निकल आयी थी।

उम्र के दूसरे पड़ाव पर पहुँचकर पूरी स्थिर हो गयी थी। अब किसी को यह कहने की आवश्यकता नहीं थी।—"श्रेया घर बसा लो। श्रेया वर देख लो।"—सो श्रेया आश्वस्त हो गयी थी। अतुल का बेटा बड़ा हो गया था। शुभांगी ने कॉलेज और घर का बैलेन्स ठीक कर लिया था। श्रेया को शुभांगी का हाथ बँटाने की जरूरत नहीं रह गयी थी। इरा का छोटा भाई तरुण इसी शहर में आनेवाला था। इरा ने पत्र श्रेया को लिखा था—"श्रेया दी, मेरा छोटा भाई तरुण आपके शहर में बैंक में नौकरी करने जा रहा है। कृपया ध्यान देंगी। घर की समस्या तो होगी ही मदद करेंगी। वैसे तरुण आपकी तरह का

साहित्यिक कीड़ा है आपसे खूब पटेगी। एक बात विचारकर प्रसन्न हूँ कि अब मैं उसी के बहाने आपसे मिल सकूँगी।'' श्रेया ने पत्र पढ़ा। शुभांगी और अतुल को पढ़ाया और जवाब लिखने बैठ गयी कि ''किसने मना किया है यहाँ आने से, ऐसे भी आती तो अच्छा ही था अब तरुण के आने से आओगी—तब भी ठीक।''

शुभांगी देर तक हँसती रही थी श्रेया की चिट्ठी पर। बहुत दिन बीत गये श्रेया भूल भी गयी इस प्रकरण को। न तरुण श्रेया से मिलने आया था न इरा का पत्रोत्तर ही मिला था। अतुल और शुभांगी अपने बेटे को लेकर बाहर गये थे। कॉलेज में नाम लिखाना था। अकेली श्रेया थी घर में। मकान की पिछली छत पर पुस्तक लेकर बैठी थी। पढ़ती हुई अकसर सोच में डूब जाती और सड़क की ओर देखने लगती। पीछे से आकर कोई खड़ा हो गया। श्रेया अपने में ही खोयी थी।

''जी मुझे तरुण कहते हैं। नमस्कार!'' सामने एक दुबला-पतला सुन्दर नौजवान खड़ा था। श्रेया भीतर से चौंक पड़ी। ऊपर वैसी ही गम्भीर बनी रही। यह इतना छोटा भाई है इरा का, सोचा श्रेया ने, उसे खड़ा देखकर उठ गयी।

''बैठो तरुण।'' सामने की कुर्सी की ओर इशारा किया श्रेया ने।

''धन्यवाद, मैं आपका अधिक समय नहीं लूँगा। आपके लिए ये रहे मेरे बैंक की ओर से उपहार—डायरी, कैलेण्डर और कलम।'' तरुण बिना सकुचाये बोल रहा था। श्रेया ने गौर से देखा, हौले-से मुस्कुरायी।

''तरुण, किसने कहा मेरा समय न लो। तुम शौक से बैठ सकते हो।''

''जी, दरअसल बात यह है कि बड़ी जिज्जी मतलब इरा ने कहा था—'श्रेया दी के पास ज्यादा मत बोलना, उनका समय बड़ा कीमती है।' सो...''

''अच्छा?'' हँस पड़ी श्रेया—''लेकिन तरुण, कोई बात नहीं। तुम शौक से मेरा समय बरबाद करो। लेकिन बताओ तो कि लगभग वर्ष-भर से तुम इस शहर में रह रहे हो और आये आज? क्यों?''

''अ, ऐसा है कि मैं जरा व्यस्त था। घर तो मुझे मिल गया था। और—मैंने कहा न कि व्यस्त था।'' मुस्कुराने लगा तरुण। उसकी आँखें चमक रही थीं। ओठों पर चढ़ती धूप-सी धुली-धुली मुसकान थी। श्रेया थोड़ी असहज

हो गयी। तरुण बड़ी गहरी निगाह से देख रहा था श्रेया को। श्रेया ने इधर-उधर देखा, कोई नहीं था।

''मैं तुम्हारे लिए कुछ लेकर आती हूँ।'' उठ गयी श्रेया।

''अरे नहीं, कष्ट न करें।'' तरुण भी खड़ा हो गया।

''बैठो, मैं आती हूँ।'' श्रेया ने सख्ती से कहा। तरुण आज्ञाकारी-सा बैठ गया, चाय पीने के बाद ही उठ सका तरुण। देखा श्रेया ने तरुण दो घण्टे बैठकर गया था। फिर वह कुछ पढ़ नहीं पायी। कमरे में जाकर सो गयी। दूसरे दिन कॉलेज से लौटने के बाद उसी छत पर आकर बैठ गयी। वैसे ही सड़क की ओर देखने लगी श्रेया बिना चाय पीये चुपचाप गुमसुम। साँझ गहराने लगी थी कि पीछे से आवाज आयी।

''प्रणाम, अँधेरे में क्यों बैठी हैं?'' तरुण था। श्रेया उठकर खड़ी हो गयी।

''चलो, कमरे में चलते हैं।'' श्रेया तरुण को बैठक में ले आई।

''मैं चाय बनाकर लाती हूँ, बैठो।'' तरुण को बैठाकर चली गयी। दोनों ने साथ नाश्ता किया, चाय पी और बातें करते रहे। तरुण के जाने के बाद श्रेया ने समय देखा, तीन घण्टे बीत चले थे। रात का भोजन कर सो गयी श्रेया।

इधर अकसर ऐसा ही होता। जब तक तरुण नहीं आता, श्रेया उदास रहती। उसके आते ही हरी हो जाती।

गम्भीरता का आवरण पड़ा रहता, भीतर से भीगती जाती। शायद नियति कोई रचना कर रही थी। श्रेया बेखबर थी। अपनी चाहत को वह स्नेह समझ रही थी। लेकिन एक प्रबल आकर्षण के बन्धन में जकड़ती जा रही थी श्रेया। और तरुण? तरुण क्यों प्रतिदिन आने लगा था? क्या वह भी श्रेया के आकर्षण में बँध गया था? कैसे विश्वास किया जाये? कोई तुलना नहीं थी दोनों में। साहित्य और समाज पर बातें शुरू होतीं, जम नहीं पातीं। कॉलेज, विश्वविद्यालय की बातें बढ़ नहीं पातीं। धीरे-धीरे बातें मौन से शुरू होकर मौन में समाप्त होने लगीं। श्रेया ने अपने पिछले जीवन पर दृष्टि फेरी, ऐसा कभी हुआ था क्या? एक-आध बार राह चलते हुए हुआ था किन्तु बीच में ही भंग हो गया था। दीर्घ निःश्वास खींचती श्रेया—यदि उम्र के इस अस्वाभाविक अन्तर के बाद भी कोई मधुर सम्बन्ध बन रहा है तो वह शायद बीच में ही भंग हो

जाएगा। न तो संकोची तरुण कुछ कह सकेगा और न गम्भीर और आत्माभिमानी श्रेया कुछ कर पाएगी। बातें समाप्त नहीं हो पा रही थीं, रात गहरा रही थी। नौकरों की छुट्टी कर दी थी श्रेया ने। तरुण से कहा खाना खाकर जाओ। तरुण ने हामी भर दी थी। श्रेया बेमन से उठकर चौके में गयी। आलमारियों में देखा क्या कुछ रखा है। अभी देख ही रही थी कि तरुण आ गया।

''क्या कर रही हैं आप? मुझे भूख नहीं है।'' निकट आकर खड़ा हो गया।

''लेकिन क्यों नहीं है भूख? खाने का समय हो गया है बालक।'' श्रेया हँसने लगी।

''हँसती हुई आप कितनी अच्छी लगती हैं। देखकर ही भूख मिट जाती है। चलिए, किचेन से बाहर छत पर।'' तरुण ने भावुक होकर कहा।

''पागल, हँसी से कहीं पेट भरता है? चलो मैं दस मिनट में आती हूँ। कम-से-कम पावरोटी तो सेंक लूँ। दूध पड़ा है।'' श्रेया ने टालते-से कहा।

''नहीं चलिए, मैं नहीं खाता।'' तरुण ने बढ़कर श्रेया का हाथ पकड़ लिया। उम्र के इस पड़ाव तक आने में कम समय नहीं लगा। वसन्त कितने आये-गये, बौर महके, नीम झरे, हर सिंगार ने सुगन्धियाँ बिखेरीं, श्रेया को इतनी गहराई के साथ ऐसा अनुभव कभी नहीं हुआ था। मानो वह्नि-शलाका थरथराती लकीर-सी फिर गयी। अवश-सी हो गयी, क्या हो गया सोचने की ताब नहीं रही। तरुण ने हाथ पकड़कर खींचना शुरू कर दिया। श्रेया खिंचती आ गयी पीछे। बैठक में आकर रुक गयी।

''छोड़ो तरुण, क्या कर रहे हो।'' श्रेया ने अपने वर्जित प्रदेश में एक बार फिर लौट जाना चाहा। आवाज में जोर नहीं रहा। तरुण ने दुःसाहसपूर्वक लपेट लिया श्रेया को। दोनों हाथों से सिर को पकड़ लिया और एक अनाहूत चुम्बन जड़ दिया होंठों पर। श्रेया मानो छत से गिर गयी हो, मानो दस वर्ष पीछे चली गयी हो। मानो कामना के आगे हथियार डाल दिये हों। मानो छत पर लेटी हो चुपचाप और झुकी अमराई के चिकने पत्ते पर से शरद की ओस ढुलककर होंठों, पलकों, चिबुक से होती हुई ग्रीवा तक चली आयी। अनायास ओस

बिन्दु वाष्प बनकर उड़ गया, प्यास की एक गहरी लकीर उरोजों के बीच खिंच गयी। पंखुड़ियों के स्पर्श से रात की रानी की तरह महक उठी श्रेया। तृप्ति का अपार श्रेय मिला, नाम मानो सार्थक हो गया। जल में थरथराते कमल पत्र की तरह श्रेया विभोर-सी हौले-हौले घाट पार कर गयी।

"तरुण घर नहीं जाना है?" श्रेया ने मीठे स्वर में कहा।

"ऊँ? जाना तो है।" तरुण हसरत से श्रेया को ताकता रहा, फिर सीढ़ियों से उतर गया। उसी दिन तरुण को अपने घर जाना था। दूसरे दिन अतुल और शुभांगी को आना था। श्रेया ने शीशे में अपना चेहरा देखा, अनायास पाँच वर्ष छोटी लगने लगी है अपनी दृष्टि में श्रेया। या कि ऐसा अनुभव हो रहा है। ऐसा तो नहीं कि चिरप्रतीक्षित क्षुधा का शमन इसे हरा कर गया है। या कि सब भ्रम है। श्रेया ने गौर से देखा अपने आपको। बुद्धिजीवी होने का यह घाटा है कि विभोर भी ढंग से नहीं हुआ जाता। दूर खड़ी श्रेया आईने के सामने की श्रेया को देखकर मुस्कुराती है।

"वाह, तू तो मुग्धा नायिका हो गयी। तेरी आँखों में चमक है, गाल लाल हो उठे हैं, तू अपने आप पर अब ध्यान देगी ऐसा ही लग रहा है। तू पतझड़ के बाद नयी कोपलवाली वृक्ष लग रही है। लग रहा है फूल खिलेंगे। बसन्त चढ़ रहा है क्या श्रेया?"

और श्रेया व्यंग्य से होंठ टेढ़े कर लेती है। अपने आपसे कहती है—पाल ले मुगालता। दुर्घटनाओं को सच मानकर चल रही है? श्रेया, तू संसार को हृदय की आँखों से देखती है। संवेदनाओं के निकष पर कसकर देखने से यह दुनिया नहीं चलती। वैसे भी तू जानती क्या है? देश-काल, सीमाएँ। बुद्धि, विद्या का अजीर्ण स्वप्नदर्शी व्यक्तित्व और यथार्थ का धरातल लगातार टकोरता रहता है श्रेया को। स्वयं पर घोर आश्चर्य होता। लगता उसके अन्दर एक दूसरी नारी पल रही है। उस नारी को दूर खड़ी देखती रहती है। दूर से देखने का क्रम अबाध रूप से चलता रहता। शाम होते ही सारा क्रम भंग हो जाता है। स्थिर होते जल में मानो एक छोटी-सी कंकड़ी फेंक दी गयी हो। छोटी-छोटी लहरें और फिर बड़ा-सा वृत्त। वृत्तों का अनगिनत घेरा। श्रेया कागजी बादाम की तरह अपना सख्त खोल तोड़ देती। कोमल मधुर बीज निकल आता। श्रेया का

मन बादलों में उड़ने का हो आता। आकाश में हर कोण को चूमना चाहता, श्रेया पूर्ण रूप से अपने को भूल जाती।

तरुण शहर से बाहर गया हुआ था। अतुल और शुभांगी आ गये थे। उनके बेटे का नामांकन कॉलेज में हो गया था। श्रेया के लिए ढेर सारे उपहार आये थे। शुभांगी इसके अकेलेपन को अब मिटाने को पास ही बनी रहती। बड़े प्यार से नयी साड़ियाँ पहनने को कहती। किन्तु श्रेया को प्रतीक्षा थी तरुण की। नयी साड़ी वह बिना तरुण के आये कैसे पहने? कोई परिधान-शृंगार वह बिना उसे दिखाये कैसे कर लेगी? बहाना बनाये रही थी श्रेया। शुभांगी ने श्रेया की उदासी को गम्भीरता से लिया था, पूछा था—"हम लोग बहुत दिनों के लिए तुम्हें अकेले छोड़कर चले गये, इसलिए तू उदास है?"

"नहीं, मैं उदास कहाँ हूँ। इन दिनों मैं तो बड़ी प्रसन्न हूँ। तरुण घण्टों आ जाता था मेरे पास बैठने, पता है?"

"कौन तरुण? इरा का भाई क्या? कैसा है? क्या इरा की तरह का ही है? पतला, साल-भर पहले तो आनेवाला था।"

"हाँ, कमोबेश वैसा ही है, हठी, दुलार-भरा।" श्रेया आकाश को देखने लगी।

"कल तो नहीं आया।"

"कहीं बाहर गया है शुभी, मैं सोने जाऊँ क्या? नींद आ रही है।" कहा श्रेया ने। सोने चली गयी। शुभांगी उठकर चली गयी थी। श्रेया सो तो पायी नहीं।

चुपचाप पड़ी रही। इधर-से-उधर करवटें बदल रही थी। उठकर गटागट गिलास-भर पानी पी गयी श्रेया। विचित्र स्थिति थी। दिमाग काम नहीं कर रहा था। हृदय हावी हो गया था। कभी तेज गर्मी, कभी सिहरन। पाने और देने की इच्छा बलवती हो गयी थी। क्या करूँ? यौवन और प्रौढ़ावस्था की इस वय:सन्धि का आकर्षण क्या इतना प्रबल होता है? शून्य में मानो वह स्निग्ध चेहरा उभर आया हो, आवेग में आँखें बन्द हो गयीं श्रेया की। मानो वे चिकने कोमल अधर इसके ओठों से आ लगे। सम्मोहन के अन्तहीन जाल में उलझती चली गयी श्रेया। अब हाथ से लिपटा लिया उसे। नन्हे-से उस

इनसान की गर्मी इसके अंग-प्रत्यंग को सितार के तारों की भाँति छेड़ गयी। स्वर्णमन्दिर ऊर्ध्वाकार उरोजों के बीच मानो उसका सुकुमार मुख आ टिका। श्रेया के प्राण चाँद की घाटियों में आकर अटक गये। सुख से श्रेया बेसुध हो उठी।

नींद एकबारगी टूटी। घना कुहरा छाया था। सूरज ऊपर चढ़ आया। पूरा मकान अब तक सन्नाटे में डूबा था। सोने के समय की स्थिति का स्मरण कर वह मुस्कुराने लगी। बिस्तर छोड़ने से पहले आत्मरति में डूब पलकें मूँद लीं। बन्द आँखों के बीच तरुण खड़ा था। आत्मालाप में लीन हो गयी श्रेया।— अपनी तड़प बयान करूँ, यकीन करोगे? शिराएँ तनती रहती हैं। बाँहें पसारकर तुम्हें अंक में समेट लेने का मन करता है, बिल्कुल क्लासिकल तरीके से तुम्हारे अंग-अंग चूमना चाहती हूँ। प्लीज, तुम अपनी आँखें बन्द कर लो। अपने चिकने सुन्दर होंठ मुझे चूमने दो। जी-भर प्यार करने दो। शरीर की रासायनिक प्रतिक्रिया पर मेरा वश नहीं है, किन्तु यह प्यार निष्पाप है तरुण, बिलकुल कुण्ठाहीन। कैसे समझाऊँ तुम्हें कि बार-बार तुम्हें देखना चाहती हूँ। तुम्हारे लिए पागल रहती हूँ। ऐसा कैसे और क्यों हो गया? मैं इस प्यार की परिणति की प्रतीक्षा नहीं करना चाहती प्रिय। चारों ओर अँधेरा और खाई है। यह मैंने स्वयं बुन रखे हैं। क्या करूँ, कितना अच्छा लगता है कि तुम्हारी इच्छा पूरी कर पाती। एक छोटी-सी कामना। मेरे सीने पर सर छुपाकर सोने की कामना है न तुम्हारी? जिन गलियों का क्षेपक रूप दर्शन किया है तुमने उसमें स्वच्छन्द विचरण करना तुम्हें अच्छा लगे यह मेरे लिए सौभाग्य की बात है।—"श्रेया, ओ श्रेया, उठ चाय तैयार है। नींद पूरी नहीं हुई क्या?"—यह अतुल का स्वर था।

"उठ रही हूँ!" श्रेया कुनमुनायी। बिस्तर से निकलती श्रेया आशंकित थी, ऐसा मानो किसी ने तरुण के साथ देख तो नहीं लिया, ऐसा मानो अनुराग रंग की गाढ़ी आभा फैल रही हो।

"चलो न चाचा, मैं आ रही हूँ।" श्रेया ने उठकर बैठते हुए कहा। तब तक चाय की ट्रे लिए शुभांगी इसी कमरे में आ गयी। बिस्तर पर ही ट्रे रखकर बैठ गये अतुल और शुभांगी। श्रेया उठकर बाथरूम चली गयी। आईने में

अपना चेहरा देखा, कमलपत्री गुलाबी आँखें देख स्वयं शरमा गयी। सच, रात-भर नींद नहीं आयी। बड़ी कामिनी-सी बनी है। ऐसे कैसे चलेगा। सारा काम इस अजूबे इश्क के लिए चौपट कर दिया है। मुँह पर पानी के छींटे मारने शुरू किये, मानो अपने आपको जगाना चाह रही थी। चाय के समय तरुण की चर्चा होती रही। अतुल और शुभांगी भी उसकी प्रतीक्षा कर रहे थे। श्रेया के कपोल लाल हो रहे थे।

तरुण आया था। एक नये वातावरण का सृजन हुआ। शुभांगी और अतुल बड़ी गर्मजोशी से मिले। श्रेया आवेग को किसी तरह सँभाले हुए थी। सीधी आँखों से तरुण को देख नहीं पा रही थी। छटपटाहट बढ़ती जा रही थी। इसका कोई राजदाँ नहीं था। कई दिनों तक एकान्त नहीं मिल पाया तरुण को। फिर बड़ी जीवट से श्रेया तरुण के फ्लैट पर चली गयी। तरुण थोड़ा उदास था—

''मेरा तबादला यहाँ से हो गया है।'' तरुण ने सूचना दी। श्रेया उसकी ओर चुप देखती रही।

''मुझे इसी माह जाना होगा।''

''अच्छा?''

''मैं आपके बिना नहीं जाऊँगा।'' श्रेया चौंकी।

''सच, मैं आपके बिना अधूरा हूँ।''

''पागल, दीन-दुनिया भूल मत जाओ।'' श्रेया ने प्रकटतः कहा। 'मैं ही कौन-सी पूरी हूँ।' श्रेया का मन कह रहा था।

''लेकिन आपके बिना मैं रह नहीं पाऊँगा।'' तरुण श्रेया के निकट आ गया। बाँहों में घेर लिया श्रेया ने तरुण को। आँसुओं से भरी आँखें और फड़कते होंठ उसके चेहरे पर रगड़ने लगी।

''प्यार लो और प्यार दो तरुण, और कुछ नहीं। मैं मात्र प्यार की प्यासी हूँ, क्योंकि प्यार ही प्यार मिलता रहा है। मुझे करुणा-विगलित न बनाओ तरुण। तुम्हारा जीवन यौवन शुभ संकेत कर रहा है। अच्छी, अपने उपयुक्त लड़की खोजकर विवाह कर लेना।''

''मुझे यही लड़की चाहिए।'' हठी हो उठा तरुण।

"किस दिन जाना है?" श्रेया ने पूछा। धीरे-धीरे खोल में बन्द हो रही थी।

"पहली तारीख से पहले।" तरुण ने उत्तर दिया।

"तो शान्त होकर जाओ। मेरे प्यार की इज्जत करते हो तो प्रसन्नता से रहना।" देखता रहा तरुण, श्रेया सीढ़ियाँ उतर गयी। हर छोटी-से-छोटी घटना श्रेया के कोमल मन पर खरोंच छोड़ जाती है। यह तो बहुत बड़ी अनुभूति है। आँखों में जलन, कड़वाहट, सीने में भारीपन लिये श्रेया रिक्शे में बैठी चली जा रही थी। हुँह, कुछ नहीं मानती है श्रेया, कुछ नहीं विचारती है। होनी-अनहोनी को एक फूँक में उड़ा देती है। लेकिन उड़ा देने से काम नहीं चलेगा। आत्मालाप में फिर डूब जाती है—स्त्री की तुलना कुमुदिनी के फूल से की जाये। शान्त, मधुर चन्द्रमा की छाँव, कुमुदिनी हौले-हौले खिलती है। चन्द्रिका की छुअन से सिहरती ओस का शुक्र ग्रहण करती कुमुदिनी परिणीता हो संकुचित होने लगती है। आतप के आगमन के साथ-साथ अवगुण्ठन में बन्द हो जाती है।

❑

नीलकण्ठ

घड़ा भर चुका था। पुनकला ने इधर-उधर देखा, कोई आसपास नजर नहीं आया। पूस की इस ठण्डी रात में कौन हो सकती थी भला। सभी घरों में जवान-जहान बेटियाँ हैं, दिन रहते ही पानी भरकर ले जाती हैं। एक यही अकेली है, न सास, न ननद। बीमार अधेड़ सौतन थी, सो भी इलाज कराने अपनी बड़ी बेटी के यहाँ चली गयी। दामाद दरभंगिया है। बड़े अस्पताल में इलाज करवाएगा। अधेड़ सरदार माइंजन की जवान बीवी है पुनकला। दिन रहते निकलती है पानी भरने, तो आसपास के अधपढ़े लड़के हँसी-चौल की बोलियाँ कसने लगते हैं। घूँघट से लाख पिछौड़ा कसती है, फिर भी उसकी गोरी, भरी-भरी बाँह और चमाचम चमकता कटबी बाजू दीखता ही रहता है। उस दिन बिरजू ठेकेदार का बेटा कैसा गला खँखारकर गा उठा था :

'कटबी गढ़ा दे पिया बैगनबाड़ी में,
ओ में गुजबा लगा दे मोतिहारी में।'

हो-हो करके हँस दिया था, लहेंगड़ा कहीं का। पुनकला का रूप-यौवन भी तो छिपाये नहीं छिपता, तभी न नाम पड़ा पुनकला (पूर्णकला)। घैला (घड़ा) में पानी मुँह तक भर गया था। हाथ से उलीचकर कम किया और झमककर कमर पर रख लिया। एक बार फिर अच्छी तरह घूँघट खींच लिया

उसने। तब ट्यूबबेल के चबूतरे से नीचे उतर आयी।

"ठाकुरगाँववाली, ऐ ठाकुरगाँववाली!" धीमा स्वर सुनाई पड़ा पुनकला को। स्वर यद्यपि दबा-दबा-सा था, पर पुनकला को चिर-परिचित-सा लगा। सीधे-सीधे कोई इसे यहाँ गाँव का नाम लेकर नहीं पुकारता। वैसे अभी छह महीने ही तो हुए हैं इस समध (दूसरा विवाह) को। अधिकतर लोग काकी और भौजी ही कहते हैं। पति सरदार माइंजन बाहर से कभी पुकारता ही नहीं है। पुनकला का कलेजा धड़क-धड़क उठा। घैला थोड़ा छलक भी गया। शायद भ्रम हो, सोचा उसने और पैर बढ़ा लिए। एक घुड़सवार धीरे-धीरे सामने आकर खड़ा हो गया। सवार उतर गया। अरे, यह तो वही है। वह थरथराने लगी। घड़ा कमर पर से खिसककर गिर गया। मिट्टी का घड़ा ठहरा, टूट गया। कत्थई किनारे की पीली साड़ी सराबोर हो गयी। ठीक ही कहा था बगल के घर की उर्मिया ने—"ऐ भौजी, सहरसा के सोहनपुर में तुम्हारा सम्बन्ध है?"

"आँ हाँ, न...नहीं।" यह हकला गयी थी।

"कमाल है भौजी, कोई है क्या? या नहीं है? ठीक से बतलाओ न?" वह खिलखिलाकर हँसने लगी।

"क्यों, क्या बात है? पहले बताओ।" इसने घबराहट को काबू में करते हुए पूछा।

"नहीं, पहले तुम बताओ। मैंने पहले पूछा था।"

"नहीं है उमा, कोई नहीं है।"—एक लम्बी साँस भरकर कहा पुनकला ने।

"तब तुमने कहा क्यों, कि है? बताओ?"

"वैसे ही कहा गया रे, जान-बूझकर नहीं कहा। गौर से उमा की ओर देखने लगी पुनकला, कहीं यह जान तो नहीं गयी! बड़ी मुश्किल से पुनकला यहाँ सम्बन्ध करने को तैयार हुई थी। उसके तन-मन पर तो सोहनपुरवाला छाया हुआ था। वह इसके पहले कई रिश्तों को नकार चुकी थी। माँ-बाप से बार-बार कहती रही कि वह दूसरा लगन नहीं करेगी, जीवन-भर उनकी सेवा में दिन गुजारेगी। पर सम्भव कहाँ था। कई ओर से दबाव पड़ रहे थे,

पुनकला ने मजबूर होकर उसे भुला दिया। भुला कैसे दिया था, भुलाने का बहाना-भर किया था। नहीं तो अभी इस ठण्डी रात में उसका शरीर कैसे तप उठा, मन दलमलित हो उठा।" उस दिन बड़ी आरजू-मिन्नत के बाद उमिया ने भेद-भरे अन्दाज में कहा था—"एक कड़ाका जुआन लाल घोड़े पर सवार मुझे अररबोनी में मिला था भौजी। हमलोग अररनेवा (पपीता) चुराकर तोड़ रहे थे कि वह टप-टप करता बीच में आ गया। सब छौंड़ी गयी, हम ही पकड़ा गये। पहले तो बड़ा डर लगा, पर वह बोला, "डरो मत बचिया, मैं इस गाँव का नहीं हूँ, इधर से गुजर रहा हूँ। यह कौन-सा गाँव है?" "नीमा।" मैंने कहा। "अच्छा, तो इस गाँव में ठाकुरगाँव की कोई सुआसिन ब्याही है?" उसने पूछा। "हाँ, क्यों?" हमने पूछा। सोचा, वह तुम्हारे गाँव का होगा, शायद मिले लेकिन, फिर उसने कहा कि वह सहरसा के सोहनपुर गाँव का है। लेकिन, उसने कहा, अभी वह जल्दी में है, किसी दिन अररबोनी में ही हम से मिलेगा। एकदम बाबू जैसा लगता है। ऐ भौजी, सबसे मजेदार बात तो यह है कि उसने कहा कि यह बात किसी से मत कहना। मेरा तो बात छिपाये-छिपाये पेट फूल गया, तब तुमसे पूछने आयी हूँ। बोलो न, सच-सच, वह कौन था?" उमिया लड़िया गयी थी।

"धत्, होगा कोई दूर का कर-कुटुम। मैं नहीं जानती, उतनी दूर सहरसा में मेरा क्या काम?" उमिया चली गयी थी, पर थपकी दे-देकर सुलायी गयी भावनाएँ फिर सिर उठाने लगी थीं। गाय को हरी-हरी घास ओगारते, बैलों को सानी-पानी देते। माइंजन के लिए साग-रोटी परसते, चौपहर मन चंचल रहता, कहीं वह लाल घोड़े पर सवार देहरी न लग जाय। वह पूरे हफ्ते चौकन्नी रही। जहाँ कोई घुड़सवार गुजरता, वह चट से हाथ का काम छोड़, दौड़ी आती। बेबात झल्ला उठती। उसके इस परिवर्तन को सरदार ने भी लक्ष्य किया। उसके मन में तो वैसे ही यह भाव घर किए रहता कि पुनकला उसके साथ सुखी नहीं है। वह हरदम हाट से नयी-नयी चीजें लाता रहता, पिछली बार एक जोड़ी फूलदार पेटीकोट ले आया था और देते हुए हिदायत की थी—"एकछिन्ने साड़ी पहनकर न रहा कर, अच्छा

नहीं लगता।''

''क्यों, सब तो ऐसे ही रहते हैं।'' इसने कहा था।

''सबकी छोड़, सब न तो तेरे जैसी चम्पाकली हैं, न सरदार माइंजन की बीवी हैं।''

''अच्छा!'' सीधे से मान लिया पुनकला ने पर जी में आया कि कहे, ''रंगपुरवाली भी तो तुम्हारी बीवी है, पर वह तो मारकीन छोड़कर कभी किनारीदार साड़ी भी नहीं पहनती।'' किन्तु, क्लेस पहुँचाने से क्या फायदा। जिसमें माइंजन सुखी रहे, अब यही इसकी जिन्दगी है।

''ठाकुरगाँववाली, तुम घर जाओ, जाड़े में थरथर काँप रही हो। मैं पीछे से आता हूँ। तुम्हारे दरवाजे पर ही रात गुजारूँगा। तुम्हारी गोठ में घोड़ा बाँध दूँगा।'' कहकर वह घोड़े पर उछलकर बैठ गया और एक ओर चल दिया। पुनकला ने इधर-उधर फिर दृष्टि दौड़ायी। अभी भी कहीं कोई नहीं था। वह भी बौरायी-सी अपने घर की ओर चली गयी। ढिबरी जलाकर तो गयी ही थी अलगनी पर से सूखी साड़ी उतारकर बदल ली। खूँटी पर से लालटेन उतारकर जलाने लगी। भीतर ही भीतर इसका दिल बैठने लगा। यह सच है कि सरदार इसको पहचानता नहीं है, पर यह आया क्यों है आखिर? डर से मरी जा रही थी पुनकला। ऐसा ही प्यार था, तो इसे छोड़कर जंगल-जंगल भटकने की क्या जरूरत थी?

पुनकला को याद आया, उसके गाँव की बहुएँ और लड़कियाँ मिलकर उस बार देवन-वन गयी थीं। कोई मर्द नहीं था साथ में, इसकी ज़रूरत भी नहीं थी। तड़के उठकर गयी थी, बाबा को जल ढार करके मुँह जुठाने का इरादा था। साँझ ढले घर लौट आना था। लौटती बार पुनकला के पैर में मोच आ गयी थी। वह मेड़ पर बैठ गयी थी। मोच उतारने की चेष्टा की, पर उतर न सकी। दो अपरिचित युवक उधर से गुजर रहे थे, रुक गये।

''आप लोग यहाँ बैठकर क्या कर रही हैं, लगता है देवन से लौटी हैं?'' घोड़े की रास पकड़े लड़के ने पूछा।

''हाँ भैया, पैर में मोच आ गयी है इसके, वही ठीक कर रही हूँ।'' मोच

उतारनेवाली ने कहा। उठकर खड़ी हुई पुनकला, फिर बैठ गयी।

"नहीं भौजी, चला नहीं जाता।"

"तो क्या यहीं बैठी रहने से राह कट जाएगी, साहस करो न!" भौजी ने कहा।

"तुम लोग चली जाओ, मुझको छोड़ दो।" रुआँसी हो आयी थी पुनकला।

"इस्स, बाप रे! लगता है कोई श्यामकर्ण घोड़े पर सवार राजकुमार आएगा हमारी पुनकला के लिए और उड़कर पहुँचा देगा देहरी पर।" भौजी ने कहा।

"तो क्या करूँ, चला जाता है?" वह कलप उठी।

"श्यामकर्ण तो नहीं, इस साधारण गोलावर्ण घोड़े पर कहें तो पहुँचा दूँ," वह राहगीर बीच में टपक पड़ा था।

"नहीं भाई, आपको कहाँ जाना है, हमको कहाँ?"

"कहाँ जाइएगा आप लोग?"

"नीमा पर।"

"बस-बस, तो मैं भी उधर ही जा रहा हूँ, घाट पार।"

और उसने पुनकला को किसी प्रकार घोड़े पर चढ़ा दिया था। वह स्वयं रास थामे चल रहा था। गाँव में छोटी-छोटी लड़कियों की शादी हो जाती थी, पर पुनकला का बाप इस बात पर कान ही नहीं देता था। अब तक वह कुँआरी बैठी थी। संयोग से वह घोड़ेवाला सजातीय निकला। चट मँगनी पट ब्याह हो गया।

"मेरी नजर जिस पर गड़ जाती है, मैं बिना लिये नहीं मानता हूँ।" पहली रात को कहा था उसने।

"अँह, कैसे? अगर मैं ब्याहता होती तो?" घूँघट उठाकर कहा था चंचल पुनकला ने।

"तो मैं छीनकर ले आता, माननेवाला नहीं हूँ, हाँ।" अपने और पास खींचते हुए कहा था उसने। उसकी छीननेवाली बात बाद में समझ में आयी थी इसे। ओह, तो अभी क्यों आया है? घबराहट से कण्ठ सूखने लगा इसका।

"क्या कर रही है? लालटेन जलाकर, बैठी है चुपचाप!" कहता हुआ सरदार माइंजन देहरी पर चढ़ आया। हाथ की पोटली पटरे पर

रखकर बैठ गया।

"खाना-पीना तैयार है क्या?"

"हाँ, दिन में ही बगिया (चावल का पीठा) और खेसारी का साग बनाकर रख दिया था। कहो तो कुछ गरम-गरम भी बना दूँ।"

"अरे नहीं, जो है, सो ठीक है।"

"सरदार हैं घर पर?" एक आवाज बाहर से आयी।

"हाँ भाई, क्या बात है, कौन हो?"

पुनकला का फिर कलेजा जोर से धड़क उठा। सरदार उठकर बाहर चला गया। फिर अन्दर आकर कहा, "जरा एक लोटा पानी दे दे। बाहर अभ्यागत आया है, उसे खिला-पिलाकर बैठूँगा। आज साथ ही खाएँगे।"

"हाय, पानी तो घर में है ही नहीं, भरकर बेला ला रही थी कि ठोकर लग गयी। घैला फूट गया।" अपराध भाव से बोली पुनकला।

"कोई बात नहीं, ला कलसी दे दे, पानी भर लाऊँ।" कलसी लेकर बाहर दालान पर निकला कि अभ्यागत ने कलसी ले ली।

"लाइए, कलसी मुझे दीजिए, मैं पानी भर लाता हूँ। घबराइए मत, परजात नहीं हूँ।" कहा उसने।

"हाँ भइया, तभी तो हमारे दरवाजे पर आये न, लेकिन अभ्यागत..." सकुचा उठा सरदार।

"कोई बात नहीं, भाई साहब!" युवक तेज कदमों से ट्यूबवेल की तरफ चला गया। जल भर कर ले आया। साग और बगिया का कलौ (कलेवा) करके चुपचाप सोने चला गया।

यह तो सीधे सोने चला गया, सोचा पुनकला ने।

"चल कमरे में ही लालटेन की रोशनी में कलौ खाएँ, दिन की तली हुई भुन्ना मछली की पेटी तो होगी?" प्यार से पूछा सरदार ने।

"हाँ है, बोरसी पर गरम कर देती हूँ।" कमरे के अन्दर दोनों खाने-पीने का सामान लेकर चले आये। हाय, इसी कमरे की झाँझन की दीवार के सहारे एकचारी गिराकर तो दालान बाँधा गया है। सभी कुछ सुनाई पड़ता है—इस

पार से उस पार। पुनकला बेचैन थी।

"यह देख, तेरे लिए क्या लाया हूँ?" पोटली खोलने लगा सरदार। पुनकला बड़ी-बड़ी आँखों से चुपचाप देखने लगी। यह जानती थी, इसके लिए कोई चीज लाया होगा।

"यह देख!" झलमलाता हुआ नीला घाघरा निकल आया। शीशे-जड़ी चोली साथ थी।

"अरे यह क्या?" दबे स्वर से कहा इसने।

"ऊँटवाले राजस्थानी लोग जो आये हैं न, उन्हीं से खरीदा है खासकर तेरे लिए। पहले पहनकर दिखा तो दे, तब खाना परोसना।"

"नहीं-नहीं ऐसी उघरी-उघरी पोशाक मुझे अच्छी नहीं लगती।"

"अरे, मेरे सामने क्या लाज? मैं तो तेरा पति हूँ, तू मेरी अपनी है।" अपने हाथों सरदार उसे वस्त्र पहनाने लगा—"यह पहन तो सही, तुझे इतना प्यार करूँगा, इतना प्यार करूँगा कि..."

"धीमे बोलो, उस पार कोई है न, सब सुनाई पड़ रहा होगा।"

"तो क्या? अपनी बीवी से कुछ कहूँ, किसी को क्या?"

आह, क्या कह रहा है? अपनी तो उस पार वाले की भी है। उसकी ब्याहता है, इसकी तो समघौती (दूसरी) है, उसने जवाब (तलाक) भी नहीं दिया था। सोच में फिर बह गयी। उस ससुराल में मात्र एक महीना ही तो रही पुनकला। मात्र बीस दिन वह साथ था। दिन को भी रात माने बैठा था। बेइन्तहा प्यार किया था। जैसे सारा प्यार उन्हीं बीस दिनों में कर लेना था। तभी तो इन छह महीनों के साथ के बाद भी पुनकला सरदार को प्रतिदान नहीं दे पाती। बीसवें रोज एक साइकिल सवार एक चिट्ठी लेकर आ गया था। वह बेहद परेशान हो गया था।

"मुझे जाना पड़ेगा पुनकला, तुम मेरा इन्तजार कर सकोगी क्या?" उसे अपने में समोते हुए कहा था उसने।

"कहाँ, कहीं नौकरी की खोज में क्या?" पुनकला के दिमाग में वह बातचीत कौंध गयी, जो इसके पिता और पड़ोसियों में हो रही थी। "अपनी बिरादरी में इतने पढ़े-लिखे लड़के कहाँ होते हैं। देखना कहीं बड़ी नौकरी

करेगा। मछली से भरी टोकरी और महाजाल से जान छूटेगी।''

''नहीं, पुनकला, मैं तुमसे जो कहूँगा, तुम सुनोगी तो समझोगी? मैं एक भयंकर दल का सदस्य हूँ। यह व्यवस्था हमें माँगने से कुछ नहीं देगी। हमारा दल छीनकर लेगा। जमीन, सम्पत्ति और सत्ता। समझी?'' कहते-कहते एक विचित्र-सी चमक से उसकी आँखें दिप-दिपकर जल उठी थीं। पुनकला की समझ में कोई आखर नहीं आया। किन्तु, खूनी दल का नाम सुनकर उसका कोमल मन आहत-सा हो उठा। उसने गौर से अपने बीस दिनों के साथी प्रणयी को देखा। इसकी एक भी चेष्टा तो खूनी जैसी नहीं है। धीमे सहलाहट-भरे हाथों के उसके प्यार, कचनार की पंखुड़ियों से कोमल अधर-स्पर्श, दखिन पवन-सी तरल भंगिमा—नहीं, खूनी नहीं लगता यह।

उसके चले जाने के बाद उसकी अकेली विधवा माँ को छोड़कर नहीं जाना चाहती थी। लेकिन, इसे जाना पड़ा। सास ने कहा था—''बेटी, तुमसे क्या छिपाना! मैं तेरी रक्षा नहीं कर सकती। आये दिन मेरे बेटे को ढूँढ़ने थाने से लोग आएँगे, तू अपने पिता के घर चली जा।''

अपने पिता के बार-बार कहने पर उसने दूसरे ब्याह की स्वीकृति दे दी थी।

''कितनी खिल रही है तू, आ इधर।'' झपटकर सरदार ने उसे गोद में भींच लिया, तब होश आया। इसका सिर्फ शरीर यहाँ था और पूरा-का-पूरा जेहन तो झाँझन के उस पार था। कैसे खाना-पीना हुआ, कैसे लालटेन की बत्ती कम हुई और सरदार तृप्त होकर सो गया, सब मानो दूर से देख रही थी, मानो झेल नहीं रही थी। सरदार खर्राटे ले रहा था। उठकर बाहर हो गयी पुनकला। दालान में पुआल के बिस्तर पर वह उकड़ूँ बैठा था। उसके पास जाकर बैठ गयी पुनकला।

''पुनकला, ठाकुरगाँववाली तुम खुश तो हो न, जाओ मैं भोर होने से पहले निकल जाऊँगा। सरदार को पता चलेगा, तो क्या सोचेंगे?'' उसने धीमे से कहा।

''नहीं, तुम मुझे भी ले चलो, अभी।'' पुनकला रो रही थी।

''पगली, मेरे साथ कहाँ जाएगी? मैं तो जेल से छूटा हूँ, पुलिस की निगाहों के घेरे में अब भी हूँ। किसी का सहारा नहीं बन सकता। जाओ, तुम्हें मेरे सिर की कसम।'' उठाकर खड़ा कर दिया उसने।

पुनकला रात-भर रोती रही, हिलक-हिलककर सुबह दिन चढ़ आने पर ही यह जगी थी। सरदार पहले ही उठकर गाय-बैलों को सानी-पानी दे चुका था। उसे देखते ही कहा, ''अरे, तेरी आँखों को क्या हो गया? सूज आयी हैं। कितनी बार कहा रात को सिपा (ओस) में न निकला कर, पर तू मानती ही नहीं।'' वह एकटक बाड़ी की ओर देख रही थी, जिधर कौए मँडरा रहे थे।

''उधर क्या देख रही है, वहाँ तो एक नीलकण्ठ मरा पड़ा है। रात बाज ने झपट लिया।'' कहा सरदार ने।

''कहाँ?'' दौड़ पड़ी सुध-बुध खोकर पुनकला। नीलकण्ठ के एक-एक पर कौए नोच रहे थे। नीम के तने को पकड़कर खड़ी हो गयी। अविरल अश्रुधार उसके चिकने गालों पर से फिसलती जा रही थी। सरदार अवाक् हो, उसका दारुण रुदन देखं रहा था।

❑

सत्यापन

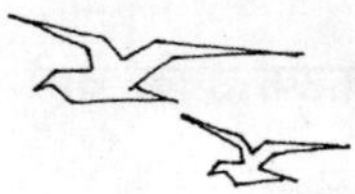

बस की खिड़कीवाली सीट पर पहले से कुसमी घासिन बैठी ऊँघ रही थी। मालती काफी हड़बड़ी में आयी। चारों ओर देखा कहीं कोई जगह खाली नहीं थी। एक की जगह दो लोग बैठे थे। वह खड़ी रही। "सोच का रहे हैं, बइठिये।" कण्डक्टर ने कहा और जोर की सीटी मारी। मालती ने दबी आँखों से देखा, कुसमी घासिनवाली सीट ही खाली बची थी। बस चल पड़ी थी। झटके से गिरते-गिरते कुसमी से छू न जाये। यह सच है कि धीरे-धीरे गुस्से की लहर कम हो गयी थी। पहली बार सचिवालय परिसर में जब झिझकती हुई अपने नइहर के आदमी के साथ, गाँव के अन्य पीड़ितों को लेकर आयी थी मालती तब कुसमी को बरामदे के दूसरे छोर पर वैसी ही भीड़ के साथ बैठी देखा था तब गुस्से से बहक उठी थी। हाथ-पाँव वश में रहना ही नहीं चाहते थे। इधर-उधर देखा। लोगों की आवाजाही तेजी से जारी थी। कुसमी एकटक मालती की ओर देखे जा रही थी। मालती ने क्रोध में आकर आँखें फेर लीं। देर तक सिर दुखता रहा था। क्रोध को विवशता में दबाना जो पड़ा था। अनुदान राशि देनेवालों ने एक-एक कर बुलाना और फॉर्म भरना शुरू कर दिया। कुसमी अपने दल की आखिर में थी और मालती का नाम दूसरे दल में पहला था। फॉर्म भरवाने वाले कर्मचारी ने निस्पृह भाव से मालती को बुला लिया। कुसमी ने घबड़ाये स्वर में कहा, "हम फारम भरना नहीं

जानते हैं।'' कुरसी पर बैठे कर्मचारी ने घूर कर देखा। फिर नजरें नीचे कर लीं और फार्म भरने लगा। मालती कुरसी पर बैठकर फार्म भरती रही। पार्श्व में बैठे अधिकारी के बार-बार कहने पर भी कुसमी कुरसी पर नहीं बैठी।

''दस्तखत कर सकती हो?'' कर्मचारी ने फार्म भरकर पूछा।

''जी सरकार!'' कुसमी सकुचायी-सी बोली। कलम थामकर बताये हुए स्थान पर 'कुसम देवी' लिखा। अक्षर टेढ़े-मेढ़े थे।

मालती फार्म भर चुकी थी। अफसर की ओर बढ़ाकर एकटक उनके चेहरे को मानो पढ़ने लगी।

''धन्यवाद, आप लोगों को कष्ट करना पड़ा। लेकिन हम क्या करें नियम-कानून से बँधे हैं। क्षमा करेंगी अगली बार आपका काम हो जाएगा। बस एक बार आना पड़ेगा।'' युवा और नम्र अधिकारी ने मानो पसोपेश में पड़ते हुए कहा था। अगली बार जब बुलावा आया था तो फिर कुसमी और मालती टकरायी थीं। आमने-सामने होना इनकी नियति बन चुकी थी। इस बार दूसरा अधिकारी था। इसने देर तक इन्हें बिठाये रखा और शाम ढलने के कुछ पहले टका-सा जवाब दे दिया।

''जाइए, अभी तक ऊपर से कागज नहीं आया है।'' मालती हतप्रभ-सी चुपचाप उसका मुँह ताकती रही थी। जबसे इसके साथ वैसा भयानक हादसा हुआ था इसकी जुबान तालू से सट गयी थी।

''कब तक कागज आवेगा?'' कुसमी ने पूछ लिया।

''ई कौन बतावे।'' कर्मचारी ने कहा।

''तब हमलोग क्या करें?'' कुसमी ने पूछा।

''घर जाइए, फेर बुलहटा होगा तो आ जाइएगा।'' उसने उत्तर दिया और विरक्त भाव से अलमारी बन्द करने लगा। मालती कमरे के बाहर चली आयी पीछे कुसमी भी निकली। मालती के साथ का आदमी बाहर बेंच पर बैठा-बैठा सो गया था। उसे जगाया और सीधी बस स्टैण्ड पहुँची। अब तो कोई साथ भी नहीं आता सचिवालय तक। मात्र कुसमी रहती और यह। इन दोनों की फाइलें साथ ही बढ़ रही थीं।

ऊबड़-खाबड़ राह पर बस धचके खा-खाकर चल रही थी। अचानक

जोर से उछल पड़ी बस। कुसमी का सिर खिड़की के डण्डे से टकरा गया। ऊँघती हुई-सी सर सहलाती साकांक्ष हो बैठ गयी। नजर घुमाने पर उसे मालती दीख गयी। उसके साँवले मुरझाये चेहरे पर मुस्कुराहट की ताजगी पसर गयी। उठ खड़ी हुई वह, मालती को खिड़की की सीट पर बैठ जाने का इशारा किया। मालती अपनी चिरपरिचित वीतराग मुद्रा में खिसककर किनारे की सीट पर बैठ गयी। कुसमी ने मालतीवाला स्थान सँभाल लिया।

तेज धूप में गाँव से चलकर आयी थी कुसमी। बेहद थक गयी थी साथ लाये चबेने चबाकर नलके से पानी पीया था और सीट पर आकर जम गयी थी। देर तक राह निहारती रही थी कि कोई रिक्शा-ताँगा आ रहा है या नहीं? मालती आ रही है क्या? लेकिन दूर-दूर तक रास्ता सुनसान नजर आ रहा था। काली लम्बी सड़क और उस पर झाँकती सुबह की किरणें। बड़े-बड़े छायादार वृक्ष हवा के अभाव में चित्र से खड़े थे। राह निहारती आँखें थक जाती हैं। कुसमी की पलकें बन्द हो गयीं। मन में मालती के आने न आने की आशा, आशंका लिये वह ऊँघती रही।

कैसी विडम्बना है। मालती कुसमी के मालिक की बेटी है। मालती की हवेली में ही कुसमी का बचपन बीता। मालती के पुराने कपड़े पहनकर कुसमी बड़ी हुई। गंगा पार के शहर जाकर मालती ने स्कूल और कॉलेज की पढ़ाई की। जब-जब छुट्टियों में घर आती कुसमी को स्लेट लेकर बैठना पड़ता ही, इसने पढ़ना-लिखना सीखा। कहाँ सीख पायी कुसमी, मन ही मन सोचती है किसी तरह कुसमी लिखना जानती है। बाकी समय अमरूद, बेर तोड़कर चाट बनाना, आम के टिकोरे चुनकर लाना इसका काम रहता। मालती भी होस्टल की जिन्दगी से छूट निर्बन्ध होकर गाँव में शरारतें करती फिरती। चटखारे ले-लेकर खट्टी खाना इसे भी खूब अच्छा लगता। कुसमी मालती के रहने तक बड़ी उत्फुल्ल रहती। दिन-रात उसके पास सटी रहती। मालती भी अकेली बिटिया थी अपने घर की सो उसे भी सहेली-बहन सभी का प्यार कुसमी से ही मिलता।

मालती को फूलों से बड़ा प्यार था। भाँति-भाँति के फूल वह जमा करती, मालाएँ बनाती। पूजा के लिए मालाएँ सभी आकार-प्रकार की बनाती। दादी

माँ की पूजा मालती के आते ही सज उठती। स्वयं भी गजरे गूँथकर बालों में लगाती। न सिर्फ फूल लगाने का शौक था पौधे भी सींचने से बाज नहीं आती। मालती जब भी शहर से आती नये-नये फूलों-पौधों के बीज लेती आती। कुसमी बढ़-चढ़कर हाथ बटाती मालती का। बड़े से कनेर और ओढ़हुल के पेड़ों पर फुनगी फाँदकर फूल बटोरती। तब नीचे से मालती चीखती रहती—"कुसमी, नीचे आ डाल टूटेगी और तू गिर जाएगी, हड्डी-पसली एक हो जाएगी तेरी।" कुसमी खिलखिलाती हँसती रहती, फुनगी फाँदती रहती। जिस दिन कॉलेज जाती मालती, कुसमी उदास रहती। अपने छाँटे हुए कपड़े देती मालती कुसमी को भरोसा दिलाती—"मैं जल्दी ही आऊँगी। घबरा मत।"

"हाँ दीदी, मैं जानती हूँ अब तुम कुँआर से पहले नहीं आओगी।"

"नहीं रे अबकी पहले ही आऊँगी परीक्षा है न। तैयारी करनी है।"

"सच्च!" कुसमी खुशी से उछल पड़ती थी।

उसी वैशाख में कुसमी की शादी हो गयी थी। गौना का दिन धराया था कुँआर का।

"वाह री कुसमी तेरी शादी भी हो गयी कैसा है रे तेरा दूल्हा?" पूछा था मालती ने। लोट गयी थी कुसमी।

"कहाँ ससुराल है री!"

"गंगा पार दीदी जिधर तुम पढ़ने जाती हो उससे भी आगे। बड़ा गरम देस है, सो बाबू ने गौना अभी नहीं किया। कहा मर ही जाएगी मेरी बेटी। ठण्ढा गिरेगा तो गौना करेंगे।" उत्साह में बोल गयी कुसमी।

"वाह, तब तो अच्छा रहेगा, साथ ही हम पटना तक जाएँगे। है ना!" दोनों खिलखिलाकर हँस पड़ीं साथ-साथ।

धूप तेज हो आयी थी, इस जलते हुए रास्ते पर कहीं कोई पेड़ भी नहीं दिखता था फिर भी बस के कारण हवा का झोंका लग रहा था। हवा के झोंके से नींद के झोंकों का गहरा लगाव है। मालती भी ऊँघने लगी। कुसमी ने सीधे मालती के चेहरे को देखा। रूखे केश हवा में उड़ रहे थे, होंठ पपड़िया आये थे। कहाँ गया वह दमकता गोरा रंग, चेहरा सँवला गया था, फूले-फूले गाल का नामोनिशान नहीं, कपोल उभर आये थे, कुसमी की आँखें नम हो आयीं।

कहाँ फूल-सी सुकुमारी मालती दीदी, कहाँ सूखे बंजर-सी जिनगानी में दौड़ती-हाँफती सरमन बीघा गाँव की बहू। सूखी ऊबड़-खाबड़, टूटी-फूटी रेतीली सड़क की तरह सूनी माँग, इसी प्रदेश की बिना पत्तियोंवाली टहनियों जैसे रूखे-सूखे हाथ और प्रतिपल सचिवालय के चक्कर काटने-सी नंगी काली पहाड़ी-सी रातें और दिन। अपना दुख भूल जाती है कुसमी मालती को देखकर। हे भगवान कैसी कुघड़ी में मुँह से यह बोल निकला था—"दीदी, बड़ा अच्छा है सरमन बीघा गाँव। बहुत अच्छे हैं वहाँ के मलकिन। खूब पढ़े-लिखे भी हैं। दिल्ली से पढ़े-गुने लोग भी बहुत हैं।" ससुराल से आने पर कहा था कुसमी ने। मालती परीक्षा देकर गाँव आयी थी। कहानी-उपन्यास पढ़ना, आकर कढ़ाई-बुनाई करना मात्र काम रह गया था। ससुराल से आने पर कुसमी भी व्यवस्थित हो गयी थी। मालती को भी अब न कच्ची अमियाँ का शौक रहा था न बेर के मुचरों का। शादी की बात चल रही थी। पिता और चाचा अकसर घर-वर देखने यहाँ-वहाँ जाते।

"अच्छा, दिल्ली से पढ़े-लिखे लोग हैं तेरे उस बंजर इलाके में?" मालती ने साश्चर्य पूछा।

"हाँ दीदी, ये बताते हैं, कई बार लेकर गये हैं।"

"हूँ क्या काँधे पर चढ़ाकर ले गये हैं तेरे पाहुन!"

"नहीं दीदी, ताँगा चलाते हैं न उसी पर।"

"वाह, तब तो तुझे भी सैर कराता होगा।"

"हाँ।" शरमा गयी थी कुसमी।

"अरे शरमाती क्यों है। क्या कभी घुमाने नहीं ले गया?"

"अभी नहीं ले गया लेकिन बाद में ले जाएगा, कहा है।" जमीन की ओर देखती हुई बोली थी कुसमी। उसकी घुँघराली लटें आँखों की पलकों को ढकती होंठ तक झूल आयी थीं, चमकीली बिन्दी की आभा से साँवला चेहरा दिपदिप दमक रहा था, सुहाग मानो नृत्य कर रहा हो सम्पूर्ण अस्तित्त्व पर।

उस दिन शाम की बस से चाचा उतरे थे। घर में गहमा-गहमी बढ़ गयी थी। चाची ने कुसमी से आकर कहा, "ये तेरी मालती दीदी भी तेरी ही ससुराल जा रही है।" पास पड़ी तिपाई पर बैठ गयी रहस्य के पिटारे की चाबी दबाये।

"क्या कहा चाचीजी?" उत्सुकता से पूछा था कुसमी ने।

"अब बूझ तो जानूँ।" चाची ने शरारत से कहा। मालती मुस्कुराती हुई कभी चाची को और कभी कुसमी को देख रही थी। उसे तो बिना प्रयास के पिटारा खुला मिलने वाला था। कुसमी बिना पूछे रह नहीं सकती, चाची बिना बताये जा नहीं सकती।

"अरी समझी नहीं मूरख, सरमनबीघा गाँव के बाबुआन के यहाँ विवाह तय हुआ है मालो का।" कुसमी और मालती एक-दूसरे की ओर देखकर हँस पड़ीं। चाची ने समझा इन्हें विश्वास नहीं हो रहा है।

"अरे मैं सच कह रही हूँ पगली, जिस ताँगे पर चढ़कर मालो के चाचा उनके दरवाजे पर गये वह तेरे ही आदमी का था। किराया नहीं लिया उसने, कह दिया—हम कुटुम से पैसा नहीं लेते। परिचय पूछा तो सरमा गया। कहा, 'आपके गाँव का दामाद हूँ।' तब चट इन्होंने सलामी कहकर दस की जगह बीस दे दिये। बात तय हो गयी तब फिर तेरा पाहुन ही इन्हें बस तक छोड़ गया। समझी!"—चाची अपनी बात को वजनी बनाने के लिए इतना सब कह गयी।

उन दिनों कुसमी के पाँव जमीन पर नहीं पड़ते, अकसर कहा करती—"दीदी, कितना अच्छा भाग है मेरा, आपका साथ वहाँ भी नहीं छूटा। आपका जो मकान है न उससे थोड़ी ही दूर पर हमारा टोला है। आपकी छत पर से हमारा आँगन दीखता होगा।" मालती कुछ नहीं कहती। जवाब देती उसकी चाची—

"मालती क्या उसी गाँव में बैठी रहेगी, इसके पाहुन जरूर कोई नौकरी शहर जाकर करेंगे, है न मालती।" मालती तो चुपचाप कुछ सोचती-सी बैठी रहती, जवाब देती कुसमी—

"जैसी अभी आती हैं दीदी छुट्टियों में वैसे ही आएँगी न। तब तो मुलाकात होगी।"

"हाँ, वह तो होगी।" चाची हँसती हुई कहतीं।

"क्यों ऐसा चक्कर घूमता है भगवान का, क्यों? आखिर क्यों इतनी नफरत भरते हैं लोगों के दिलों में। कथा पुराण, कविता-चौपाई जन्म के समय से ही मिलते हैं सुनने को। क्या कानों से सुने का कोई अर्थ नहीं इस धरती पर? कहाँ अपना डेरा है, चले गये सब मरकर के। कम पढ़ा-गुना इसके टोले का आदमी

सब, बहुत पढ़े-गुने बाबू भैया लोग। टोइया-टापर खा रहे हैं बचे-खुचे हमलोग। एक-दूसरे से नफरत करते। एक-दूसरे से आँख मिलाने को कतराते।''

शादी के बाद थोड़े दिनों तक मालती और सचिव बाबू गाँव से बाहर रहे थे लेकिन घूम-फिरकर वहीं आ गये थे। पास के कस्बे में कॉलेज खुल गया था। सचिन बाबू पढ़ाने लगे थे। मालती चाहती थी कुसमी के टोले में बच्चों का स्कूल खोले। नथुनी और कुसमी बढ़-चढ़कर मालती का साथ देने में लगे थे। नथुनी ताँगा लेकर जाता मालती उसके टोले में आती। गाँव में खुसुर-फुसुर होने लगा था। नथुनी का टोला अचम्भा से भरा हुआ था, किसी मलिकान की बहू कहाँ अभी आयी थी गाँव में मलिकान टोला बेचैन था, सचिन की बहू मुँह उठाये चली जाती है मजूरों की बस्ती में। सचिन दिल्ली से पढ़-लिखकर कस्बे में पढ़ाने लग गया है, अरे यह काम कोई यहीं का ठेलू-पास करे। यह तो बड़ी-बड़ी नौकरी-चाकरी के लायक हैं।

मालती के दो साल के अन्तर पर दो बच्चे हो गये थे। कुसमी के बच्चा हुआ ही नहीं। मालती के बच्चे जब कुसमी को अपनी तोतली जुबान में मौसी कहते तो वह बाग-बाग हो जाती। नथुनी कई बार बच्चों को लेकर ताँगा पर घुमा लाता। बच्चे उससे बड़े हिल-मिल गये थे।

गाँव के स्कूल में उसी टोले के एक मैट्रिक पास बहू को रख दिया था मालती ने। अब कभी-कभी वह स्कूल देखने चली जाती। सन्तुष्ट होकर लौटती। काम अच्छी तरह से चल रहा था। अलबत्ता वह जब-तब कुसमी को और अधिक फटकारती थोड़ा पढ़-लिख लेने के लिए। कुसमी की दृष्टि गयी—मालती का सिर सीट के पीठ से खिसककर खिड़की के डण्डे पर चला गया है। बस के एक ही धक्के में जबर्दस्त चोट से सिर भन्ना उठेगा गुमड़ उग आएगा। बड़ी पीड़ा जी में आयी होगी। माथा पकड़कर सीधा कर दे या ज़गा ही दे, किन्तु खाई इतनी बड़ी और गहरी है कि उसकी ओर बढ़ना कठिन। मात्र आशंका से सिहर-भर सकती है।

काफी दिनों के लिए कुसमी मैके चली गयी थी। लौटी तो देखा नथुनी रात को देर से आने लगा है। बातचीत में पुरानी चुहल कहाँ रह गयी है। चुपचाप अधिक रहता। पूछने पर बताता मीटिंग में देर लग गयी। अब इस टोले के

लोग पंचायत को मीटिंग कहने लगे थे। नथुनी का ताँगा अब उतना नहीं चलता। उसने खेत पर अधिक ध्यान लगाना शुरू किया है। कुसमी खेत के काम से बड़ी प्रसन्न होती। दोनों मिलकर खेती कर रहे थे। अच्छी खेती हो गयी थी। फसल काटने के दिन नजदीक आ गये थे। इधर ज्यादा कामिनें अपने खेत पर ही रहतीं। कामगार मलिकान के खेत से अधिक अपने घर ध्यान देते। काफी दिनों से कुसमी मालती से मिल नहीं पायी थी। नथुनी एक तो ताँगा नहीं चलाता कि उनके बच्चों को घुमाने ले जाए दूसरे ताँगा बाहर-बाहर ले बैठक पंचायत वाले जनों को लाने ले जाने में इस कदर व्यस्त रहता कि फुरसत ही कहाँ रह गयी थी।

मालती स्वयं ही एक दिन चढ़ती दोपहरी में स्कूल देखने आयी। स्कूल देखकर कुसुमी की खोज की तो पता चला वह अपने खेत पर है। उसकी फसल पक चुकी है, चिड़ियों चिड़ीमारों की रखवाली करने ढलमास बनाकर वहीं बैठी रहती है। अच्छा लगा मालती को। इधर कुसमी अपनी सन्तानहीनता की पीड़ा से उदास रहती। किसी काम में उसका मन ही नहीं लगता। पढ़ने में कभी मन लगाने वाली नहीं कुसमी। लेकिन एक दिन स्वयं उसी ने कहा था—''दीदी इनके ताँगे के लिए एक चाँद काढ़ना है, सिखा दोगी?'' मालती जानती थी कला-निपुण थी कुसमी। मालती ने कहा था—''क्यों नहीं, तू सीख, बना लेना।''

टह-टह लाल रंग के कपड़े पर पीले हरे और काले रंग का फूल काढ़ने लगी थी। एक दिन फूल निकालने के क्रम में सूई की नोक चुभ गयी कुसमी के, वह उँगली पकड़कर चुपचाप बैठी रही, खून की बूँद छलककर आ गयी थी, हवा के साथ से खून जमकर बीर बहूटी-सा दीखने लगा था। मालती का दिल भर आया था उदासी और सूनेपन के बोझ से कुसमी सचमुच मुरझाने लगी थी। ''दवा लगा ले कुसमी!''—कहा था मालती ने।

''जाने दो दीदी खून जम गया है अब और नहीं निकलेगा।''—कुसमी चादर समेटकर घर जाने लगी थी। मालती ने रोककर कहा, ''तू कस्बे जाकर क्यों नहीं अपनी और नथुनी की जाँच करवा लेती है, कोई छोटी-मोटी गड़बड़ी हो तो।''

"हाँ दीदी जाऊँगी। जरा उस पार हो आएँ, भतीजी की शादी है न।" हुलसते हुए कहा था। मालती से भी घर के लिए कुछ-कुछ सौगात यही ले गयी थी। वहाँ से आने पर एक दिन मुलाकात हुई थी बस।

आपसे आप नींद खुल गयी मालती की। चौंक-सी गयी। लगा कोई दुःस्वप्न देखा है उसने—

कुसमी कोने पर सिमटकर बैठी रही थी। इतनी देर से बीच की सीट खाली थी। मालती की घृणा धीरे-धीरे कम होती गयी, नियति ने मालती को इसलिए तैयार किया था मानो। गाँव की सम्पन्न घराने की लड़की, हॉस्टल में पढ़-लिखकर एकाकी-सी, समझदार, निडर और निःसंग। विधाता भविष्य के अनुसार ही छलता है इनसान को। उस दिन बस रास्ते में ही खराब हो गयी थी, बियाबान में साँझ होने को आयी थी। अकसर बस ढलती दुपहरी में चलती साँझ होते-होते गाँव के पास आ जाती। फिर मालती ताँगा या रिक्शा करती और गाँव चली जाती, कुसमी पगडण्डी धर कर खेत के बीचोबीच होती हुई टोले पर पहुँचती। जी भीतर से दोनों का डरा होता। खून की नदियाँ, घृणा का वटवृक्ष और अनास्थाओं का जंगल नीचे में होता है। भय का उमड़ता हुआ सैलाब एक ही तरह का होता है दोनों के मन में।

"इस खेत में कहीं कोई दरिन्दा न छुपकर बैठा हो।" कुसमी सोचती जाती।

"कहीं किसी ने रिक्शे वाले को सिखा न दिया हो, कहीं कुछ कर न बैठे।" मालती सोचती जाती। अकसर नहीं होता कुछ भी। आना-जाना इसी प्रकार चलेगा, चलना ही पड़ेगा।

बस के यात्रीगण इधर-उधर बिखर गए बीड़ी-सिगरेट से मन बहलाने लगे। बस के कण्डक्टर ने निहायत चलता गाना कैसेट प्लेयर में लगा रखा था। प्रतिवाद करने वाला कोई न था, कौन उलझता इन लोगों से। कौन जाने क्या करें। टिकट लेकर भी विवश थे। काफी देर बाद बस ठीक हुई और रूठी हुई बहुरिया की तरह रुक-रुककर चलने लगी। रुकती-चलती बस एक पहर रात बीते स्टैण्ड पर पहुँची थी। जिस समय मालती अपने घर के लिए रिक्शा ले रही थी कुसमी कातर हो उसे निहारने लगी। अकेली कैसे जाए पगडण्डियों की राह। उस समय बड़ी निर्मम लगी उसे मालती। आँखें भर आयीं कुसमी

की। उसके टोले का चतुरी न मिल जाता तो फूट-फूटकर रो पड़ती कुसमी। मेंड़ पर से गिरती पड़ती जब घर पहुँची तब जी में जी आया था। साँकल खोल अपनी खाट पर कमर सीधी करने लेट गयी थककर। कोई इच्छा नहीं रह गयी थी कि कुछ खाये-पीये। थकान से शरीर और मन दोनों पस्त थे। दुखती हुई आँखों को बन्द कर लिया था कुसमी ने पर अन्तर की आँखें खुली थीं। अपने प्रश्नों का स्वयं ही उत्तर ढूँढ़ने बैठ जाती जब-तब। जाने क्या, जुनून सवार होता है माटी के पुतले में कि खून-खच्चर पर उतर आते हैं। मलिकान लोग गाली-गुप्तों, लात-घूँसों से सदा ही बात करते थे इस नगर के। गली-कूचा कौन कहे, खेत-खलिहान से लेकर अपने दालान-सहन में औरतों को छेड़ने का मानो जन्म-जन्म का ठेका ले रखा था। खेत बटाई लेकर तो मजूरे-जन उनके तलवे तले आ गये थे। सारा किसी-न-किसी बहाने तुलवा लेते थे खलिहान में ही। किसी का उठान देखा नहीं जाता। मलिकानों को छोड़ कोई दूसरा काम करना भी गुनाह। सुराज का कोई मतलब ही नहीं। पंचायत उन्हीं का पक्ष लेती। और तिस पर यह जुल्म कि घर आकर बहू-बेटी को बेइज्जत कर गये, झोंपड़ी फूँक गये, मना करने पर ऐसी पिटाई की कि पूरन बूढ़ा मर ही गया।

आग लग गयी इलाके में। केस हो गया। थाना पुलिस हुआ मलिकान पकड़कर शहर ले जाए गये। गाँव खाली हो गया था, सिर्फ औरतें और बच्चे थे। ननका, छुतहरा, चेथा, बड़ी-सी भीड़ इकट्ठा कर मलिकान टोला पहुँच गया। जो कभी नहीं हुआ था अब हो गया। क्या कर डाला। विनाश, महाविनाश का घिनौना द्वार खुल गया मानो।

उसी रात लौटकर आये मलिकान पहुँच गये इस टोले पर। ननका छुतहरा तो गाँव छोड़कर भाग गया, बचे हुए भले मानुस उनके जलते हुए क्रोध की आग में स्वाहा हो गये। नथुनी ने लाख हाथ-पैर जोड़े वे नहीं माने। दो खण्ड में काट दिया मलिकानों ने। कुसमी की दुनिया ही उजड़ गयी। घृणा का बीज अंकुरित हो गया था। क्रोध की खाद पड़कर बड़ी तेजी से बढ़ चला। दूसरी खेप थी मलिकानों की, औरत-मर्द-बच्चे, कोई नहीं बख्शे गये। जब तक बन्दूक-राइफल वाले जुटें, दर्जनों जानें चली गयीं। सचिन बाबू

भी उनमें एक थे उनके दोनों बच्चे भी भेंट चढ़ गये। मालती उस वक्त बाथरूम में थी, सो बच गयी।

अपनी ही हिचकी से चौंक उठी कुसमी। आँखों से आँसुओं की बरसात थम ही नहीं रही थी। उसे याद आया है—नथुनी बिना कसूर के मारा गया लेकिन उसी के बदले सचिन बाबू जैसा देवता और फूल से बच्चे क्यों मारे गये। छटपटाकर रोती कुसमी। हाय मालती दीदी, मेरे दुख से कितना बड़ा दुख है तुम्हारा।

दौड़ी-दौड़ी सरकार आयी—सफेद कपड़ों पर दुर्घटना की कालिख पोते सरकार। घोषणा कर गयी मृतकों के लिए बीस-बीस हजार रुपए मुआवजा देगी। कभी इस पक्ष के लिए मुआवजा की घोषणा करती है सरकार कभी उस पक्ष के लिए। कौन भरपाई करेगा गयी हुई जिन्दगानी का। कौन भरोसा दिलाएगा। इस सरापित धरती का बाकी बचा दोपाया कब तक बचा रह पाएगा घमण्ड के चमचमाते दुधारी हँसिए से।

मालती की मात्र एक बूढ़ी सास जिन्दा है, उसे छोड़कर कहाँ जाए, खेती बंजर पड़ी है। मन का वृन्दावन उजाड़ हो चुका है, जीने के लिए जुगाड़ करना है। वृद्धा का अन्त सुविधा से कटे इसका जुगाड़ कठिनाई से कर पाती। आत्मविश्वास समाप्त हो गया। ऐसे ही समय में इसने निर्णय लिया मुआवजा लेने का। सचिवालय के चक्कर काटकर नित अपना और अपने पति बच्चों का कत्ल जीती है मालती। बस शहर आ गयी थी। बिल्कुल सचिवालय के निकट गुमटी पर उतरी कुसमी और मालती। भारी कदमों से इमारत में प्रवेश किया। नियत स्थान पर जाकर बैठ गयी, कुसमी खड़ी रही। सचिवालय की हलचल वैसी ही थी जैसी रहा करती है। चपल, अस्त-व्यस्त, निर्दयी; क्यों नहीं बदलते हैं ये लोग सोचती मालती।

"बाबू साहब जी आये?" कुसमी आगे बढ़कर दरबान से पूछती है।

"देखती नहीं, आँखें कहाँ गयीं!" वह बड़बड़ाया।

"मुझे क्या मालूम मैं कहाँ देखती हूँ।" कुसमी ने चट जड़ा।

"तो मत देख।" कहा उसने।

"अच्छा, बाबू तो आये होंगे।"

"कौन बाबू?"

"अरे वही जो हमन का कागज निकालते हैं, दसखत कराते हैं।"

"हाँ।"

"तो पूछो न कागज निकालकर रखा है क्या।"

"चुप बैठ, आज तारीख दिया है तो निकाला ही होगा।"

तम्बाकू हथेलियों पर लेकर रगड़ने लगा दरबान। पर छिन नहीं बीता कि फिर पूछ बैठी कुसमी—

"ई साहब, अब तक आये क्यों नहीं?"

"अब तुमसे पूछ के तो नहीं न आवेंगे, बड़ी आयी।" सुरती ठोंकते हुए कहा उसने।

"अरे भइया हमें जाने लौटने में रात हो जाती है न इसीलिए कहती हूँ।"

"अब क्या पता साहब छुट्टी पर ही हों।"

"हाय भगवान, ऐसा कैसे होगा आज तो पक्का कागज मिलने वाला था।"

"ऐसा पक्का कागज तो रोज बँटता है इहाँ से, साहब अपना काम-रोजगार तो इसी के लिए नहीं रोक देंगे।"

"अरे भइया, कुछ तो देख-बूझ के बताओ।" कुसमी ने चिरौरी की।

दरबान ने तम्बाकू होंठ में दबाया और पल-भर आँखें बन्द किये रहा। फिर बोला, "अब हमारे बाप की औकात तो है नहीं कि यह पूछूँ कि साहब कब आवेंगे।"—मालती के कान उधर ही लगे थे। भीतर हलचल हो रही थी। यह क्या, एक बार फिर अकारण लौटना पड़ेगा। आने-जाने का काम, घूरने वाली नजरों का सामना, अतिरिक्त खर्च और धोखा; दया-भाव सहने का न जाने यह त्रासदायक सिलसिला कब खत्म होगा। वह उठकर सीधे अन्दर चली गयी।

"अरे-अरे आप कहाँ जा रही हैं?"—कहता दरबान पीछे दौड़ पड़ा। मालती ने अन्दर जाकर साहब के निजी सहायक से पूछा तो पता चला सचमुच आज छुट्टी पर हैं।

"आज तो फाइनल कागज देना था न। फिर आना होगा क्या?"

"सॉरी मैडम, आना तो...।"

"कब, इसका पता है?"

"आपके पास पत्र पहुँच जाएगा मैडम, सॉरी वेरी सॉरी।" निजी सहायक के चेहरे पर विवशता का भाव था, वह भाव सहानुभूति और दया में बदले उसके पहले मालती 'धन्यवाद' कह निकल गयी और सीधी तेज कदमों से गैलरी पार करने लगी। कुसमी भी पीछे-पीछे चल दी। सचिवालय के बाहर कुसमी की चप्पल टूट गयी। इधर-उधर देखा, कहीं कोई दीखा नहीं। चप्पल अपने हाथों में ले तेजी से चलने लगी। मालती के पीछे-पीछे। बस के जाने का समय हो जाए कहीं तो? वैसे मालती ने कण्डक्टर से कह दिया था, इसके लिए जरा दम धरे। यह नया कण्डक्टर बड़ा शरीफ है, ड्राइवर भी नया है।

"मइयागे, मरी मैं तो।" कुसमी का पैर ऊबड़-खाबड़ राजपथ के एक गड्ढे में पड़कर मुड़ गया, वह धम्म से गिर पड़ी। चलती हुई मालती ठिठककर रुक गयी। कुसमी रोती हुई उठने की कोशिश करने लगी। एक पैर पर किसी तरह उठ खड़ी हुई दूसरा पैर जमीन पर रखने की कोशिश की। पर, हो ही नहीं सका। पीड़ा से बिलबिला उठी। मालती की ओर कातर नजरों से देखती कुसमी मानो पुकार-पुकारकर सहायता माँग रही थी। मालती का आन्दोलित मन उसे बढ़ने को बाध्य कर रहा था। मन के दूसरे परत में घृणा का वृक्ष लहरा रहा था। दोनों के बीच कोई पुल नजर नहीं आ रहा था। जाने क्या हुआ कि मालती ने एक रिक्शा रोका। उसे कुसमी की ओर इशारा करके चढ़ने को कहा। रिक्शे पर कुसमी चढ़ नहीं पा रही थी किसी तरह उसी ने सहारा देकर चढ़ाया, मालती उसके पार्श्व में बैठ गयी। बस स्टैण्ड पर खड़ी थी, इनकी जान में जान आयी। तरह-तरह के लोगों से लदे बस पर एक मोच बैठाने वाला भी मिल गया। कुसमी की मोच बैठ गयी। जोड़ में कसर मात्र बाकी रही। लेकिन दिल की एक कसक निकल गयी थी। मालती दीदी ने न सिर्फ रिक्शा कर दिया, सहारा देकर चढ़ा भी दिया। पास बैठकर आयी। अलबत्ता रही अजनबी-सी। पर क्या हुआ दूरी पट रही है मानो बाढ़ के बाद कुँआर आने को है, चौर-चाँचर ही सही रास्ता दे रहा है आगे बढ़ने का, दीदी कुँआर में घर पहुँचा करती थी। कौन रहा हमारे पास, कोई तो नहीं। न मेरा नथुनी न सचिन जीजा न बाल बुतरू। अपनी बाँहों की ओर देखा कुसमी ने।

इन्हीं के झूले में कितना झुलाया था चुनिया-मुनिया को। हाय उन बच्चों को क्यों काट दिया। जब रो-रोकर कुसमी ने पूछा था तो ननका छुतहरा ने काल की-सी हँसी हँसकर कहा था—"साँप का बच्चा बड़ा होकर साँप ही होता है उसे छोड़ा नहीं जाता।"

"सचिन जीजा कितना करते थे तुम लोगों के लिए। अभागा उन्हें क्यों मारा?"—कोई जवाब नहीं था किसी के पास कि खून की होली खेलते वक्त विचार कर नहीं वार किया जाता। हाँ, सब बराबर हैं। एक नस्ल का हर आदमी दुश्मन, हर बच्चा हर औरत दुश्मन।

बस से दीखता है रास्ते के किनारे का हरा-हरा वृक्ष, लाल-लाल फूल खिले हैं विशाल सेमल के वृक्षों में, मानो काली मिट्टी काले पहाड़ के इस बियाबान में रक्त के फूल खिले हैं। किसी बलुआही नदी का पुल पार कर रही है बस। एक बार शायद इसी नदी के पास से गुजरा था नथुनी का ताँगा, कुसमी साथ थी। सिनेमा दिखाने लाया था नथुनी, कुसमी के हाथ की कसीदाकारी वाली चादर बिछी थी। कहा था नथुनी ने—

"उद्घाटन तुम्हीं से कर रहे हैं, चलो सिनेमा दिखा लाएँ।"

सिनेमा देखने के बाद उसने कहा था—"तुमने इधर का जंगल तो नहीं देखा न। चलो दिखा लाऊँ।" जंगल के किनारे थोड़ी दूर ताँगा घुमाकर दिखाता रहा था—

"देखा, कभी देखा है ऐसा जंगल, है तुम्हारे उस पार ऐसा जंगल।"

"कास-पटेर के जंगल हैं वहाँ तो जिसमें से हरिना भी कूदे तो दिख जाय। एक हमारा देखो, बड़े-बड़े शेर हैं, बाघ हैं, चीते हैं।"

"यह तो तुम्हें और हमें देखकर ही लगता है कि किसके पास कैसा जंगल है, कौन कितना जंगली है। रखो अपना जंगल अपने पास।" व्यंग्य सुनकर हँस पड़ा था नथुनी। चुटकी काट ली थी साँवले गालों पर। "वाह, बड़ी-बड़ी बातें करती है। घोड़े को प्यास लगी है, पानी पिला लाएँ।" कहकर रास पकड़ी और सूखी नदी में उतर गया था। नथुनी ने हाथ से बालू हटाकर गढ़ा जैसा बना दिया, आप से आप पानी भर आया था। घोड़े ने पानी पिया, यह गाल सहलाती हुई चकित-सी देखती रही।

"क्या देख रही हो टुकुर-टुकुर इस नदी को? ऐसी ही है यह नदी ऊपर से सूखी दिखती है भीतर से रसवन्ती।"

"देख रही हूँ इस पार के अजूबे।" कुसमी ने कहा था।

"जानती हो, हमारे यहाँ के बारे में एक कहावत मशहूर है कि—यहाँ पहाड़ हैं बिना पेड़ के, नदी है बिना पानी की, और आदमी हैं बिना दिमाग के।" अपनी ही बात पर ठठाकर हँस पड़ा था नथुनी। कुसमी ने भी साथ दिया था।

वही सूखी नदी है नीचे शायद अन्दर से भरी-भरी। कुसमी की आँखें भर आयीं। आज आखिरी दिन होगा सोचा था कुसमी ने। रुपयों से क्या करेगी, एक छोटी-सी दुकान खोल लेगी चाय-पानी की चौबट्टी पर, दिन-भर लोग आते-जाते रहेंगे, मन लगा रहेगा। अपने पिता के घर नहीं जाएगी। भाई कई बार बुलाने आया था, नहीं गयी, तो बहुत गुस्सा करके गया। अपने गाँव की कई बड़ी-बूढ़ियों ने इशारा किया था दूसरा घर कर लेने को पर मन में कोई हुलास हो तब तो।

ऐसे ही दारुण दिन बीतते थे। रातें काटे नहीं कटती थीं। फाइनल कागज मिलने का दिन आ गया। मालती और कुसमी का अनजानापन छीजने लगा था। तनाव-त्रासदी का सूत्र अन्तिम रूप से आज छूट रहा है। साहब पहले से अपनी कुर्सी पर विराजमान थे यह बाहर खड़े चपरासी के चाक-चौबन्द रहने से ही पता चल गया था।

"आ गये आप लोग, साहब केतना बार पूछ चुके हैं।" उसने तपाक से पूछा। आते ही बेंच पर मालती बैठ गयी। क्या करेगी वह? आज शायद एक दौड़ समाप्त हो जाए। अपना क्या करेगी अभी तक नहीं सोचा है। अभी तो वृद्धा सास की अपाहिज जिन्दगी की गाड़ी खींचनी है। शायद निश्चिन्तता बोध के पश्चात् कुछ कर सके। कहीं नौकरी कर ले। इस जंगली स्थान की चिरायँध में दम घुटा जाता है।

"चलिए, साहब बुला रहे हैं।" दरबान आकर कह गया। मालती उठ खड़ी हुई, आगे-आगे चली, पीछे-पीछे कुसमी।

"बैठिए!" साहब ने सामने की कुर्सी की ओर इशारा किया। मालती बैठ गयी कुसमी खड़ी रही। बार-बार कहने पर भी बैठ नहीं पाती।

"यही कुसमी देवी है इसको आप और आप ही मालती सिंह हैं इसको यह सत्यापित कर दें!" दोनों की ओर कागज बढ़ाता हुआ अधिकारी बोल उठा।

"निशानवाले जगह पर हस्ताक्षर कीजिए!" सहायक ने निर्देशित किया। कुसमी मालती का और मालती कुसमी का मुँह ताकने लगी।

अधिकारी उनका इतस्तत: भाँप गया।

"आपकी सुविधा के लिए, आप एक ही जगह की हैं और काफी दिनों से साथ-साथ आ रही हैं—नहीं तो मुझे किसी को बुलवाने के लिए और ठहरना पड़ेगा। आपकी सत्यता—सरकारी काम है न प्लीज!"

"नहीं साहेब जी, मैं करती हूँ दसखत!" कुसमी ने कलम पकड़ ली।

मालती ने हस्ताक्षर कर दिये और कुसमी की ओर ताकने लगी। उसे थोड़ी देर लगती है लिखने में कुसमी देवी। मानो भयानक झंझावात उठा है हृदय में। दर्शक की भूमिका में है मालती। घृणा का वृक्ष टूट-टूटकर बिखर रहा है। कुसमी का टोला और मलिकान का गाँव डूब-उतरा रहा है खून की नदियों में, सैकड़ों की संख्या में पहुँच रही हैं मालतियाँ और कुसमियाँ एक-दूसरे को सत्यापित करने सचिवालय के इस कक्ष में। एक-दूसरे की पीड़ा को सत्यापित करने। चली जा रहे हैं सब एक ही बाट। छोड़ी जा रही हैं स्त्रियाँ काटने को दुख, सहने को पीड़ा, झेलने को त्रासदी हत्या-बलात्कार की, लेने को मुआवजे।

"मुझे दुख है आपको मेरी वजह से पिछली बार लौटना पड़ा।"—साहब ने कागज थमाते हुए कहा।

"धन्यवाद!" मालती लौट पड़ी।

मालती ने गैलरी में आकर कुसमी को पलटकर देखा, कुसमी दौड़कर पास आयी। मालती ने उसकी कानी उँगली पकड़ी और अँधियारी गली पार करने लगी। बिजली गुल थी। बाहर की रोशनी इनका इन्तजार कर रही थी।

❑

कौस्तुभ स्तम्भ

"माँ ऽ ऽ ऽ ऽ, ओ माँ ऽ ऽ ऽ, तुम ठीक तो हो ना ऽ ऽ कैसी हो...ऽ ? आवाज दो ऽ ऽ ऽ ओ।"

चीख-चीखकर बेटा पुकार रहा है तटबन्ध से। पानी में आवाज दूर तक गूँजती है। साँझ गहराने के साथ ही तटबन्ध की ओर से जनसमूह के बाकी कलमल स्वर बन्द हो गये हैं। यही एक तीखी उतावली आवाज आ रही है बार-बार। उत्तर न पाने पर विवश चीख जैसी।

"मुझसे चिल्लाना न हो सकेगा मंगल-बहू। तू आवाज दे दे।" देवी माँ ने छप्पर की मुँडेर पर बैठी अपनी साथिन से कहा।

"बउआ ऽ ऽ ऽ ऽ, हम ठीक हैं—ऊ ऽ ऽ ऽ।" देर तक पुकारकर जोर से कहने की चेष्टा की मंगल-बहू ने। गले पर जोर पड़ने के कारण खाँसी आ गयी। खाँसी थमते ही हँसने लगी मंगल-बहू।

"अब तुम्हारी यह बेवक्त की हँसी शुरू हो गयी।" देवी माँ ने उसे बरजते हुए कहा।

"देवी माँ, अब बउआ चुप हो गया, हमारी आवाज पहुँच गयी है।" खिलखिलाती हुई बोल रही थी, मंगल-बहू।

"ओफ्फोह, हँसी बन्द करो, तुम्हारी यह हँसी की आवाज भी फिसलती हुई किनारे की तरफ जाती होगी।" परन्तु मंगल-बहू की खिलखिलाहट और तेज होती जाती।

अब मैं इसे कुछ न कहूँगी। जितना रोकेगी उतना हँसेगी पगली, लोट-लोटकर कहीं पानी में न गिर जाये। पगली तो है ही। तटबन्ध पर सब खुले आकाश के नीचे कैसे होंगे। एक ही तो खाट जा पायी थी, कुछ चटाइयाँ थीं। रह-रहकर किसी बच्चे की रोने की आवाज सुन पड़ती थी। आकाश काली अँधेरी चादर की भाँति तना है सिर के ऊपर। प्रकृति की कृपा है। असीम जल के इस विराट विस्तार में कभी कुछ गिरने की आवाज आती है तो कभी किसी पक्षी के फड़फड़ाने की। देवी माँ चारों ओर दृष्टि घुमाती हैं। कहीं कुछ नहीं है। पानी पर आँखें स्थिर करती हैं। सारी झोपड़ियाँ बह गयी-सी लगती हैं। क्योंकि पानी एक विशाल स्लेट-सा दीखता है, सीधा सतर। मंगल-बहू की हँसी थम गयी थी। कुछ गिरने की जोरदार आवाज हुई। धस्स।

"देवी माँ, ये क्या गिरा? पानी में तेजी बहुत है, कहीं कोई पेड़ तो नहीं गिरा?"

"नहीं। जान पड़ता है सखीचन का दालान गिरा है। मिट्टी के पानी में गिरने की आवाज थी और वह भी दक्षिण से। उस ओर तो उसी का दालान था।"

"हाँ उस ओर उसी का दालान था। कितना पुराना दालान था। कितना बरसात खा गया, कितना बाढ़ का पानी सहा। आज वह भी गिर गया।" मंगल-बहू ने उसाँस ली। गाँव का सबसे बड़ा और ऊँचा दालान था। एक हाथ धरती के नीचे से पक्के ईंट की कुरसी फिर मटियार की भीत।

दीवारों के बीच एक छोटी-सी कोठरी थी पहले। बाद में उस कोठरी को तोड़कर मचान बना दिया गया। अपनी झोंपड़ी से पहले मंगल-बहू इसी दालान में उतरी थी। पचास-साठ साल पहले की बात होगी, मंगल अपनी बहू का गौना कराकर लाया था। उस वर्ष खेत खूब उपजा था। घर-घर कोठिले और बखारियाँ (मिट्टी तथा बाँस के अनाज रखने के पात्र) बन रही थीं नयी-नयी। पूजा और कीर्तन का जोर था गाँव में। मंगल कुम्हार के घर अनायास बरतनों की बिक्री बढ़ गयी थी। मंगल की माँ दिवंगत हो गयी थी। ले-देकर एक बाप और एक मंगल। बाप ने बहू के गौने का दिन भेजा था। मंगल-बहू को लिवा कर बैसाख के पूनो के दिन ला रहा था। मंगल-बहू के पके चेहरे पर अब भी पूनो का प्रकाश छा जाता है यदा-कदा। गाँव के पण्डित जी ने गौने

का समय दिन उगते ही रखा, सो मंगल अपनी बहू को सुबह-सुबह लिवा के चला था। आगे-आगे पीली धोती, लाल गमछा और बड़ी-सी पोटली लिये मंगल कुम्हार, उसके पीछे लाल साड़ी में लिपटी साँवली सलोनी बहू। बहू ने लम्बा घूँघट किया था। उसके पैरों का कड़ा-छड़ा चलते समय रुन-झुन की आवाज करता था। थोड़ी ही दूर चलने के बाद शायद धूप और नये वस्त्र के घूँघट ने मंगल-बहू को थका दिया था। साथ चलते भरिया ने आवाज दी थी। ''मेहमान, जरा इस पीपल की छाँव में बइठ जाइए, बहिनी थक गयी है।'' और सब बैठ गये थे। मंगल पूरब की ओर मुँह करके बैठा था तो बहू पश्चिम की ओर। अभी भी मंगल-बहू को स्मरण है मंगल अपनी कमर टटोलने लगा था। साथी भरिया ने देखा और पूछा था—''तलब लगी है मेहमान, बीड़ी-उड़ी की खैनी-चूना?''

''बीड़ी। लगता है कहीं गिर गयी बगुली।'' शर्माता-सा सफाई दे रहा था मंगल।

''बहिनी, तुम्हारा पास है बीड़ी?'' भरिया ने पूछा था। बेहद लजा गयी थी मंगल-बहू—हाय-हाय, कैसा मूरख है, 'आदमी' के सामने बीड़ी के लिए पूछता है। पर अनायास अपने नये सिले झुल्ला (ब्लाउज) की बगली (जेब) में हाथ चला गया। वह छींटदार झुल्ला बाबू सुपौल बाजार के दर्जी से सिलवाकर लाये थे। जमना कुम्हार की बेटी थी, कोई मामूली नहीं थी। जमना कुम्हार पण्डित कहलाते थे। बरतनों में एक से एक फूल-पत्तियाँ, किस्से-कहानियाँ गढ़ते थे। उनके भित्ति-शिल्प प्रसिद्ध थे। अपना घर फूल-पत्तियों से भरा हुआ था, बरतन का बड़ा कारोबार था। मिट्टी से रुपया बनाना कोई उनसे सीखे। सो गाँव में पहले-पहल कोई हिन्नू लड़की दर्जी का सिला झुल्ला पहनकर ससुराल चली थी। झुल्ला की बगली से बीड़ी का बण्डल और दियासलाई निकालकर मंगल-बहू ने हाथ बढ़ाया था। लाख की सुनहरी नारंगी चूड़ियाँ और कंगन मीठी टकराहट से कुनकुना उठीं। तभी मंगल ने पलटकर देखा साँवला गदबदा हाथ आगे बढ़ा। वह कैसे सीधे-सीधे उस हाथ से ले ले बीड़ी। अभी भी वैसे ही याद है मंगल-बहू को। उसने थकमका कर बीड़ी और दियासलाई जमीन पर रख दिया था। क्षणांश में जो देखा था मंगल का

वह रूप अब भी याद है। कभी भूली कहाँ थी। गोरा सुन्दर मंगल तेज धूप के कारण लाल भभूका लगता था, घनी काली मूँछें और घुँघराले बाल थे। सहेलियाँ सच ही कहती थीं—"क्या आग-सा चमकीला तेरा दुल्हा है। तेरे साथ खूब जमेगा, कोयले में आग जैसा।" एक पुलक एक सिहरन व्याप गयी शरीर में। उठते-बैठते, बैठते-उठते, धीमे-धीमे डग भरते जब मंगल अपने गाँव के सिमान पर पहुँचा तो दिन ढलने में एक पहर बाकी था। पहली बार बहू दिन रहते घर में पैर नहीं रखती, दिया-बाती हो जाने के बाद लक्ष्मी का आह्वान होता है। सिमान के पाकड़ का पेड़ ही पहली गेह थी मंगल-बहू की। इस विशाल वृक्ष की छाँव में बढ़ोत्तरी ही हुई है, कमी नहीं हुई। दक्षिण की ओर गरदन मोड़कर देखा मंगल-बहू ने। आँखों की ज्योति कम हो गयी है।

"देवी माँ, पाकड़ का पेड़ ठीक है न! देखिए तो।" देवी माँ दक्षिण की ओर मुँह करके पहले से बैठी थी। उन्होंने कहा, "हाँ, ठीक है सत्तासी की बाढ़ में जो नहीं गिरा तो अब क्या गिरेगा?"

"सत्तासी से कम जोर का तो नहीं है यह बाढ़।" वह बुदबुदायी। "हूँ, टक्कर बराबर की है।" बड़े सहज भाव से बातें हो रही थी। मानो बाढ़ की विभीषिका को ये सद्यः झेल नहीं रही हों। कहीं दूर से देख रही हों।

"अपने यहाँ कहिबी (मुहावरा) है न 'पन्थक पाकड़ि', सो अपने इस गाँव में सत्त है।"

"हूँ!" देवी माँ ने फिर हुँकारी भरी। चिलचिलाती धूप में जलता हुआ वन-प्रान्तर। छाँव के लिए लालायित लोग आकर इस घने पाकड़ वृक्ष के नीचे आराम से दुपहरी काट लेते हैं। छोटे-मोटे व्यापारी सुखाड़ के समय अपने घोड़ों, बैलगड़ियों सहित इसी पाकड़ के तले रात गुजार लेते हैं। आँधी-तूफान बरसात में यह वृक्ष शरणस्थली रहा है और अब बाढ़ में सैकड़ों जीव-जन्तुओं का बसेरा रहता है। सौ साल से ऊपर का तो अवश्य है वह वृक्ष। इसकी उम्र का कोई बुजुर्ग जीवित नहीं है इलाके में। फिर एक जोरदार छपाक का स्वर सुनाई पड़ा।

"लगता है दालान का धरण गिर गया।" फुसफुसाती-सी बोली मंगल-बहू।

उस दिन पाकड़ के नीचे गाँव भर के बच्चे जमा हो गये थे। फिर किशोरियाँ, तब युवतियाँ और बुढ़ियाँ भी आ जुटी थीं। मंगल-बहू लाल कपड़े की गठरी बन गयी थी। नख-सिख ढँक लिया था। सुकनी मलाहिन गाँव की बुजुर्ग बेटी थी। उसकी बात कोई नहीं काटता था। उसने बच्चों, किशोरों और बुजुर्गों की भीड़ को धमकाया कि बहू का पीछा छोड़ें। पर भीड़ थी कि गुड़ पर लगे चींटे की तरह चिपकी जा रही थी। तब सुकनी ने कहा था —"कब तक गठरी बनकर बैठी रहेगी बहुरिया यहाँ, साँझ ढलने में देर है। इसे सब लेकर सखीचन के दालान में चलो।" आगे-आगे सुकनी पीछे-पीछे बहुरिया मंगल-बहू और चारों ओर से गाँव के बच्चे। दालान की कोठरी में बहुरिया को बैठाकर सुकनी पीछे मुड़ी थी तो मंगल कोने में खडा था। "अब मैं उधर जाऊँ?" मंगल ने बाहर की ओर इशारा किया।

"कहीं नहीं जाएगा तू, बहुरिया के साथ पहले घर में घुसेगा तब कहीं बौराएगा। ऐ भरिया तुम भी यहीं बइठो। मंगल इहैं रह। अरे बच्चा-कच्चा सब भाक्-भाक्।"

भीड़ भगाने की निरर्थक चेष्टा की थी सुकनी मलाहिन ने।

"और बहू रे, हम तो भूल ही गये कि मंगला के बाबू ने विधि-ब्यौहार का सामान जुटाने को बुलाया था। रे मंगला, बहुरिया के पास कोई न जाए, देखना।" सुकनी निर्देश देकर चली गयी। निमुन्न लाल गठरी में अधिक देर बच्चों को बाँध रखने की कोई बात नहीं थी। धीरे-धीरे भीड़ अगल-बगल ससर गयी। मंगल हौले से कोठरी में गया था।

"सुनती हो, एतना घोंघट का बन्द घर में जरूरत नहीं है। जरा देह में हवा लगने दो। हमारे घर बाबू और हम हैं बस। बाकी नौकर-चाकर, मट्टी लानेवाला, कूटने-गूँधनेवाला। चाक पर तो हम और बाबू जी बैठते हैं। सारा घर तुम्हें सँभालना है। अब तक तो जैसे-तैसे भात बनाकर हमलोग खा लेते थे। तुम आ गयी हो तो सुभीता होगा।" एक-एक शब्द मंगल-बहू मानो पी रही थी। ममता से भर आया था मन। उसी दिन से सोलह वर्ष की कुमारी कन्या माँ की भूमिका में आ गयी थी। माँ की तरह देखभाल की थी ससुर की और एक हद तक पति मंगल की भी।

सखीचन का वह ऊँचा धरण वाला दालान बार-बार मरम्मत होता रहा था। कोठरी टूटकर मचान बनी। मचान हटाकर चौकियाँ रखी गयीं। लीपते-रंगते दालान का रूप कई बार बदला, पर भित्ति वैसे-का-वैसा ही रहा। धरण ने लम्बे-चौड़े चार खण्डों वाले छप्पर को अब तक धारण किये रखा। कई-कई बार तरह-तरह के खर-कास से छवाया गया। छप्पर अब लगभग पन्द्रह वर्षों से खपड़ा से छवाया गया था। सत्तासी की बाढ़ में एक-एक कर यों ही खपड़े पानी में गिरते रहे तब फिर किसी तरह सखीचन पासवान के पोतों ने आधे बचे खपड़े आधे खर-पुआल से छवा दिया दालान को।

नीचे से जर्जर हो गयी थी दीवार, आज सम्पूर्ण चौपट। पूरा दालान गिर गया जान पड़ता है।

"देवी माँ, ई लगता है धरण गिर गया।"

"ऐसा ही हुआ है।"

"बहाव तो बहुत तेज है—कहाँ-से-कहाँ बहाकर ले जाएगा। जिसको मिलेगा यह धरण उसका तो भाग खुल जाएगा। असली सारिल चह (एक प्रकार की लकड़ी) का है। लोहा से भी बरियार।"

"सो तो है। यह दालान दक्षिण की ओर था। धारा उत्तर से दक्षिण की ओर बह रही है। कहीं हमारा घर दक्षिण में होता तो उस विशाल धरण की चपेट में अपना यह छप्पर आ जाता।"

"तब क्या होता देवी माँ!" धीमा डरा-सा स्वर था मंगल-बहू का मानो किसी ने सुन लिया तो धारा पलट जाएगी।

"माँ ऽ ऽ ऽ ऽ ठीक हो न! आवाज दो। माँ ऽ ऽ ऽ!" जिज्ञासा की चीख फिर गूँजी।

"हाँ बउआ ऽ ऽ ऽ हम ठीक हैं—ऊ ऊ ऽ ऽ!" चिल्लाई मंगल-बहू। सब शान्त हो गया।

"बउआ रातभर जागता रहेगा देवी माँ, आपकी जिद भी अपार है। निसाभाग रात में उसको भी कैसे निन्न होगा। इहाँ रहके ठीक नहीं किया।" झुंझला उठी मंगल-बहू।

"जागना ही चाहिए। प्रत्येक रात सोता ही तो है। विकाल समय है, जागना उचित है।" हौले से हँसी देवी माँ।

"सत्त वचन है, मगर आपका यहाँ रहना नहीं सुहाता है।"

"आखिरी नाव छूटते-छूटते घना अँधेरा छा गया था, तुमने भी तो देखा था। फिर मैं कैसे एक बार और आने को कहती। उनलोगों की जान खतरे में डालती? जो बात नहीं समझती उसमें भी टाँग मत अड़ाओ।" देवी माँ ने झिड़की सुनायी। चार मजबूत खम्भों और बाँस के झाँझन वाले इस घर की छप्पर पर बैठी ये दो जाँबाज वृद्धाएँ फिर चुप होकर जल-प्लावन का हहराता शोर सुनने लगी।

मंगल-बहू रात होने पर अपने घर आयी थी। मुहल्ले-गाँव की बहनों ने दुअरि-छेंकाई की रस्म की थी। बुजुर्ग महिलाओं ने बाकी विधि-ब्यौहार निपटाये थे। घर में माँ-बहन की कमी को किसी ने अनुभव न होने दिया था। सुकनी मलाहिन ने बहू के यहाँ से आये सन्देश ठेकुआ-पूरी महिलाओं बच्चों में बाँटे। सौगात लेकर जब सब चली गयीं तब मंगल घर में आया था। बड़े से भित्ति घर में एक कोने पर बरतनों का अम्बार लगा था। परिचित सोंधी महक से घर गुलजार था। सुन्दर नक्काशीदार लाबन (दिया रखने का स्टैण्ड) पर बड़ी-सी मिट्टी की ढिबरी जल रही थी। सब कुछ प्रकाशित था। मंगल ने आते ही मनुहार से कहा, "इसने कुछ खाया नहीं, दिन भर की भूखी है। कुछ खा लेती तो अच्छा रहता।" बहू लाज से सिमट गयी थी। तब मंगल पास आया था—"घोंघट हटा, कौन है दूसरा-तीसरा इहाँ?"—मंगल ने घूँघट खींच दिया था। बहू खिलखिलाकर हँस पड़ी थी। उसकी वही हँसी अब तक बरकरार है। मंगल को अपनी खायी-पीयी गदरायी बहू खूब अच्छी लगी थी। घने घुँघराले बाल कसकर जूड़े की शक्ल में बँधे थे, ऊन के फुँदने और कौड़ियों वाले नाड़े से। "खींचकर बाँधा गया बाल दुखता है, इसे खोल दें?" बहू ने पूछा था।

"मैं क्या जानूँ! दुखता है तो खोल दे।" मंगल ने सहमति जतायी। दूसरे दिन गाँव की स्त्रियों ने बहू को घूँघट के अन्दर बाल फैलाये देखा तो मुँह छिपाकर हँसने लगी थीं। बहू काम में ऐसी जुट गयी कि मायके की कभी

याद ही नहीं आयी। एक-एक कर आठ बच्चे हुए। तभी गाँव में कोसी की विनाश-लीला शुरू हो गयी थी। मलेरिया जड़ जमाकर बैठ गया। ससुर के मलेरिया से मरने के बाद घर में मानो यम का प्रवेश हो गया था। मंगल और तीन बेटे दिवंगत हो गये। दो बेटियाँ भी उसी राह चली गयीं। इलाके के सबसे बड़े कलाकार कुम्हार जमना पण्डित की बेटी, सम्पन्न लोगों में गिने जाने वाले नेवा पण्डित की पुत्रवधु मंगल-बहू निराश्रित हो गयी। भात-रोटी पकाने के अतिरिक्त कुछ सीखा ही नहीं था उसने। जरूरत ही नहीं पड़ी थी। कच्ची मिट्टी के बरतनों में गाबिस की चित्रकारी मात्र जानती थी जो आग में डालने से पहले किया जाता। किन्तु बिना बरतन गढ़े चित्रकारी कैसी, आँगन के कोने में दूर-दूर से लायी गयी मटियार, गाबिस चिकनी माटी की पिण्ड थम गयी। घर के कोनों में चुपचाप बैठे रहते तीनों बच्चे—सोना, रूपा और अनधन। सोना थोड़ी बड़ी थी। रूपा और अनधन को खिला-पिला देती। माँ की सार-सँभार भी कर देती। मलेरिया से काँखते गाँव में लोग बचे ही कहाँ थे? कुछ मर-मरा गये, कुछ परदेस चले गये। पूरे पाँच सौ की आबादी वाले गाँव में कुल पच्चीस आदमी रह गये थे। कुत्ते और सियार साथ-साथ भूँकने लगे थे। हवा की साँय-साँय और टिटहरी की चीत्कार के अलावा इनसान का क्रन्दन-मात्र रह गया था। पालनेवालों के अभाव में ढोर-डंगर भी नहीं रहे।

काँव-काँव-काँव! कौए के बोलने की आवाज आयी।

"देवी माँ, यह तो कौआ बोल रहा है, कहाँ बैठा है?" मंगल-बहू ने चौंककर पूछा।

"इस छप्पर के अलावे पाकड़ का पेड़ है जो पानी से ऊपर है। उस पर भी हमारी तरह सैकड़ों जीव जन्तुओं ने पनाह लिया होगा।"

"ठीक कहती है, पंछी सब उसी पर होगा।"

"तीन प्रहर रात बीत गयी लगती है।"

"जय कोसिका माई। बाल-बच्चों की रच्छया करना। मैया राब तोहरे भरोसे है।" उत्तर की ओर गरदन मोड़कर देखती है मंगल-बहू! उसका घर और बाकी सभी बैकालियों, मल्लाहों और कुँजड़ों का घर पानी के अन्दर है। इस

छप्पर के चारों ओर बस पानी ही पानी है। कहीं-कहीं कुछ पौधा-सा दीखता है। सम्भवतः वह ऊँचे ढूह पर यत्न से लगाया गया श्याम-तुलसी-वन है। तुलसी की फुनगी जल के ऊपर है। मंगल-बहू के लिए यह नया नहीं है। इस इलाके में तो ऐसा होता रहता है। दसई (दशहरा) का ढोल सुनते ही पानी भाग जाता है। नये सिरे से शुरू होता है यह बाँस का काम। दीवाली आते-आते घर का छाजन-छप्पर भी तैयार और आँगन-मुँडेर भी लेप पोतकर सुचिक्कन। दीवाली और गौ पूजा के बाद खलिहान की तैयारी शुरू होती है। कोसी के आते-जाते जलवाले इलाके में मोटे धान की फसल अच्छी होती है।

"देवी माँ, छप्पर का बल्ली-बाँस कस के पकड़े रहिएगा, छाजन वाला खढ़ न कहीं पकड़ाए, खिसक जाएगा तो क्या होगा?"

"हूँ, तुमने क्या पकड़ रखा है वह ध्यान दो, मैं ठीक हूँ।"

"अरे बाप रे हम तो बाती पकड़कर बैठे हैं। जरा भी हिल-डोल नहीं रहे हैं। चारों तरफ बेंग-साँप, मूस-छुछुन्दर बैठा है।"

"तुम उसके डर से सिमट सकती हो। वह तो नहीं डरता।"

"अरे बाप रे, याद है उस बार कितना चींटा आपके पैर पर चढ़कर बैठ गया था। रात-भर काटता रहा था। अभी भी घाव का दाग है। नः आप अस्सब (असम्भव) जीव हैं। इस बार भी कुछ काट रहा होगा। आपको यहाँ रुकना नहीं चाहिए था।"

"अब ज्यादा लेक्चर न झाड़ो। चुपचाप बैठी रहो। सुबह होने में देर नहीं है।"

"ऐसे ही आप बोलती हैं हम चुप नहीं रहेंगे..." देर तक बड़बड़ाती रही थी मंगल-बहू। फिर सोचने लगी थी। दस-बीस लोगों के टोले पर एक दिन रोशनी दिखाई पड़ी थी। जब सफेद कपड़ों में सजा एक व्यक्ति देवदूत-सा आकर खड़ा हो गया था। साग-पात पर गुजारा करते, मलेरिया के जूड़ीताप से जूझते मृत्योन्मुख प्राणियों के मन में आशा की किरणें फूटीं। खैरात का अनाज खाने के लिए, दवाइयाँ रोगमुक्त होने के लिए, शुद्ध जल पीने के लिए चापाकल उन्होंने मुहैया करायी। सामान्य शिक्षण के लिए स्कूल खोलने का संकल्प उन्होंने किया। अपनी सहधर्मिणी देवी माँ को लाकर उन्होंने यहीं घर बसा लिया।

आज कोई गाँव में नहीं रहता। छबीला, लछना, रामकिसुन पढ़-लिख गया तो बाहर नौकरी करने चला गया। बिहारी, सेवक और सनीचर जैसे पचासों मर्द मजूरी के बहाने सालों-साल गाँव नहीं लौटते। कई घरों की औरतें भी आँखों में सुरमा डालकर शहर की ओर चली गयीं। इधर ये देवी माँ शहर से आकर गाँव में रह गयी। अभी भी इनके बच्चे शहर में हैं। इनका एक घर शहर में है। सतासी की दुर्दान्त बाढ़ में इसी तरह सारे गाँव की औरतों-बच्चों को नाव से पार कर तटबन्ध तक पहुँचा आयी थीं। खुद इसी प्रकार इसी छप्पर पर बैठी रह गयी थीं। पूरे पैरों पर चीटियाँ चढ़ गयी थीं। देवी माँ ने उफ् तक न किया। अलबत्ता सुबह होने पर तटबन्ध तक पहुँचते-पहुँचते बेहोश हो गयी थीं। जब होश में आयी तब विधायक जी हाथ जोड़े खड़े थे।

''देवी माँ, आप हमलोगों को कितने बड़े अपयश में डाल देतीं। अव्वल तो इस बरसात में आपको यहाँ रहना ही नहीं चाहिए था, रह गयीं तो सबसे पहले सुरक्षित स्थान पर पहुँच जाना चाहिए था। आप सुकुमार ठहरीं। इनका क्या, इन्हें तो बाढ़ की आदत है।''

''आदतें तो बदलती रहती हैं बेटे! देखो तुम्हारी बाढ़ की आदत थी बदल गयी। तुम चौमासा राजधानी के पक्के मकान में गुजारते हो। मैं इनके साथ हूँ। तुम्हें मेरे लिए सचमुच जरा भी दर्द है तो बरसात के पहले नाव का इन्तजाम क्यों नहीं कर देते। मैं तुम्हारी तरह खुदगर्ज नहीं हूँ कि सुख के समय इस माटी में रहूँ और दुख पड़ने की आशंका से ही भाग खड़ी होऊँ।''

''आप ठीक कहती हैं। पर अब आपकी उम्र कम नहीं रही।'' विधायक जी ने उत्तर दिया था।

''तुम्हारे पुरखे बुढ़ापे में राजधानी चले गये थे! वहाँ क्या यमराज नहीं आते?''

''आपसे अधिक बोलना नहीं चाहता, पर मैं सचमुच आपके लिए कुछ करना चाहता हूँ।''

''मेरे लिए क्या और क्यों करोगे? अपनी इस पीड़ित जनता का खयाल करो जिसकी सेवा का संकल्प लेकर तुम कुर्सी पर बैठे हो। जाओ कुछ करो उनके लिए जो सचमुच तुम्हारी मदद चाहते हैं।''

दुम दबाकर लौटे विधायक जी ने पहले तो इलाके के लोगों को डपटा कि क्यों देवी माँ को पानी के अन्दर रहने दिया फिर मदद का आश्वासन देकर चले गये। कुछ दवाएँ और तैयार भोज्य सामग्री बाँटी भी। फिर जब-जब इधर का रुख किया दूर से ही रौब गाँठकर चले गये। देवी माँ से मिलने की चेष्टा नहीं की।"

गाँव के लोगों ने अपने आपको ठीक से पहचानना शुरू ही तो किया था कि बीच में ही रहबर चला गया। फिर से सब निराशा के अन्धकार में डूब गये। सोना, रूपा और अनधन पण्डित की माँ मंगल-बहू जो अब तक मजबूती से अपने पैरों पर खड़ी हो गयी थी भीतर तक हिल गयी। देवी माँ ने इसे जीना सिखाया था।

"तुम्हारे पाँच बच्चे और पति नहीं रहे उसका तुम सोग मनाती हो, सोना, रूपा और अनधन सामने खड़ा है उसे पालने-पोषने की जिम्मेदारी नहीं समझती? जो चला गया उसकी चिन्ता में जो सामने है उसे भी खो दोगी मंगल-बहू!" उन्होंने समझाया था।

"मैं क्या कर सकती हूँ देवी माँ, कुम्हार का धन तो मिट्टी का होता है। वह काम कौन करेगा? मुझे तो हाथ से ठोंक के तवा और दिया बनाना भी नहीं आता।"

"कुम्हार हो, सृष्टि की चाक कभी नहीं थमी। सबसे बड़ा कुम्हार जो ऊपर बैठा है, तुम्हें बैठने नहीं देगा। बच्चों को पालने के लिए खेतों में काम करो। उसमें हुनर की नहीं परिश्रम की आवश्यकता है।"

"एक तो मैं ठीक हँसिया-खुरपी चलाना नहीं जानती दूसरे लोग हँसेंगे।"

"हँसने दो, कोई तुम्हें मुफ्त खाने को नहीं देगा। कोई तुम्हारे बच्चे नहीं पाल देगा। रही हँसिया-खुरपी से काम लेने की बात, तो वह तुम जल्दी ही सीख लोगी।"

देवी माँ के सुझाये रास्ते पर चलकर मंगल-बहू ने बच्चों को पालकर कमाऊ बना लिया था। इलाके के लोग एक ही बात कहते, बाबू के चले जाने के बाद अब देवी माँ नहीं रहेगी। अपने घर शहर चली जाएगी। खेत जो उनके हैं सारे या तो बटाई पर लगा देंगी या बेच लेंगी। ऐसे ही समय में मंगल-बहू देवी माँ के पास जाकर खड़ी हो गयी थी।

"आप जब शहर जाने लगें तो मुझे और अनधन को भी ले चलें, हम आपके घर का काम कर देंगे। आपके बिना रहा नहीं जाएगा।" बात समाप्त करते-करते रो प्ड़ी थी मंगल-बहू।

"अरे पगली, रोती क्यों है, मैं जा कहाँ रही हूँ। बाबू जी ने जो काम छोड़ा है मेरे जिम्मे, वह कौन करेगा? मुझे तो वे वहाँ रखकर परलोक चल गये तुमलोगों के लिए।" सन्तोष की लहर फैल गयी थी गाँव में। इस मिट्टी का सुख-दुख देवी माँ का अपना है।

कौओं का काँव-काँव बढ़ गया था। एकाध दूसरी चिड़ियों ने भी चहचहाकर अपनी उपस्थिति जतायी थी।

"भोर समीप है।" देवी माँ ने आशावान होकर कहा मानो अपने आपसे। "भोर आशा का संचार करता है।" फिर अस्फुट स्वर में बुदबुदायीं—"इस इलाके का बारह मास आठ प्रहर की सम्पूर्ण यात्रा के समान है। अँधेरी काली रात की तरह बाढ़ का समय होता है। लाख यत्न करने पर भी इनसान अपना कुछ-न-कुछ गँवा देता है। सावन-भादो आते-आते अन्न का बहुत अधिक दाना बचता नहीं है, पर और भी तो घरेलू समान होता है जो बाढ़ में चला जाता है। टाट-बाँस के घर टूट जाते हैं, खूबसूरती और यत्न से गढ़े-मिट्टी के कोठिले ढह जाते हैं। आले-ताखे, घिड़ौचियाँ, बिटियाओं के घरौंदे; कला संस्कृति का यह जीवन का अविभाज्य अंग प्रत्येक वर्ष निर्मित होता ही है बाढ़ में विसर्जित होने के लिए। मानो पूरे इलाके की जनता कोसी मैया की पाणिक पूजा करती हो जिसका ऐसा ही समापन होता है।"

तटबन्ध की ओर से रम्भाने का स्वर सुनाई देने लगा है। भूसे और पुआल तो पर्याप्त मात्रा में हैं उधर। कुछ लोगों ने पहले से सूखे में अपने सामान रख छोड़े थे। काम चल जाएगा। ऊँचे मकानों वाले पुआल भी अब की बह गये। एक और बड़ी नाव होती तो शायद कुछ बच जाता। मन तिक्त हो आया देवी माँ का—"हुँह, अपने लोगों की अपनी चुनी हुई सरकार। अपना नुमाइन्दा, एक नाव तक नहीं,. कोई खोज-खबर नहीं। जरूरत क्या है उसकी। हेलीकाप्टर से सड़े हुए पाव-रोटी पानी में छपाक से गिरा देने भर से ही उनके कर्त्तव्यों की

इति श्री हो जाती है। बाकी का काम अखबारवाले कर देते हैं—काफी राहत सामग्री बाँटी गयी। सब ठीक है।"

खेतों से निकले अनाज जैसे पॉलिथिन पैकेटों में पौलिश होकर बड़े शहरों के जनरल स्टोर्स में शोभायमान होते हैं, उसी तरह इस मिट्टी से जनमें बढ़े-चुने नये नेता राजधानियों की मखमली कुर्सियों पर विराजमान हो जाते हैं। पलटकर देखें क्यों, कींच-कादो लग जाने का भय है।

"माँ ऽ ऽ ऽ ऽ। आवाज दो ऽ ऽ ऽ ऽ।" किनारे से पुकार उठी।

"बउआ ऽ ऽ ऽ हम ठीक हैं। ऊ ऽ ऽ ऽ!" पलटकर मंगल-बहू ने तसदीक दी।

"आप कहेंगी तो बड़का नाव तुरत विधायक जी दे देंगे।" मंगल-बहू बड़बड़ायी।

"मेरे कहने से वो क्यों देगा, उसे क्या पड़ी है। उसी के परिवार वाले गाँव में डूबते हैं क्या? अरे मेरे कहने से अपने गाँव का कमाऊ पूत सब तो एक बड़ी नाव गँठवाता ही नहीं जिसके बीवी-बच्चे डूबते हैं!" विवश झुँझलाहट भर आयी थी देवी माँ के स्वर में। मंगल-बहू को बेसाख्ता याद आया—देवी माँ अकसर अपने गाँव के छोटे से स्कूल की मरम्मत के लिए, छोड़े मेड़ों को रिंग बाँध का रूप देने के लिए, बरसात का खयाल कर दो-चार और नावें ठुकवा देने के लिए हर वक्त अपने गाँव के लड़कों से कहती रहती हैं। उनका कहना है कि स्वार्थी ही बनो तो ऐसा काम करो जिससे संकट के समय सुभीता हो। यह तो जाना हुआ संकट है। हर पाँच-सात बरस पर विनाशलीला होनी ही है। दूसरे के भरोसे कब तक रहना ठीक है? छोटी-छोटी बातों के लिए सरकार का मुँह कब तक जोहा जाय? पर अब इनकी बात कौन सुनता है? अलबत्ता अपनी बीवी-बच्चों को इन्हीं के भरोसे छोड़कर परदेस कमाने चले जाते हैं। मंगल-बहू ने अपने अनधन को कभी परदेस नहीं भेजा। उन्हें रखने और उबारने वाली धरती और आकाश समान देवी माँ तो यहाँ बसती है, फिर बाहर क्या है? मंगल के जाने के बाद कोई देखने वाला नहीं था। आँगन में मिट्टी का ढेर पड़ा था बरतन गढ़ने वाला कोई नहीं था। पड़ोस के गाँव का कुम्हार एक दिन आकर मंगल-बहू से निहोरा कर अनधन को माँगकर ले गया।

"बहुरिया, भाई साहब लोग रहे नहीं सो तुम आज्ञा दो तो अनधन को ले जाऊँ। पुरखों का इलम सिखाऊँगा। आगे सारा इलाका इसी को सँभालना है।" कला सिखाने की बात कहकर बैजू पण्डित ले गया पहले अनधन को पीछे चाक उठाकर ले गया, फिर धीरे-धीरे सारी मिट्टियाँ ले गया। मिट्टियों के ढूहे जिस दिन आँगन से चल गये उस दिन मंगल-बहू का कलेजा मानो खाली हो गया, शरीर निष्प्राण-सा रह गया। बिना चाक, बिना मिट्टी क्या कुम्हार पण्डित का घर! थोड़े ही दिनों बाद रोता-धोता अनधन लौट आया—"मैं नहीं सीखूँगा बरतन बनाना, देख मेरे लिल्हुए!" उसने हाथ के ऊपरी हिस्से को दिखाकर कहा, "कैसे मार-मारकर फुला दिये हैं, बैजू पण्डित ने।" मंगल-बहू से देखा न गया, उसने खेत का काम सिखाया अनधन को। हल जोतना, फावड़ा भाँजना, खुरपी चलाना। आज तक वही करता है अनधन। हाथ छूटे मुफ्त के नौकर को बैजू पण्डित छोड़ना नहीं चाहता था। पीठ पीछे ही आया था—

"बहूरिया, कुम्हार पण्डित के बच्चों की तलहथी मिट्टी गूँधते-गूँधते मुलायम रहती है, इलम सिखाने के लिए बच्चे को थोड़ा-ताड़न दे दिया तो भाग आया। अब खेत-मजूरों की तरह तरहत्थी में गट्ठा पड़वाएगी? सारी बिरादरी तुम्हीं पर नहीं मुझ पर भी हँसेगी।" देवी माँ ने आकर उबार लिया था—

"बैजू पण्डित, मिट्टी-चाक सब ले गये मुफ्त, अब विपत्ति की मारी इस दुखिया के बच्चों को बख्श दो।"

"देवी माँ, मैं तो उपकार करना चाहता था।" बैजू ने समझाया।

"अभी तक कितनी बार चाक पर काम करने दिया?"

"पहले मिट्टी बनाना तो सीख ले, मिट्टी तैयार करना सबसे बड़ी कला है माँ!"

"ठीक है, वह काम तुम स्वयं करो। इन्हें उस कला को सीखने की अब इच्छा नहीं है।"—बैजू पण्डित हाथ मलते चला गया मानो बँधुआ छूट रहा हो। आज अनधन गाय बैल और दो भैंसों का मालिक है। रात गये तक नाव पर गाँव के लोगों का असबाब और मवेशियों को ढोता रहा। "देवी माँ, लगता है मेरी पीठ अकड़ गयी है। दर्द छाती की ओर बढ़ रहा है। पैर भी सुन्न हो रहे हैं। कहीं मैं गिर न जाऊँ। आपका हाथ कहाँ है, मैं थाम लूँ।" मंगल-बहू ने काँखते हुए कहा। देवी माँ ने टटोलकर उसका हाथ थाम लिया।

"एक ही जगह उकड़ूँ बैठे-बैठे ऐसा हुआ है, अब तुम्हारी उम्र भी कम नहीं हुई मंगल-बहू वो तो तुम्हीं हो जो इतना सहन कर लेती हो। बेकार यहाँ बैठी रही। तुम्हें चली जाना चाहिए था।" वे आशंकित थीं।

"देवी माँ, आपको छोड़कर..." ऊँह करके चुप हो रही मंगल-बहू। बोल नहीं पा रही थी।

"चुप हो, और धीरज धरो। देखो सुबह हो रही है। किनारे से कोई नाव खुली है इधर ही तो आ रही है।" उसे समेटकर देवी माँ ने अपने गिर्द टिका दिया। किनारे से सचमुच नाव आ रही थी। निरभ्र आकाश का अक्स चतुर्दिक जल में पड़ रहा था। देवी माँ के सफेद रेशम से घुँघराले केश हवा में उड़ रहे थे। काँधे पर मंगल-बहू को थामे हुए वो कल्पना के आकाश में चाँद पर बैठी हुई सूत कातती वृद्धा दीख रही थी। जल में कहीं फुनगी, कहीं ऊँचा मचान, मचान पर आधा डूबा आधा सूखा पुआल का ढेर दीख रहा था। सखीचन पासवान के दालान का धरण सलीब की तरह आड़ा पाकड़ के विशाल पेड़ पर टिका था।

तेज धार के कारण नाव की दिशा बार-बार पलट जाती। टूटे छप्पर पर बैठी अपनी माँ और अनधन की माँ को लेने बाबू आ रहे थे। पन्द्रह मिनट के रास्ते को पार करने में दोगुना समय लगा। नाव घर की दीवार से टिकाकर लगा दिया गया।

"पहले इसे सँभाल अनधन!" देवी माँ ने मंगल-बहू की ओर संकेत किया। उसे सँभालकर उतारा गया। नाव में बिछे पुआल पर लिटा दिया गया। अकड़े हुए पैरों से देवी माँ भी उतरीं। हलचल से आतंकित होकर छप्पर पर आश्रय लेकर बैठे मेंढक, चूहे और छछुन्दर छपाक्-छपाक् जल में कूदकर इधर-उधर भागने लगे। नाव बहाव की ओर थी। तुरन्त किनारे पहुँच गयी। अनधन ने माँ को गोद में उठा लिया। उसके हाथों में देवी माँ का पल्लू था। मंगल-बहू ने एक बार चारों ओर देखा, फिर देवी माँ को देखा। सूर्य की किरणों ने उनके श्वेत रेशमी केशों को सुनहरे रंग में रंग दिया। वत्सल माँ का मुखमण्डल सन्तुष्ट था। चारों ओर से औरतों-बच्चों ने उन्हें घेर लिया। एक व्यक्ति ने खाट बिछा दी। दूसरे ने चादर और तकिया रख दिया।

''ऐ क्या है खिसको—देवी माँ आराम करेंगी।'' अपनी माँ को पुआल पर बिछी चटाई पर लिटाते हुए अनधन ने डाँटकर भगाना चाहा।

''हाँ, मैं बेहद थकी हूँ। आराम करूँगी। तुम लोग जाओ। बच्चों को कुछ पकाकर खिलाओ। लकड़ियाँ हैं ?'' देवी माँ ने खाट पर लेटते हुए प्रश्न किया।

''उपले हैं।'' किसी ने उत्तर दिया।

नीचे बिछे पुआल पर चटाई थी। उसी पर बाबू और बहुरिया बैठे हौलें-हौले देवी माँ का सिर और पैर सहलाने लगे। अनधन की बहू अपनी सास को सँभाल रही थी।

अपने स्नेह के आँचल तले जनसमूह को सुकून देने वाली माँ की खाट में आतप रोकने को मसहरी लगाने लगा एक बच्चा।

''अम्मा, जरा ठहरकर सोएँ। चाय बनाती हूँ।'' खर-पत्ते जलाती केतली चढ़ाती बहू ने आवाज दी।

''बनाओ, पीकर ही सोऊँगी। अब तुम सब जगे रहो; मेरे आराम का समय है'', उनींदी आँखों से कहा देवी माँ ने। उत्सव का वातावरण हो मानो। तटबन्ध पर ठिठका खड़ा सूरज भरपूर आँखों से देख रहा था कभी निर्मम प्रकृति के बीच अखण्ड जलधार को और अपराजित मानव समूह के बीच खड़ी कौस्तुभ स्तम्भ दीपित देवी माँ को।

हरहराता हुआ हेलीकॉप्टर गुजरा नीचे की ओर झुकता हुआ, कुछ गिरता हुआ यहाँ-वहाँ। कल के अखबारों में खबर बनेगी यह हवाई कलाबाजी, खबर नहीं बनेगी तो इनका अंग बनी देवी माँ और साथिन मंगल-बहू। सूरज इन्हें ऊर्जा देता बड़ी तेजी से आकाश के बीचोबीच अग्रसर हो उठा।

❑

तुअ बिनु अनुखन विकल मुरारि

"**तो** मैं जाऊँ दीदी जी!" सोमा ने निर्णय सुनाने के अन्दाज से कहा और पहले ही मेरी स्वीकृति मानकर चली गयी। लम्बी आराम कुर्सी शायद मेरे दादा या दादी के पिता के जमाने की है उसी पर अधलेटी-सी मैं पड़ी रही। सोमा ने भारी परदोंवाले दरवाजे को उढ़का दिया है। मैंने शाम सात बजे खाना खा लिया था। आज ढेर सारी कॉपियों पर हस्ताक्षर करना था, आलस्य ने घेर लिया। बेहद उतावली थी सोमा भी आज। उसने एक बार पूछा अवश्य कि—"क्या जरा-सा तेल मल दूँ पैरों में?" मैंने सिर हिलाकर मना कर दिया। बोलने का जी ही नहीं कर रहा था। शायद आज सुबह से सोमा ने मेरा कण्ठस्वर नहीं सुना। ऐसा अकसर होता है कि मैं दिन-भर बिना किसी संकल्प के निःशब्द रह जाती हूँ। कॉलेज में भी यदि कोई कक्षा न लेनी हो, मातहत व्याख्याताओं के नमस्कार का उत्तर सिर हिलाकर दे देती हूँ। उस दिन अपने विभाग के लैब से नहीं निकलती। प्रधानाचार्य के कक्ष की ओर नहीं जाती। स्टाफ रूम में भी मैं यदा-कदा ही जाती हूँ। हाँ, मेरे चेहरे पर एक मुस्कुराहट अवश्य चिपकी रहती है। अभिवादन का यह तरीका अनजाने में मेरे साथ जुड़ गया है।

मैं यानी डॉ. रागिनी बसु एम.ए. पी-एच.डी. मनोविज्ञान, डी.लिट्. संगीत, अध्यक्ष मनोविज्ञान विभाग, आयु इक्यावन वर्ष। राग-रागिनियों के लिए अपने इस विशाल राज्य में प्रातः

स्मरणीय, सुमधुर शास्त्रीय गायिका, सुललित रचनाओं को सर्वाधिक कण्ठस्वर देनेवाली स्वनामधन्य व्यक्तित्व मैं रागिनी, अनन्तमराल मल्लिक और सौदामिनी बसु की एक मात्र वारिस ऐसी ही हूँ। गाने लगूँ तो आलाप लेते घण्टों बिता दूँ। चुप हो जाऊँ तो दिन यूँ ही गुजर जाये। जिस फ्लैट में मैं अभी आराम कुर्सी पर टेक लगाकर अर्ध-सुषुप्तावस्था में पड़ी हूँ वह हमारे पूर्वजों की जमीन का अगला भाग है। उसके पीछे मेरी स्मृति में एक विशाल भूखण्ड था बियाबान-सा। सामनेवाले नये फ्लैट जिसके निर्माण की रजत जयन्ती मनायी जा चुकी है, उसके पीछे बड़े-बड़े पत्थरों से पटे दो आँगन थे। पहले आँगन में कई बड़े-बड़े कमरे थे, विस्तृत बरामदे थे ऊँचे-से। दूसरे आँगन में थोड़े नीचे-से बरामदे, कुछ कोठरियाँ थीं। बड़े कमरों में बड़े-बड़े शीशों वाले दरवाजे थे। रोशनदान, मेण्टलपीस, फायर प्लेस वगैरह थे। विशाल अजीबोगरीब चित्र टँगे थे पुरखों के। मैं रागिनी बसु, वंशावली का उल्लेख नहीं करूँगी किन्तु मेरी यादों में बसी दादी सौदागिनी बसु की उपेक्षा करना मेरे लिए सम्भव ही नहीं है। बिलकुल श्वेत, दुग्धधवल वृद्धा, पोपली, कृशकाया मजबूत व्यक्तित्ववाली दमकती चमत्कृत करती सौदामिनी बसु को लाँघकर कुछ नहीं कह सकती। आँगन के पार उगे झाड़ों के बीच हाल तक एक पक्का तालाब था। चार सीढ़ियों वाले घाट में बँधा था वह तालाब। तालाब के पश्चिम एक इमारत थी। वह इमारत दो मंजिल वाला एक पुस्तकालय था। विशाल कमरे बड़े-बड़े टेबुल और ऊँची कुर्सियाँ थीं। उसे वाचनालय कहते। उसमें ढेरों मीटिंगें होती देखी थीं मैंने। पुस्तकालय के पास बारह एकड़ जमीन का एक टुकड़ा था जिसका इस्तेमाल खेल के मैदान के रूप में होते मैंने देखा था। बचपन की याद में सामने और पीछेवाला लॉन है जिसमें भाँति-भाँति के वृक्ष थे, वृक्षों के चारों ओर चबूतरे बने थे, उन चबूतरों के अलावा कुछ पत्थर की बेंचें भी यहाँ-वहाँ करीने से रखी थीं। वर्षों अधेड़, रिटायर, बूढ़े लोगों को बैठे, घण्टों बातें करते देखा है। अभी जिन्हें लुप्त प्रजाति समझा जाने लगा है वैसे फलों के पेड़-पौधे थे, फूल-फल और स्वादिष्ट तरकारियों वाले पौधे सभी तो थे वहाँ। मुझे और मेरे भाई रजत को आँखों-आँखों में पाला जाता। हम सामान्य बच्चों के साथ देर तक बाहर खेलते नहीं रह सकते थे। हम मल्लिक

बाबू के सुसम्पन्न भद्र परिवार के वंशज थे। हमारा समय चौखटों में बँटा था। उन खानों में मुश्किल से अपनी आँखों से देखने, अपनी मरजी से चार कदम चलने की सुविधा मिल पाती। उन्हीं सुविधाओं का लाभ उठाकर अपने इर्द-गिर्द की पहचान मुझे मिल पायी थी।

जौ और गुड़ से तुलती अपनी वर्षगाँठ पार करती पाँच वर्षों की हो गयी थी। दादी के साथ विशिष्ट पूजन पर गौड़ीय मठ जाने लगी थी। घर के ऐन सामने हमारे पुरखों द्वारा निर्मित दुर्गामन्दिर था जहाँ मूर्ति बैठायी जाती थी प्रति वर्ष। दशहरे-भर बड़ी धूम रहती। धूम तो अब भी रहती है। लेकिन इस शहर में सैकड़ों की संख्या में जहाँ-तहाँ मूर्तियाँ बैठने लगी हैं, संगीत समारोह का स्टण्ट रचा जाने लगा है। आँगनवाले पूजा-घर में एक भट्टाचार्य पुरोहित प्रतिदिन आते। दादी को हर प्रकार का गाना पसन्द था। वे स्वयं बहुत अच्छा भजन गातीं। वही कारण था कि स्लेट-पेन्सिल पकड़ने के साथ-साथ मुझे बाकायदा शास्त्रीय गायन की शिक्षा दी जाने लगी। मैं बड़े मनोयोग से जुट गयी। रियाज और एकाग्रता में कमी नहीं आयी। दादी का शौक मेरे पोर-पोर में ऐसा समाया कि संगीत मेरे जीवन का लक्ष्य हो गया। जिस पुराने सुप्रसिद्ध कन्या पाठशाला की प्रधानाचार्या मेरे परनाना अनन्तमराल मल्लिक के भाई ब्रजविलास मल्लिक की पौत्रवधू थीं, उसी में मुझे दाखिल करा दिया गया। मुझे घर से ही सिखा दिया गया था कि वहाँ स्कूल में बड़ी माँ अर्थात् तिलोत्तमा मल्लिक तुम्हारी बड़ी टीचर रहेंगी। उन्हें चाची न समझना। चाची यहाँ, बड़ी टीचर वहाँ। मैंने नियम का पालन सदा किया। स्कूल जाकर मुझे अच्छा लगा। मेरी हम उम्र ढेर सारी लड़कियाँ थीं, सब एक साथ बेंच और डेस्क पर बैठते थे। पढ़ाई करते, खेलते, खाते। शुरू-शुरू में मेरे लिए एक नौकर आता खाना लेकर। लॉन में गमछी बिछाकर विस्तार से खाना खिलाता। मुझे स्कूल में विस्तार से खाना अटपटा लगता। मैंने घर में बड़ी माँ की उपस्थिति में दादी से वह बात कह सुनायी थी। बड़ी माँ ने मेरा समर्थन किया था। उन्होंने कहा था स्कूल में हल्का भोजन करना चाहिए। फिर भी मुझे पूरियाँ और सन्देश खाने पड़ते थे। मैं यह नाश्ता अपने साथ लाने लगी थी। "सुनो, तुम बड़े बगान वाली लड़की हो न!" मेरी एक सहपाठिनी ने आकर ऐन टिफिन के समय

टोका। मैं अपना टिफिन खोलते-खोलते रुक गयी थी। उन दिनों स्टील और प्लास्टिक के लुभावने डब्बों का प्रचार नहीं हुआ था। सादे गोल अल्युमिनियम की कड़ियों वाले डब्बे होते या फिर मेरी तरह लाल पॉलिश चढ़े चौकोर टिफिन। वह लड़की धप्प से बैठ गयी मेरे पास। शीघ्रता से उसने अपने घिसे झोले के अन्दर अखबारी कागज में लिपटी चीज निकाली। अखबार की तहें खुलती गयीं। उसके अन्दर से एक बड़ा-सा पराठा निकला। उसने पराठे को गोलाई में लपेट दिया। तृप्त भाव से ग्रास काट-काटकर खाती रही, मुझसे बातें भी करती रही—"अरे तुम खा क्यों नहीं रही हो? खोलो अपना टिफिन, खा लो घण्टी बज जाएगी।" मैंने डब्बा खोला।

"अरे वाह, क्या खुशबू है। असली घी की पूरियाँ, आलू और...और क्या? मिठाई? खाओ-खाओ।" उसने खिलकर कहा।

"तुम इसमें से कुछ लोगी? यह मिठाई!" मैंने उसकी ओर मिठाई बढ़ा दी। "लाओ।" उसने गप्प से मिठाई मुँह में डाल ली। मैंने उसे एक पूरी और आलू भी पकड़ा दिये। दूसरे दिन से अधिक पूरियाँ और मिठाई लाने लगी थी मैं। "मैं तुम्हारे घर की मिठाई खा चुकी हूँ। कौन बनाता है रोज ये तुम्हारे घर, हलवाई रख छोड़ा है क्या?" सुखबीर का प्रश्न बिना उत्तर की प्रतीक्षा के चलता रहता। सुखबीर कौर मेरी दोस्त हो गयी। सुखबीर पंजाब के शरणार्थी सरदार जोत सिंह की तीसरी बेटी थी। सरदार जोत सिंह को सरकार की तरफ से ट्रक मिला था। उसी ट्रक को चलाकर वे रोजी-रोटी का इन्तजाम करने लगे थे। मेरे विशाल अहाते के पार उन्होंने छोटा-सा घर किराये पर ले रखा था। सुखबीर कौर अपनी बाकी तीन बहनों और एक भाई के साथ उस छोटे-से घर में रहती थी। विपत्ति ने उनका पीछा नहीं छोड़ा था। ट्रक दुर्घटना में उनकी मृत्यु हो गयी थी। सुखबीर की माँ की हिम्मत नहीं छूटी थी। उन्होंने बच्चों की पढ़ाई जारी रखी थी। वे स्वयं घर-घर जाकर सिलाई-कढ़ाई का ऑर्डर लातीं, बेटियों सहित काम पूरा करतीं। मेरे घर का काम भी वे ले जातीं। किसी त्योहार पर, दादी ने उन्हें मिठाइयाँ दी होंगी, उसी की चर्चा करती सुखबीर।

"तू अकेली छत की रेलिंग पकड़कर क्या सोचती रहती है रागिनी? इतना बड़ा मैदान है तेरा। इतनी बड़ी कोठी है तेरी। खूब उछलती-कूदती क्यों नहीं यार!"

''नहीं घूमती मैं। अकेली क्या करूँ?''

''अच्छा सुन रागिनी, लेसवाले मोजे और बेली शू पहनकर, रोज नयी-नयी फ्राकें डाल, बालों में मैचिंग रिबन से फूल बना तू जो उदास राजकुमारी-सी खड़ी हो जाती है बारजे पर, सो तुझे अटपटा नहीं लगता? मुझे बुला, अपने घर में तुझे सैर कराऊँगी तेरे अपने ही बगीचे की।''

सुखबीर ने मुझे कहा।

''अरी ओ पगली सुखबीर, तुझे मैं बुलाऊँगी तो आएगी। खुद नहीं आ सकती क्या, तुझे रोका किसने है?''

''रोकेगा यार, आऊँगी तो रोकेगा, तेरा माली।''

''माली क्यों रोकेगा?''

''आने पर बताऊँगी। पहले अपने माली से कह मुझे तेरे पास आने दे।''

मैंने उसी दिन सुखबीर को अन्दर आने देने के लिए माली से कहा। उससे पूछा भी कि वह क्यों रोकता है मेरी दोस्त को?

''मैं क्यों रोकूँगा खुकी, आज पहली बार सुना आपसे मिलने आएगी। वरना वे और उसकी बड़ी बहन बगीचे में घुसकर न सिर्फ आम, लीची, अमरूद बल्कि कद्दू और बैगन भी तोड़कर भाग जाती हैं। आपसे उसकी कैसे पहचान हो गयी मुन्नी?''

''वो मेरी सहपाठिनी है।'' मैंने रुष्ट होकर कहा था।

''अच्छा-अच्छा!'' माली अपनी राह चला गया था। जिस समय सुखबीर मेरे घर आयी थी उस समय मैं तानपुरा ले गाने का रियाज कर रही थी। मेरी पलकें मुँदी थीं। मैंने आहट भी नहीं सुनी। गाती रहती मैं तो मेरे रोम-रोम में संगीत होता है। संगीत ने न सिर्फ मेरी इन्द्रियों को बल्कि उसने मेरे सम्पूर्ण अस्तित्व को अपनी गिरफ्त में लेना शुरू कर दिया था उन्हीं दिनों। रियाज के बाद आँखें खोलीं तो देखा चंचल खिलन्दड़ी सुखबीर मन्त्रमुग्ध-सी चुकूमुकू बैठी है। उसने एक हल्की पीली फ्रॉक पहन रखी थी। गोल-कॉलरों वाले फ्रॉक पर खूबसूरत कढ़ाई थी। उसने लम्बी साँस खींची।

''तू तो बहुत अच्छा गाती है रागिनी। अब उठ जा। चल हम बगीचे में घूमें।'' सुखबीर ने अपने गरम हाथों से मुझे खींचा। हाँ, सुखबीर कौर की

हथेली गरम रहा करती थी। मैंने एक दिन सुखबीर से हँसकर कहा भी था—''तेरी हथेली तो गजब की गरम है यार, खूब पैसे होंगे तेरे हाथों में, हाँ।''

''होंगे, जरूर होंगे, मैं इतने पैसे कमाऊँगी, सिलाई करके नहीं डॉक्टर बनके।'' हाथ फैलाकर दिखाया था उसने।

मेरे हाथ पकड़कर खींच ले गयी मेरे ही बगीचे में। माली-मजदूर ठगे-से देखते रह गये। आज के बच्चे, आज के इस माहौल में पली किशोरियाँ कभी नहीं जान पाएँगी कि अनन्तमराल मल्लिक की परनतिनी का एक फटेहाल लड़की के हाथ में हाथ डालकर दौड़ते फिरना पचास के दशक में सेवकों को कितना-कितना चकित करता था। सुखबीर मुझे दौड़ाती-सी ले गयी तालाब के किनारे। चहचहाती चिड़ियों के झुरमुटों में, भागते गिरगिट, हरहरा साँप, छोटे-बड़े चूहे-चुहिया, पंक्तियों में चलते नेवले, अमरूद अपने नन्हे हाथों से पकड़कर कुतरती गिलहरी जैसे असंख्य जीवों को निकट से देखने-परखने का मौका मेरे अपने ही अहाते में स्वयं मेरी सखी सुखबीर के सौजन्य से मिला। सुखबीर और मेरी मैत्री के बीच से कई वर्ष गुजर गये। कई वर्ष उसे मेरे निकट आने में लगे थे। तब जाकर मैंने सुख का आस्वादन लेना प्रारम्भ किया था। सुखबीर के साथ लगभग दौड़ती हुई मैं तालाब तक जाती। वहाँ पड़ी पत्थर की बेंच पर बैठ जाती। मैं शुरू-शुरू में थक जाती थी बाद में मजा आने लगा था। सुखबीर बैठती नहीं पूरे तालाब का चक्कर प्रतिदिन लगाती। निरन्तर उसके चक्कर लगाकर लौटने का समय कम होता जाता। मैं गिनती, गिनती।

बीच-बीच में मेरे भाई रजत को बंसी खेलने का शौक जागता। तालाब के किनारे उसका लाव-लश्कर जुट जाता। ढेर सारे नौकर-चाकर उसके इस शिकार के शौक के लिए चारा इकट्ठा करते, बंसी बाँधते तालाब के किनारे दरियाँ बिछाकर बैठता रजत। हमारा वहाँ जाना उसके आनन्द में खलल डालता। वैसे समय हम अन्दर बगीचे के मैदान में बैठते।

''रागिनी देखेगी उस झाड़ी में नेवले ने बच्चे जन रखे हैं। छोटे-छोटे पतले-से लाल मुँहवाले कई बच्चे हैं। चल देखते हैं।'' मैं उत्सुकतावश उसके साथ जाती। मादा नेवला फुत्कारती घूरती रहती। हम दूर से ही देखकर चले

आते। सुखबीर के साथ रहकर मैंने, प्रकृति को निकट से देखा-परखा, जाना। नेवला, बिल्ली और कुत्ते के बच्चे जन्म लेते हैं तब उनकी आँखें नहीं खुलतीं।

मादा केंकड़ा तालाब के किनारे से पकड़ लायी थी सुखबीर और मुझसे कहा था, "तू एक अजूबा देखने को तैयार हो जा।"

मैंने जो दृश्य देखा वह आज भी मेरा रोम-रोम कण्टकित करने को काफी है। केकड़े को धरती पर उलटा कर दिया सुखबीर ने, उसके दोनों काँटों वाले हाथों पर चप्पल सहित पैर दबा दिया। फिर हाथ से केकड़े के पेट का ढक्कननुमा भाग पलट दिया। अब तक तो मैं तालाब किनारे पत्थर वाली बेंच पर पैर उठा फ्रॉक समेट बैठ चुकी थी। उसे बार-बार वैसा करने से मना कर ही रही थी। ढक्कन खुलते ही जो अजीबो-गरीब दृश्य दिखाई पड़ा कि मैं चीख उठी थी। मादा केकड़े के पेट में अनगिनत जीवित केकड़े सुगबुगा रहे थे। मेरी चीख सुन वह चौंक पड़ी। हाथ छूट गया। केकड़े का ढक्कननुमा पेट टप्प से बन्द हो गया। पकड़ ढीली पड़ते ही चप्पल को बेधकर नोंक गड़ा दी। अब चीखने की बारी उसकी थी। माली दौड़कर मेरे पास आया। मुझे देखा, सुखबीर की ओर नजर दौड़ायी उसने। माली ने अपने हाथ में गमछा लपेटा, केकड़े को खींचकर हटाया, तालाब में फेंक दिया। सुखबीर के पैरों में जलन होने लगी थी। उसने पानी से पैर धोये थे, फिर हम धीरे-धीरे चलकर लौट आये। कई दिनों तक मैं दुखी रही थी, क्रोध करना मुझे नहीं आता। सुखबीर मुझसे उस दिन की घटना के लिए क्षमा माँगना चाहती थी पर मैंने उसे अवसर ही नहीं दिया।

"सुखबीर, तू मेरी गुरु है यार! तूने इस दुनिया की कितनी बातें बतायी हैं। कहाँ-कहाँ नहीं ले गयी है तू मुझे।" मैं उससे उसी के लहजे में बातें करना सीख गयी थी। मेरी दादी ने जाने कैसे हम दोनों की चीख का रहस्य जान लिया था। मुझे अपने कमरे में बुलाकर पूछा था—"खुकी, तुम जंगल जैसे बगीचे में देर तक यहाँ-वहाँ घूमती हो, पानी के पास जाकर काण्ड करोगी तो पछताओगी। समझी!"

"पर दादी मुझे घूमना-फिरना अच्छा लगता है। कितना कुछ देखा है मैंने

इन दिनों। तालाब के किनारे कोई काण्ड नहीं करती। मैं तो बेंच पर चुपचाप बैठती हूँ। पानी में कंकड़ फेंकती हूँ। गोल-गोल लहरें देखकर मजा आता है।''

''खूकी, देख रही हूँ तुम्हारी भाषा बदल रही है। ऐसी भावनाओं और उसे सतह पर लानेवाले शब्दों का प्रयोग हमारे समाज में अच्छा नहीं माना जाता है। और सुनो शान्त गम्भीर जल में कंकड़ न फेंका करो। वरुण देवता की शान्ति भंग होती है।'' मैंने सिर झुका लिया था। जल्दी रोना नहीं आता मुझे। यही सिखाया गया है, न खुलकर रोना न हँसना।

बाहरी संसार से मेरा साक्षात्कार हो गया था। अब बारजे पर मन नहीं लगता। अपने मन को भटकने से रोकने को मैं संगीत की ओर अधिक झुकने लगी। मेरे घर के ठण्डे व्यवहार से सुखबीर सहम गयी थी ऐसा लगा। एक दिन भागती-सी मेरे कमरे में घुसी। उसके हाथों में एक गुलाबी फ्रॉक था। कठिन कसीदाकारी थी, गुलाब के लाल-लाल छोटे फूल बने थे।

''ले रागिनी, मैंने खास तेरे लिए यह फ्रॉक बनाया है। अपने पैसों से कपड़ा खरीदा, अपने इन हाथों से कढ़ाई की। यह जो सुई पर लपेटकर बनाया गया छोटा गुलाब है न उसे बड़ी दीदी से सीखा है। पहनकर देख, कैसा लगता है।''

''तेरे पास इतने पैसे कहाँ से आये?'' मैंने शंका की।

''धत् पगली अपने पास पैसों की क्या कमी। मैं सिलाई-कढ़ाई करती हूँ न, वैसे बीजी लाती हैं सारे ऑर्डर। उन्हीं को लोगों से पैसे वसूलने होते हैं। वो उनका हुआ। मैं जो सहेलियों से चुपके से लिये कसीदा के कपड़े लाकर काढ़ती हूँ उसका पैसा मुझे मिलता है।'' मैंने देखा है स्कूल में भी खाली नहीं बैठती सुखबीर। रूमाल वगैरह काढ़ती रहती। मैंने उससे कहा दादी से लेकर पैसे दूँगी। उसने मना कर दिया।

''दादी से लेकर मुझे पैसे देगी। क्यों? यह तो प्रेजेण्ट है। तू भी जब अपना पैसा कमाएगी तो मुझे देना। बस!'' नतीजा यह हुआ कि कमरा बन्द कर वह फ्रॉक मैं पहनती, आईने में अपने आपको देखती, फिर उतारकर रख देती। सुखबीर का आना-जाना लगा रहता। छुप-छुपाके तालाब की ओर निकलना बन्द नहीं हुआ था। सुखबीर की हरकतें जारी थीं। मेंढक पकड़कर उसका पेट चीर डालना, उसकी अन्दरूनी संरचना देखना, फिर साधारण सूई-धागे से

सिलकर छोड़ देना। मैं अब चीखती नहीं, कभी आँखें खोल कभी बन्द कर इस्स-इस्स करती देखती रहती। मेरा मन मजबूत हो रहा था।

"रागिनी तू अपने आप में खोयी रह। दुनिया में क्या कुछ होनेवाला है तेरे को पता है?" उसने हड़बड़ाते हुए से टिफिन खोलकर कहा।

"क्या हुआ? तेरे घर एक और सिलाई मशीन आ गयी। नयी टिफिन खरीद लायी है तू..."

"अरे यह सब तो होता रहता है यार! हमारे यहाँ से नाम भेजा जा रहा है यूथ फेस्टिवल होनेवाला है। वो भी दिल्ली में। चल तू अपना नाम दे दे।" सुखबीर ने अपना नाम दौड़नेवालों की सूची में दिया। वह इस विद्यालय की तेज धाविका हो गयी थी। मेरा नाम बड़ी माँ ने पहले ही दे दिया था। दादी ने उनकी बात मान आदेश दे दिया। हम ग्यारहवीं कक्षा में थे। मैंने कोई नया प्रयास नहीं किया, फिर भी देश भर के छात्र-छात्राओं में प्रथम पुरस्कार लेकर सम्मानित हुई। राष्ट्रपति पदक स्वयं राष्ट्रपति के हाथों पाकर मुझे जो प्रसन्नता हुई उसका वर्णन कर पाना आज भी मेरे लिए कठिन है। सारे भारत के समाचार-पत्रों में मेरे ही चित्र छपे थे राष्ट्रपति के साथ। सुखबीर को द्वितीय पद की धाविका का पुरस्कार मिला। महाराष्ट्र की एक लड़की प्रथम आयी थी। सुखबीर फूली नहीं समा रही थी। दुबली-पतली सूखी-सी सुखबीर का चेहरा खुशी से चमक रहा था। उसने मुझसे कहा, "रागिनी कितना अच्छा लग रहा था राष्ट्रपति के बाजू में खड़ी होकर तसवीर उतरवाने में। चल अच्छा रहा, हमें दो मैडल मिले, बड़ी दीदी खुश होंगी।"

आज भी मेरी आँखों में वे सपने तैरने लगते हैं जो हमने देखे। मैं धीरे-धीरे बड़ी हो रही थी, मेरा रियाज बढ़ रहा था। मेरी माँग होने लगी थी। रेडियो से मेरा गाना प्रसारित होने लगा था। अपने पहले पारिश्रमिक से मैंने सुखबीर को प्राणिशास्त्र के लिए आधुनिक औजार बॉक्स खरीद दिया। सुखबीर ने स्वयं उसकी माँग की थी।

हम स्कूल पास कर कॉलेज में आ गयीं। मेरी दादी सौदामिनी बसु का स्वर्गवास हो गया था। अब मेरी माँ के हाथ भण्डार की चाबी लग गयी थी। दादी ने मरते दम तक माँ को कोई अधिकार नहीं दिये थे। माँ, दादी के

व्यक्तित्व की नकल करती। मेरी शुरू से आदत थी कि जब कभी मन पर किसी बाहरी दबाव का अनुभव होने लगता मैं अपना तानपुरा लेकर बैठ जाती। मेरी संगीत लहरी घर की ऊर्मियों को शान्त कर देती। मैंने अपने मन को विशिष्ट बनाये रखा है अब तक। शास्त्रीय गायन की मेरी अपनी ऊँचाई मेरी लिप्तता मेरे मन की निर्लिप्तता में परिवर्तित हो गयी है। मैंने शायद अपने आप से यही माँगा था। नियत धारा पर अपने मन को तिनके की भाँति छोड़ दिया था। धारा को जहाँ जी चाहा बहा ले गयी थी मुझे। कॉलेज में प्रवेश ले लिया था हमने।

कॉलेज के प्रथम दिन में प्रतिभा प्रदर्शन रिवाज-सा रहा है। मेरी प्रसिद्धि का आलोक यहाँ पहले से पहुँच चुका था। मैंने शास्त्रीय गायन प्रस्तुत किया। मेरे तुरन्त पहले जिस एक छात्रा ने सुगम संगीत सुनाया था—"तुम क्या मात्र शास्त्रीय गायन करती हो?"—वह मेरे निकट आ खड़ी हुई। मैंने अपनी सहज मुसकान से उस मधुर स्वर की स्वामिनी को देखा। थोड़ी देर देखती रही। दुबली-पतली नाजुक-सी कमनीय किशोरी थी वह। उसका रंग बेहद गोरा था। विद्यापति के गीत जो उसके कण्ठ से निकले थे वे व्याप्त हो गये थे। मेरे कानों में पहली बार मेरा अपना स्वर नहीं उसका स्वर भरा था। मैंने तभी सोचा, मैं क्यों नहीं सुगम संगीत की ओर रुख करती।

"तुम मेरी ओर ऐसे क्यों देख रही हो? मैं सनतकुमार चौधरी की बेटी हूँ रम्भा चौधरी। उनका नाम तो सुना होगा। विद्यापति के गीतों को, भानुसिंहेर पदावली को और लोकनाट्य से लिये गाये गीतों को वे ही तो आकाशवाणी पर संगीत में बाँधते हैं।" मैंने मुस्कुराकर कहा, "मैं जानती हूँ। मेरा नाम रागिनी है।"

"वह मैं जानती हूँ। तुम क्या किसी बड़े घराने की बेटी-पोती हो? मेरा मतलब गायकी घराने से है।"

"नहीं।"

"तुम्हारे यहाँ कोई गाता है?"

"शास्त्रीय संगीत कोई नहीं गाता। मेरी दादी का कण्ठस्वर अच्छा था। वे भजन गाती थीं। बस।"

"ओ..., बिना घराने की गायिका हो तुम..."

"मेरे गुरु..."

"अरी ओ गवैयन चल, घर नहीं चलना है?" सुखबीर ने बातचीत का क्रम भंग कर दिया। हम साथ ही घर लौटते थे। सुखबीर ने विज्ञान में दाखिला लिया था। उसकी इच्छा डॉक्टर बन ढेर सारे रुपये कमाने की थी। रास्ते में उसने पूछा था—"रागिनी, तू क्यों नहीं गीत, गजल या भजन गाती है? गाएगी तो सच्ची अच्छा लगेगा, इस रम्भा चौधरी का गीत तो अच्छा लगा। मैंने उसका अर्थ नहीं समझा पर जाने मन कैसा-कैसा करने लगा। तू भी वैसा गीत क्यों नहीं सीखती?"

"अब इस इतिहास, भूगोल, मनोविज्ञान से फुर्सत मिले तब तो। फिर मेरे गुरु जी मराठी हैं। पता नहीं वे सिखा पाएँगे क्या?"—मैंने हँसकर कहा था। परन्तु रम्भा का गाया गीत मेरे अन्दर एक अव्यक्त पीड़ा जगा गया। मैंने सोचा रम्भा से कहूँगी। मुझे विद्यापति गीत सिखा दे। रम्भा ने मुझसे अलग विषय ले रखा था। हम अँग्रेजी की अनिवार्य कक्षा में मिलते थे। मैंने हिन्दी के स्थान पर बांग्ला ले रखा था, वह हिन्दी पढ़ती थी। हमारे खाली पीरियड भी कम मिलते। सुखबीर का तो क्या कहना। विज्ञान की कक्षाएँ अधिक देर तक चलतीं। मुझे उसके लिए प्रतीक्षा करनी पड़ती। हमारे विद्यालय की एक और छात्रा थी जो मेरे विषयों में साथ पढ़ती, छात्रावास में रहती थी। यहाँ आकर मेरी निकटता हो गयी। हमारी बातचीत का एक द्विपक्षीय विषय था—अपना तुरन्त-तुरन्त छोड़ा गया विद्यालय। अपने उस विद्यालय और इस महाविद्यालय का साम्य ढूँढ़ते। एक साम्य था कि दोनों का मैदान गंगा नदी के पाट पर खुलता था। सीधी-सादी-सी मनोर मिश्रा अन्दर से भावुक थी। छोटी-छोटी बातें होती हैं छुटपन में। बिना मेरे जाने कैसे एक परस्पर स्पर्धा-सी सोच ली साथिनों ने मेरे और रम्भा के बीच।

"रागिनी, तुम भी विद्यापति गा सकती हो।" मनोर ने स्पष्ट शब्दों में बड़े विश्वास के साथ कहा था। अब तक ढेर सारी लड़कियों से यह सुन चुकी थी। मैं जल्दी चिढ़ती नहीं। भीतर से असन्तुष्ट होती भी तो प्रकट नहीं करती। अब उम्र के इस पड़ाव पर आकर भान होता है यही है मेरा अभिजात संस्कार।

संस्कार शब्द स्वयं ही अभिजात है, किन्तु मेरी स्थिर गति, बिना आपाधापी की प्रकटत: गुजरी जिन्दगी प्रमाण है। मैं उसे अपने वस्त्र की भाँति नहीं बदल सकती। शायद मेरी सूक्ष्म आत्मा भी नहीं बदल सकेगी मेरा यह भाव। ''क्यों गाऊँ मैं विद्यापति मुझे समझा दो मनोर!'' मैंने अपनी मुद्रा में पूछा। ''क्योंकि तुम्हारे स्वर में उसकी अलग बानगी होगी।'' मैं मनोर की ओर अचम्भित-सी देखती रही। मैंने इतने सधे, इतने गहरे उत्तर की आशा नहीं की थी। मुझे लगा था यह भी कहेगी, क्या रम्भा का जन्मसिद्ध अधिकार है कि वही गाये, तुम भी गाओ। उसका एकाधिकार तोड़ो वगैरह। हम अपने महाविद्यालय के पुराने मकान के सौन्दर्य, नयी इमारत की विशालता, वटवृक्ष की गंगा में झुकी डालियों, बन्दरों के उत्पात पर बातें करते कब विद्यापति पर आ अटकते, भान ही न होता। मनोर ने मुझे कई गीत सुनाये थे विद्यापति के पारम्परिक और व्यावहारिक।

तभी मेरे मन में विचार आया था कि क्यों न स्थानीय आकाशवाणी के संगीत विभाग से आग्रह करूँ कि विद्यापति के पारम्परिक गीत को संगीत में पिरोये, स्वर मैं दूँगी। मनोर का मधुर स्वर तनिक कमजोर था। उसका कहना था कि विद्यापति के गीत उनकी दिनचर्या में इस तरह शामिल हैं कि अकसर समवेत स्वर में गाए जाते हैं। अकेली कोई औरत नहीं गाती। मनोर भी अकेली गाने की अनभ्यस्त थी। मनोर ने ढेरों गीत हाथ से लिखकर दिये थे। प्रथम सत्र के बाद ग्रीष्मावकाश था। उस अवकाश में मेरी उपलब्धियों ने नया मोड़ लिया था। आकाशवाणी के संगीत विभाग ने विद्यापति पर नयी धुनें तैयार कीं। सारे गीतों को स्वर देने का मौका मुझे दिया गया। सुखबीर को मेरा यह नया रूप अच्छा लगा परन्तु गीत-संगीत जैसे विषयों पर अधिक बातें नहीं कर पाती। मैं कॉलेज खुलने तथा मनोर को अपनी उपलब्धि बताने को उत्सुक थी। अभी तक वे गीत प्रसारित नहीं हुए थे। मैं उन्हें गाकर मनोर को सुनाना चाहती थी। कई दिनों तक वह नहीं आयी। मैं उदास हो गयी थी। रम्भा से मैंने कोई बात नहीं की थी। एक सप्ताह बाद लाल-पीली रेशमी साड़ी और माँग-भर सिन्दूर में मनोर प्रकट हुई थी। हम सब उसे देखते ही रह गए। छोटी, नन्ही-सी गौरैया-सी मनोर बेहद प्यारी लग रही थी। ढेर सारी सहेलियों ने उसे घेर

रखा था। दूर से ही उसे देख कौतुक से भरी जा रही थी। मनोर हमारी सखी हमारी हमउम्र का ब्याह हो गया था। दो-तीन दिनों तक वह सहज जिज्ञासा का शिकार रही। फिर कॉलेज का जीवन अबाध गति से चलने लगा था। पिछले वर्ष सुखबीर कॉलेज की श्रेष्ठ धाविका हो गयी थी। विश्वविद्यालय में अपना स्थान बनाने की जी-तोड़ चेष्टा में लगी थी। वह अवसर पाते ही मैदान में दौड़ लगाने लगती। रम्भा अपनी प्रशंसकों से घिरी रहकर तृप्त थी। सैकड़ों लड़कियों का अपना-अपना ग्रुप था। मेरा अपना कोई ग्रुप नहीं था। मेरी दो निकट की सहेलियाँ दो तरह की थीं। मुझे आश्चर्य होता कि मेरा उनमें से किसी से कोई साम्य नहीं था फिर भी हम निकटतम थे एक-दूसरे के। आज तक हैं। मनोर अब फिर गंगा किनारे मेरे साथ बैठने लगी थी। उसके पति ने बी.ए. ऑनर्स स्वर्णपदक ले पास किया था। स्थानीय महाविद्यालय के मेधावी छात्र थे। यहाँ उन्होंने एम.ए. में दाखिला लिया था। मनोर की अपने सम्बन्ध में बहुत बातें करने की आदत नहीं थी। वह मेरे विषय में जानना चाहती थी—"रागिनी तुमने विद्यापति पर काम किया या नहीं?" "मैं तुम्हें यही बताने को तो बेताब थी। तुम आयी देर से। मेरे छह गीत आकाशवाणी में रिकॉर्ड किये गये हैं। अभी प्रसारित नहीं हुए। जब होंगे मैं तुम्हें जरूर बताऊँगी।" मनोर बहुत खुश हुई थी। उस वर्ष ढेर सारी अच्छी-अच्छी बातें हुई थीं। सुखबीर विश्वविद्यालय की सर्वश्रेष्ठ एथलीट हो गयी थी। मनोर के बेटा हुआ था। उसके पति एम.ए. में प्रथम आये थे। अपने विषय में उनकी व्याख्याता के रूप में नियुक्ति हो गयी थी। मनोर अब अपने पति के साथ किराये के मकान में रहने लगी थी। उसकी पढ़ाई बीच में ही बन्द हो गयी थी। मेरा सम्पर्क टूट गया था। सुखबीर और रम्भा राष्ट्रीय युवा महोत्सव में गयी थीं, मैं न जा सकी थी।

मेरे शान्त स्वभाव, ठीक-ठाक रूप-रंग और संगीत की प्रसिद्धि से प्रभावित होकर कई बड़े-बड़े परिवार के लोग अपने बेटों का रिश्ता लेकर मेरे घर आने लगे थे। गंगा उल्टी बहने लगी थी। रिश्ते लड़के वालों की तरफ से आते मेरी माँ खारिज करती नहीं अघाती। मेरी माँ अकसर कहा करती—"स्वप्न देश से राजकुमार आएगा पक्षिराज घोड़े पर चढ़कर। एक हाथ से सोने की लगाम

थामेगा दूसरे से मेरी बेटी का हाथ।" मैं अपनी माँ की इस बेलगाम कल्पना का मूल अर्थ कभी समझ न सकी। मैं स्वयं सारे प्रकरण से निर्लिप्त रही सो मैं बात की गहराई में नहीं गयी कभी। मैं अपनी सहेलियों के छोटे-छोटे सुखों को विस्फारित नेत्रों से देखती। उनके अनुभवों से अभिभूत होती समय गुजार रही थी। आत्मा और शरीर के पोर-पोर से संगीत की अर्चना कर रही थी। परीक्षाओं के बाद गर्मी की छुट्टी में मैं आकाशवाणी पर अधिक समय देती। अब मेरे गीत प्रसारित हो गये थे। मैं एक बहुश्रुत लोकप्रिय गायिका के रूप में उभर रही थी। मेरे फैन मेल आने शुरू हो गये थे आकाशवाणी में। इस बार संगीत विभाग ने मेरे स्वर में कबीर की साखियाँ रिकॉर्ड करवायीं। मैं कबीरमयी हो उठी थी। अपने मस्तिष्क में स्वयं का स्वर हावी रहता और कुछ नहीं। कहाँ क्या हो रहा है न देखती, न सुनती। अनुभव करती हूँ मेरे सामने से परिदृश्य वैसे ही भागते गये जैसे रेलगाड़ी में बैठे यात्री के सामने से जमीन भागती है। जाना, सुना, देखा कि पिता ने खाली जमीन पर मकान उठवाकर किराये पर लगाये हैं। तालाब के किनारे पेड़-पौधों का जखीरा लगवाया है। देखा कि बड़ा भाई रजत उच्च शिक्षा के लिए विदेश चला गया है।

सुखबीर का प्रवेश मेडिकल कॉलेज में हो गया। सर्वश्रेष्ठ एथलीट होने के कारण उसकी न सिर्फ फीस माफ कर दी गयी बल्कि वजीफा भी दिया जाने लगा। वजीफा मुझे भी मिला। मेरा अच्छा अप्रत्याशित परीक्षाफल हुआ था। मैंने मनोविज्ञान पढ़ने का निर्णय लिया। सुखबीर से मुलाकातें कम होती गयीं। जब भी होती गर्मजोशी से होती। मनोर से न मिलना होता। मुझे उसके घर का पता नहीं मालूम था, मैंने अपने घर का पता नहीं बताया था उसे। मैं आत्मलिप्त थी इतनी अधिक कि अपनी गिनी-चुनी मित्र का पता तक नहीं जानती।

मेरे विवाहेच्छु परिवार का एक किस्सा अब तक याद है मुझे। सम्भ्रान्त परिवार का विदेश से पढ़ा इंजीनियर लड़का और उसका परिवार मुझे देखने आया था। मेरी एक दूर की मौसी ने उसे भेजा था। माँ किसी विवाहेच्छु लड़के के सामने मुझे नहीं जाने देती थी। परन्तु शायद वह लड़का उन्हें पसन्द था सो मुझे जाने दिया गया। उन्होंने मुझसे एक गीत गाने को कहा था। माँ ने 'ना'

कर दिया। उन्होंने सीधे-सीधे कहा, "रेडियो पर इसका गाना सुना ही होगा। सामने से क्या बैठकर सुनाये। इसका गाना बड़ा टण्टा है। हमें क्षमा ही करें।"

"लेकिन हम सनत चौधरी की बेटी का गीत उसके ड्राइंग रूम में बिना साज-साजिन्दे के सुनकर आ रहे हैं। वह भी तो आकाशवाणी की गायिका है।"—इंजीनियर साहब की बहन ने तेवर चढ़ाकर कहा था। जाहिर है माँ को अच्छा नहीं लगा था। उसे इस बात से सख्त नाराजगी हुई कि मात्र उनकी बेटी को ही देखने वह परिवार नहीं आया था। उसने दूसरी लड़की भी देख ली। अब वे चयन करेंगे। मेरी माँ की इच्छा रहती कि वे लड़का पसन्द या नापसन्द करेंगी। उनकी बेटी का कोई क्या मुकाबला करेगा वह तो अतुलनीय है।

धीरे-धीरे अपना समाज पीछे हटने लगा। परन्तु हमारे समाज में शादी की उम्र लम्बी होती है। मैंने एम.ए. में दाखिला ले लिया था। सुगम संगीत में नित नये आयाम जुड़ रहे थे। मीरा, रहीम, सूर, गोविन्ददास और रसखान सब मेरी परिधि में आ गये थे। शास्त्रीय संगीत रियाज तक ही सीमित था। मैं मात्र आकाशवाणी और महाविद्यालय में गाती। कहीं बाहर नहीं जाती।

रम्भा का विवाह उसी इंजीनियर से हो गया था। मुझे उसने आकाशवाणी में ही अपने विवाह पर जाने की दावत दी थी। मैं जाना चाहती थी। रम्भा का सुरीला स्वर और आत्ममुग्ध व्यक्तित्व मुझे भाता था। उसकी शंख-सी श्वेत त्वचा पर चन्दन-बिन्दी की चमक, विवाह का सुहाग खेलते अहम्मन्य चेहरे और वरमाला सज्जित लास्य भरे अंग-प्रत्यंग का सुख अनुभव करना चाहती थी। गीतों के माध्यम से मेरा स्वयं का साक्षात्कार यौवन के ज्वार से होता रहता था, मैं शरविद्ध थी। किसकी? नहीं जानती तब, परन्तु माँ ने जाने न दिया। मैं बार-बार लाल वेल के नीचे से झाँकती उसकी उपालम्भकारी कजरारी आँखें सपने में झेलती रही।

एम.ए. की पढ़ाई करते वक्त मैं प्रायः अकेली थी। मेरी सहेलियाँ अपने संसार में व्यस्त थीं। नयी कोई बन नहीं पायी, एक युवा प्राध्यापक की ओर मेरा आकर्षण होता मुझे जान पड़ा। उनकी कक्षाएँ अच्छी लगतीं। प्रयोगशाला में जब तक वे रहते टस-से-मस नहीं होती। नामालूम ढंग से भी कभी उनके

हाथ से मेरा हाथ छू जाता तो सारा शरीर झनझना उठता। कान तक गरम हो उठते। मैं घर आकर पड़ी-पड़ी देर तक उनके विषय में सोचती रहती। बड़ी छटपटाहट-सी जगती, एक अनबूझ प्यास-सी थी जिसे मैं खूब समझती रहती। साहित्य, संगीत और मनोविज्ञान से सरोकार था मेरा, कैसे न अपनी प्यास समझती। मैं प्रायः स्टेज पर गाती नहीं थी परन्तु मेडिकल कॉलेज के किसी समारोह के लिए माँ को आज्ञा देनी पड़ी। सुखबीर ने अब तक मेरे घर में भी अच्छा स्थान बना लिया था। मेरी अनन्य सखी तो वह थी ही। उसने सीधे आकर माँ से कहा, ''चाची जी, आपको रागिनी के लिए परमीशन देनी ही पड़ेगी। नहीं तो मैं भूख हड़ताल कर दूँगी। तब समझिएगा। आखिर मेरा भी कोई हक बनता है इस पर।''

''आज तक अपने कॉलेज के सिवा कहीं नहीं भेजा, सुखबीर वो तो तुम जानती हो।''

''मैं सब जानती हूँ चाची जी! वह कॉलेज ही तो है। उसका नहीं मेरा है यही ना, इसे मैं ले जाऊँगी। मैं पहुँचा जाऊँगी। चाची जी अब ये केकड़े पकड़ने वाली सुखबीर कौर नहीं है। यह डॉक्टर सुखबीर चन्द महीनों में हो जाएगी यूँ।'' उसने चुटकी बजाते हुए कहा। माँ ने प्रतिकार नहीं किया। मुझे अब तक स्मरण है मैंने श्वेत वाश एण्ड वीयर साड़ी पहन रखी थी, एक ढीला-सा जूड़ा मेरे कन्धे पर अटका था, हल्का मेकअप कर रखा था। रोली की बड़ी-सी बिन्दी भौंहों के बीच अवस्थित थी। इतनी बड़ी भीड़ के सामने मैं पहली बार प्रदर्शन गान कर रही थी। पहला गान शास्त्रीय था फिर एक-एक कर कई सुगम संगीत प्रस्तुत किये। कबीर, सूर, तुलसी और विद्यापति के श्रोतागण मन्त्रविद्ध से जहाँ-के-तहाँ चुपचाप बैठे थे। तालियों की गड़गड़ाहट ही गीत समाप्ति की घोषणा होती। मैं आँखें मूँदकर गाती सो किसी की प्रतिक्रिया चेहरे पर नहीं पड़ती। गान समाप्ति के बाद ग्रीन रूम में बैठी थी। सुखबीर ने प्रशंसकों के दुःसह आक्रमण से मुझे बचा रखा था। मैं और कुछ अन्य कलाकार चाय-नाश्ते में जुटे थे। मंच पर सम्भवतः नृत्य का कार्यक्रम चल रहा था। नृत्य की झनकार सुनाई पड़ रही थी।

''अब ले, तेरा एक प्रोफेसर प्रशंसक निकला। उसे रोकना ठीक नहीं है!''

सुखबीर ने मुझसे पूछने-भर को पूछा। मैंने दृष्टि उठायी तो जीभ तालू से चिपक गयी। चेहरे पर एक रंग आ रहा था दूसरा जा रहा था।

"बैठिए सर, बैठिए न!" सुखबीर के स्वर में अतिरिक्त मिठास थी। वे बैठ गये।

"आपको सामने से सुनकर जो सुख हुआ कह नहीं सकता। सोचा अपनी बधाई दे दूँ।" मैंने कुछ नहीं कहा। प्रणाम करना भी भूल गयी। उनकी ओर आसक्त भाव से देखती-भर रह गयी।

"मैं चलूँ रागिनी!" वे उठ खड़े हुए। उनके मुँह से अपना नाम सुनकर लजा गयी, ऐसा लगा नयी रागिनी का आविष्कार हुआ है। अब तक तो मैं रोल नं. पाँच थी।

"चाय पी लें सर!" सुखबीर थी।

"मुझे चाय नहीं पीनी, क्षमा करें, घर जल्दी जाना है। मैं तो इनके आकर्षण में बँधा आया था। मुझे क्या पता था कि यही हैं रागिनी बसु!" एक मोहक हँसी-हँसकर वे चले गये। मैं ठगी-सी रह गयी। सुखबीर ने मुझे हिलाया तब जगी मानो—"एइ, रागिनी चाय पी। देख सब तेरी ओर कैसी निगाहों से देख रहे हैं।" मैं अपने आपे में नहीं थी। चाय पीने लगी पर कान में उनके स्वर गूँजते रहे। लौटते वक्त सुखबीर ने पूछा था, "यार उस प्रोफेसर का नाम क्या है? बड़े रोमाण्टिक मिजाज का लगता है।"

"रोमाण्टिक लगते तो नहीं थे कभी। नाम मैं नहीं जानती। शॉर्ट नेम है ए.के.पी.। बहुत पढ़नेवालों में हैं। इनके चेम्बर में पढ़ाकू छात्र-छात्राओं की बड़ी भीड़ रहती है। हाल में ही इन्हें डॉक्टरेट की उपाधि मिली है। नये प्रोफेसर हैं।"

"भई कुछ भी हो मुझे तो बड़े रोमाण्टिक लगे। तू गाती ही कमबख्त ऐसा है। मुझे भी रोमाण्टिक बना जाती है। ऐ रागिनी, यार इससे चक्कर चल जाएगा तेरा, हाँ।" हँस पड़ी थी। मुझे भी हँसी आयी उसके अन्दाज पर।

"सुखबीर, तुझे अपने साथी डॉक्टरों में कोई पसन्द आया क्या?"

"ना बाबा ना, मैं अभी शादी नहीं करूँगी। कहा न, खूब पैसे कमाऊँगी, ढेर सारे कपड़े बनवाऊँगी। घर में सोफा-पलंग, क्रॉकरी-कटलरी खरीदूँगी।

अच्छा-सा एक घर लूँगी। बीजी को काम नहीं करने दूँगी। उतना सब करके सोचूँगी कि शादी करूँ या न करूँ, मुझे कोई हड़बड़ी नहीं है।"

"तो इधर किसे हड़बड़ी है।" हम दोनों साथ हँस पड़े। मेरे वाक्य का गूढ़ अर्थ जानती थी सुखबीर।

हमलोगों में आपसी समझदारी विकसित हो गयी थी। प्रयोगशाला में देर तक मेरे उपकरण स्वयं ठीक करते रहते ए.के.पी. साहब। मुझे, अपनी ओर स्वयं मेरी उपस्थिति को बड़े इत्मीनान से अनुभूतियों में कैद करते रहते। मैं उनके आने की दिशा को उनकी देह-गन्ध पकड़ लेती मन ही मन। अकथ्य यह सम्बन्ध एम.ए. की परीक्षाओं तक चलता रहा। परीक्षा की समाप्ति का दिन मेरे लिए बेहद पीड़ा का दिन था। प्रायोगिक परीक्षा देकर मैं निकल रही थी। ए.के.पी. अपने चैम्बर के दरवाजे पर खड़े थे। मैं थोड़ी देर सोचती रही फिर धीमी चाल से चलकर उनके पास आ गयी। वे वैसे ही खड़े रहे स्तम्भित से।

"सर, मैं आपको विदा-प्रणाम अर्पित करने आयी हूँ। चार वर्षों में आपसे बहुत कुछ सीखा है।" वे मुस्कुराये, एक दुखभरी मुसकान। कहा, "सीखने का अवसर आएगा। मैं इसी विश्वविद्यालय में, इसी शहर में रहने वाला हूँ। शायद फिर मुलाकात हो जाए, बहुत अच्छा लगेगा।"

"हो सकती है।" मैंने फिर कहा।

"जाइए, मिलना होगा, बार-बार होगा। कम-से-कम कनवोकेशन में तो अवश्य।" उन्होंने आँखें मेरी आँखों में डालकर कहा। मैं कृतकृत्य हुई।

शादी की चर्चाएँ बन्द नहीं हुई थीं। प्रस्ताव आते रहते। माता-पिता वृद्ध हो चले थे पर उनकी ऐंठन नहीं गयी थी। रजत ने अपनी पसन्द की अप्रवासी भारतीय लड़की से शादी कर ली थी। वह विदेश में ही बस गया था। मात्र एक बार आया था। उसने मुझे भी सीख दी कि अपनी पसन्द का वर ढूँढ़ लूँ।

"ऐसी बुरी तो नहीं है रागिनी तू, कि कोई लड़का तुझे पसन्द न करे। तू भी इतनी अभावुक नहीं है कि साधु बनी रह जाय। बी प्रैक्टिकल, शादी कर ले। इन बूढ़े-बूढ़ियों के बाद अकेली पड़ जाएगी। मैं नहीं आनेवाला लौटकर। सोच ले।"...उसका कहना सच निकला। माँ माथे पर लाल सिन्दूर,

बिन्दिया, शाँखा-चूड़ी पहने इस दुनिया से विदा हो गयी। पिता अकेले रह गये। जमीन और बगीचे बिक गये थे। फ्लैटों के किराये से घर चलता था। इसी नौकरानी सोमा के माता-पिता घर का काम करते। मैं घर में बैठी-बैठी ऊब गयी थी। आकाशवाणी के अतिरिक्त कहीं नहीं जाती। वहीं रम्भा से भेंट हुई। मेरा और उसका गाना साथ रिकॉर्ड किया जाना था। "रागिनी तुम थोड़ी मोटी हो गयी हो। कुमारी कन्या के लिए यह ठीक नहीं।"...हँसकर व्यंग्य करने की उसकी आदत थी। मोटी तो वह अधिक हो गयी थी। उसके सुखी सन्तुष्ट चेहरे को मैं निहारने लगी। उसने गाने जल्दी रिकॉर्ड कराने की जिद की क्योंकि उसका छोटा बच्चा घर में भूख लगने पर रोएगा। रम्भा के दो बच्चे हो गये थे। उसे घर पहुँचने की जल्दी थी। मेरे घर पर मात्र मेरे बूढ़े पिता थे जिनसे मैं कभी अधिक जुड़ी नहीं। उनके जुड़ाव का मुझे पता नहीं। उन्होंने कभी मुझे ऐसा महसूस न होने दिया। वे नौकरानी से पूछ लिया करते कि मैंने खाना खा लिया क्या? मैं भी उनके सम्बन्ध में जिज्ञासा करती, बस इतना ही सम्बन्ध था। मेरे पिता ने, मेरे भाई ने किसी ने भी मुझ भली भारतीय लड़की के विवाह की चिन्ता न की। माँ ने दुखद सपनों में मुझे उलझाये रखा। मुझे अकेली छोड़कर पिता नाम के प्राणी भी चले गये। जेठीमाँ की बेटियों ने मुझे और सारे क्रियाकर्म के टण्टों को भी सँभाला। रजत विदेश से आ गया था। पिता का क्रियाकर्म करने के बाद हम साथ-साथ बरामदे की रेलिंग पर बैठे थे। रजत को दूसरे दिन ही यहाँ से दिल्ली से हवाई जहाज पकड़कर अपने गन्तव्य तक जाना था। सोमा का पिता ट्रे में सजाकर चाय रख गया था। रजत भावुकता की बाढ़ में डूब-उतरा रहा था। उसे पुराना सब कुछ याद आ रहा था। दादी माँ का अनुशासन, माँ का कुशासन, पिता का दुर्बल व्यक्तित्व, मेरा बन्द-सा सन्तुलित चरित्र, मेरे सामने ही वह मेरी धज्जियाँ उड़ा रहा था—"रागिनी क्या तुम सचमुच वैसी ही हो जैसी दीखती हो?"

"पहले यह बताओ कि कैसी दीखती हूँ।"

"सीधी-सादी भारतीय स्त्री।"

"यह मैं नहीं जानती। परन्तु मैं जो हूँ वह हूँ। अपने आप में कोई मिलावट नहीं की मैंने अब तक।"

"मैं फिर से कहता हूँ। तुम ब्याह स्वयं क्यों नहीं कर लेती। समय अभी शुरू हुआ है। बाईस की ही तो हुई हो। अकेली रहना अच्छा लगेगा?"

"स्वयं कैसे कर लूँ ब्याह। वर ढूँढ़ने की क्षमता का विकास नहीं हुआ मुझमें।"

"जैसे मैंने अपनी क्षमता पहचानी, वैसे ही तुम भी पहचानो।"

"भाई, तुम्हें जरूरत पड़ गयी थी। मुझे पड़ेगी तो देखी जाएगी।"

"जरूरत और अवसर आये तो जाने न देना मेरी बहन। एक बड़े आनन्द से अपने को वंचित कर लोगी। बाबा-माँ तुम्हारी शादी कर जाते काश! मैं तुम्हारे लिए वर नहीं ढूँढ़ सकता। मेरा सिद्धान्त भी नहीं है यह।"

"जैसे तुमने भाभी को ढूँढ़ लिया वैसे ही कोई वर मुझे मिल जाए, ऐसा हो सकता है। छोड़ो यह, अब अपनी सम्पत्ति के प्रबन्ध की बातें करो। मैं इन्हीं मामलों से उलझ गयी हूँ।" "मैं क्या प्रबन्ध करूँगा। तुम किराये के पैसों का जैसी मर्जी उपयोग करना। तुम्हारी कोई-न-कोई नौकरी जरूर लग जाएगी। तुम्हारे ब्याह हो जाने तक मुझे कोई फिक्र नहीं।"

"किराया वसूलना मेरे वश की बात नहीं।"

"देखो, माली के लड़के विनोद से मैंने बात कर ली हैं। वह पहले की तरह किराया वसूल करता रहेगा। उसे कुछ पैसे नियमित रूप से दे दिया करना। लड़का तो पढ़ा-लिखा समझदार मालूम पड़ता है।"

"हाँ, अन्य नौकर-चाकर? उनके सम्बन्ध में क्या कहते हो?"

"मण्डल सपरिवार जहाँ रहता है रहेगा। वह घर हम खाली नहीं करवाएँगे। तुम अकेली रह गयी हो। मण्डल को अन्यत्र काम करने की स्वतन्त्रता है। उसकी पत्नी, बेटी तुम्हारा काम करती रहेगी। गृहकार्य के सम्बन्ध में मेरे खयाल से मेरे घर की स्त्रियाँ अधिक जानती हैं।"—रजत भैया हँसे। हम दोनों भाई-बहन शायद रात-भर बातें करते रहे थे। इसी आरामकुर्सी पर ऐसी ही लेटी-सी मैं बातें करती रही। दीवान पर भाई थे। उनके जाने के बाद सन्नाटा झाँय से प्रविष्ट कर गया मेरे अन्दर। जीवन में पहली बार ऐसा हुआ, मैंने लगातार तानपुरा नहीं उठाया। गाने का स्वर नहीं फूटा। चिड़ियों के कलरव सुनती चुपचाप दीवान पर पड़ी रही। सोमा की माँ पैर में तेल मलती

रही। उसे लगता कि ऐसा करके वह मेरा दुख हर लेगी। मेरी उदासी सोख लेगी। मेरा अकेलापन बाँट लेगी। ऐसे ही एक दिन आकाशवाणी से पता पूछकर रम्भा चली आयी मुझसे मिलने—''रागिनी तुम तो पीली पड़ गयी हो। क्या हुआ है पगली। माँ-बाबू क्या सबके रहते हैं? देखो मेरे बाबा भी चले गये। हाँ मेरा अलग परिवार बस गया है। यही सन्तुष्टि है। उठो हाथ-मुँह धो लो। एक खुशखबरी है।'' उसके कँटीले संवाद ने कम-से-कम सन्नाटा तो तोड़ा। मैंने राहत-सी महसूस की, मैं उठ बैठी। सोमा की माँ ने सन्देश नमकीन और पानी की ट्रे लाकर धर दी। उसका मुखड़ा खिल उठा। चाय बनाने चली। ''पहली खुशखबरी यह है कि महिला महाविद्यालय में मनोविज्ञान के व्याख्याता की जरूरत है। चलो आवेदन दो। दूसरी भी एक बात है वह मैं बाद में बताऊँगी। चिरौरी करो।'' मैं हँसने लगी। ''तुम जानती हो रम्भा बिना बताये नहीं रह सकती सो हँस रही हो। तो सुनो आकाशवाणी की संगीत-सन्ध्या का आयोजन नये केन्द्र राँची में है। हमें वहाँ विशिष्ट गायकों की श्रेणी में रखकर बुलाया गया है। तुम जाओगी तभी मैं जाऊँगी। पतिदेव बच्चा सँभालेंगे। उन्होंने कहा कि अगर रागिनी जाएगी तभी मैं जाऊँगी। तुमपर भरोसा है उनका।'' आँखों में शरारत थी उसकी।

''अच्छा?'' मैं मुस्कुरायी।

''वैसे भी बच्चे तो सँभालने होंगे। स्वनामधन्य सनतकुमार चौधरी की बेटी ब्याह लाये हैं, मजाक है।'' कभी रम्भा अपने पिता का नाम लेना नहीं भूलती। दूसरे दिन ही जाकर आवेदन दे आयी महिला महाविद्यालय में। आठवें दिन साक्षात्कार था।

संगीत समारोह बीच में ही था। बहुत अच्छा रहा था। भारत के अच्छे गायक-गायिकाओं का जमावड़ा था। हमारा गायन पसन्द किया गया। मुझे मलाल रहा कि एक शास्त्रीय गायन करने का अवसर नहीं दिया गया। कभी-कभी महीनों-साल बिना किसी नये प्रसंग के बीत जाते हैं और कभी जीवन की धारा को अस्त-व्यस्त कर देने वाले प्रसंग एक-दो दिनों में ही जुट जाते हैं।

महाविद्यालय में साक्षात्कार के लिए ए.के.पी. विशेषज्ञ बनकर आये थे।

मुझे सुखद आश्चर्य हुआ। उन्होंने विषय से हटकर मुझसे प्रश्न पूछे। पी-एच.डी. कर लेने की सलाह दी। मुझे विभागीय कक्ष में आने का निमन्त्रण दिया। बोर्ड के अन्य सदस्यों से मुखातिब होकर कहा, "मिस बसु चार वर्ष मेरी छात्रा रही हैं। इनकी जानकारी के सम्बन्ध में कोई शक नहीं मुझे। आपको जान लेना चाहिए कि ऐसे व्यक्तित्व को रखकर आप अपना मान बढ़ाएँगे।"...मैं बहुचर्चित तो थी ही, मुझे रखना उन्हें प्रियकर लगा। व्याख्याता होकर मैं उबर गयी। स्वयं के अकेलेपन से निकल आयी। छात्राओं को पढ़ाने के लिए मैं अपने को माँजती रहती। संगीत मेरा शौक था उसे पूर्णकालिक पेशा बना न सकी। प्राध्यापकी मेरा पूर्णकालिक पेशा बना। संगीत से किनारा मैं कर नहीं सकती। मैं पूरे समाज की धरोहर हो चली थी। थोड़ा-सा भजन, थोड़े गीत, जरूरत पड़ने पर रवीन्द्र संगीत गा लेगी मेरी पौत्री यह सोचकर मेरी दादी सौदामिनी बसु ने मुझे हारमोनियम पकड़ाया था। मैं तो पूर्ण गायिका हो चली। मेरे एल.पी. रिकॉर्ड बन गये। मेरे कैसेट्स बाजार में बिकते हैं। यह सब इस अपेक्षाकृत छोटे स्थान पर लक्ष्मण रेखा के अन्दर रहकर हुआ है। अब मैं स्टेज की ओर उन्मुख होने लगी थी। तब मेरे प्रिय सखा ने बाँह पकड़कर रोक लिया। कहा था, "स्वर जाने दो जनता तक, तुम न जाओ। तुम्हें नहीं पता कितने दीवाने पैदा हो जाएँगे। निकट आना चाहेंगे। मैं यह सब बर्दाश्त नहीं कर पाऊँगा।"...संगीत प्रसार की गंगा, जाह्नवी बनकर रह गयी। बँधे जल की भाँति स्थिर रही।

प्राध्यापकी बिना शोध के बेमानी है। मैं स्वत: जाकर ए.के.पी. के कक्ष के सामने खड़ी हो गयी थी। डिग्री प्राप्त करने में लगभग लम्बे सात वर्ष लग गये। उनके प्रेम की ज्वाला में समिधा बन गयी बहुत जल्दी। आकर्षण का भान मुझे पहले ही हो गया था। दूसरे शहर में एक विभागीय सम्मेलन था। सेमिनार में शोधपत्र पढ़ने को उन्होंने मुझे कहा। अब मेरे पाँव में कोई बेड़ी नहीं थी। मुझे अगर कोई रोकनेवाला था तो मेरा मन। ए.के.पी. साहब साथ-साथ जा रहे थे। सेमिनार के बाद नगर-दर्शन का कार्यक्रम था। एकान्त अनजान बगीचे में बैठ हमें बातें करने का सुयोग लग गया था। "रागिनी मैं शादीशुदा व्यक्ति हूँ। कई लम्बे वर्ष मैंने आकर्षण की कँटीली झाड़ी को साफ करते काट दिये

हैं। कोई लाभ नहीं दीखता। बार-बार वह उग आती है। तुम्हारे बिना नहीं जी सकता। तुम्हारे साथ कैसे रहूँ। रागिनी मुझे अपनी पत्नी से कोई शिकायत नहीं है।''—ए.के.पी. साहब ने हाथ तक नहीं बढ़ाया मेरी ओर।

''सर आपकी उम्र का आदमी विवाहित होगा यह अन्दाजा मुझे था। फिर आपका परिपक्व व्यवहार, सन्तुलित गतिविधियाँ बताती थीं कि आपको कहीं कोई अभाव नहीं है। सब कुछ जानते हुए भी मैं स्वयं आपके प्यार में प्रबल आकर्षण की सुगन्धि में लिपटी रही हूँ। आपके प्यार का संगीत मुझमें लय का जन्म दे रहा है। मुझे और कुछ नहीं चाहिए।'' मुझे ए.के.पी. साहब का स्वभाव निश्छल लगा। हृदय सच्चा। इतने वर्षों बाद जब मैं तीस के पास पहुँच रही थी तभी क्यों एक मीठे आकर्षण की डोर ने मेरे ऊपर फन्दा कस दिया। बँटे हुए प्रेम के साथ मेरा नया जीवन शुरू हुआ। मेरे हाथ में कुछ न था। सोचने-समझने को धरा ही क्या था। किसी से कोई स्वीकृति की आवश्यकता कहाँ थी? मैंने स्वयं लपककर छलाँग लगाई। पक्षिराज घोड़े पर राजकुमार की बाँहों में आ गयी। लगा मैं सार्थक हो गयी हूँ। मेरा स्वर तृप्त हो उठा है, मेरे गीत प्राणवन्त हो उठे हैं। ए.के.पी. साहब के काँपते इरादों को मैंने मजबूत कर दिया। मुझे किसी दर्जे की कामना न थी। मैं स्वयं में पूर्ण थी। मुझे मेरा चाहा मिल गया ऐसा लगा। हम एकाकार हो गये थे। डॉक्टरेट की डिग्री के बाद मैं अचानक उनके घर चली गयी। मनोर उनकी पत्नी थी। मैं स्तब्ध रह गयी। उसने मुझे बाँहों में जकड़ लिया।

''रागिनी तुमने कितना नाम कर लिया है। मैं बहुत खुश हूँ। इन्होंने बताया था कि तुम इनके साथ डॉक्टरेट कर रही हो। मैं खुद तुमसे मिलना चाहती थी।''...मनोर ने पति को आवाज दी।

''मनोर, तो तुम्हें सब कुछ मालूम है। मुझे सर ने नहीं बताया।''

''मैंने क्या नहीं बताया?'' आकर्षक गम्भीर स्वर आया। मैंने मनोर की उपस्थिति में उनकी ओर देखने का साहस नहीं किया।

''यही कि मनोर ही आपकी पत्नी है।''

''तब आज का यह सरप्राइज क्या रहता!''...मैं कभी-कभार मनोर के घर चली जाती। एक बार मनोर से कहा कि नाहक क्यों किराया देती है। बच्चे

रहते नहीं, मेरे घर में आ-जा। मैं अकेली रहती हूँ। वह हँसकर रह गयी थी। ए.के.पी. साहब ने मना कर दिया था। ''यह सब मुझसे नहीं होगा। तुम्हारे साथ रहकर तुमसे दूर कैसे रहूँगा।'' उन्होंने कहा था। साल-दर-साल गुजरते गये। मेरा शास्त्रीय संगीत समय की गर्द में दब-सा गया। मैं श्रेष्ठ सुगम संगीत गायिका बन गयी। मैं अपने राजकुमार की पटरानी नहीं दिल की रानी बनकर रह गयी। अकेलापन बेहद सताता। रात को कुत्तों के शोर, ट्रेनें गुजरने की तेज आवाजें, उल्लू की चीख मुझे सोने न देतीं। इधर लगातार मैं घबड़ायी-सी रहती। काफी दिनों बाद सुखबीर आयी थी। उसने बताया—''यार, उम्र का तकाजा है। तू यूँ ही बैठी रह गयी तानपुरा लेकर तो क्या तुझे बख्श दिया जाएगा। नहीं पगली नहीं, वह तो अपने समय से आएगा ही। अब हम नीचे की ओर जा रहे हैं पता है।''

धीरे-धीरे ढेरों परिवर्तन आ गये हैं मुझमें। रियाज में मन नहीं रमता। संगीत के अपने स्वर कभी-कभार ही रोमांचित करते एक चंचलता भीतर-भीतर मुझे कुछ करने नहीं देती। कोई काम पूरा करने का जी नहीं करता। ऊपर से शायद सामान्य दीखती हूँ। ''रागिनी, भई मेरे फ्लैट पर बैचमेट्स की गेट-टुगेदर रख रखी है, आना। रम्भा भी आ रही है। अपने स्कूल की नहीं है तो क्या हुआ साथिन है। कामिनी और मनोर भी आ रही हैं। सारी-की-सारी आएँगी।''

''देख कोई बहाना नहीं। नयी मारुति गाड़ी है, ड्राइवर है, आ जा रागिनी। मेरी बेटी तुझे पास से देखना चाहती है। तू तो डब्बों में बन्द हो गयी है।'' उसने उपालम्भ-भरी आवाज दी।

मैं कहाँ जाऊँ उतनी सारी तृप्त पुरानी सहपाठिनियों से मिलने। एक-दूसरे से मिलकर अपनी जिन्दगी के सफे खोल देती हैं। बच्चों से फिसलकर बातें नाती-पोतों तक पहुँच गयी हैं। रम्भा रहेगी। पहले बड़े प्यार से चिकोटी काटती थी अब सीधे खंजर चुभोती है सीने में। उसे भी हँसकर सह जाऊँगी, पर मनोर भी होगी। उसके सामने जाते ही आजकल असहज हो जाती हूँ। नहीं गयी उस दिन। दूसरे दिन स्वयं ड्राइव कर पहुँची सुखबीर के घर। उसके, उसकी बेटी के सारे शिकवे दूर कर दिये हैं मैंने।

''फुर्सत से बैठ बातें करते हैं, बैठ तू जा अपनी पढ़ाई कर अब।''

सुखवीर ने बेटी को हटा दिया।

"यार, रागिनी, केकड़े ने तो मुझे काट खाया था, फिर अपने आपको खोखला करते जाने का रोग तूने क्यों पाल लिया। उमर हुई सँभल जा।"...पीड़ित हँसी हँसने लगी। मैंने सिर झुका लिया। मुझे जीवन की कठिनाई अपने संग-साथ में दिखाने वाली, महत्वपूर्ण सखी पीड़ित है। पीड़ा से उसने मुझे छुआ है—"तू समझ रही है रागिनी तेरे पास सब कुछ है तू मुकम्मल है अपने आप में पगली।"...उसका स्वर भीग आया। मेरी मुसकान लुप्त होने लगी थी। मनोर का बेटा विदेश में था, बेटी बम्बई में। उन्हें माँ की जरूरत थी। अभी मनोर बेटी के पास गयी थी। फिर बेटे के पास विदेश जाना था। ए.के.पी. साहब मेरे घर अधिकतर नहीं आते। मैं ही जाती। कल ही तो आये थे लम्बे अन्तराल के बाद।

"रागिनी, मैं अब एक प्रकार से मुक्त हूँ। सामाजिक-पारिवारिक सभी बन्धनों से। तुम्हें अपनी बनाना चाहता हूँ।"...मैं उन्हें देख रही थी। "हाँ, मैं जानता हूँ तुम मेरी हो। मैं तुमसे शादी करना चाहता हूँ। अपने सम्बन्धों को सामाजिक मान्यता मिल जाए तो मेरा अपराधबोध खत्म हो जाये।"

"आपको अपराधबोध क्यों है? मैं इसकी जरूरत नहीं समझती।"...

"आयु के इस पड़ाव पर अकेली कब तक चलोगी? मैं तुम्हारा साथ देने को प्रस्तुत हूँ। जैसा तुम चाहो, विवाह हो जाएगा। रजिस्ट्री करा लेते हैं। आवेदन दे देता हूँ।"

"नहीं सर, मैं नहीं समझती यह विवाह होना चाहिए। इस आयु में मनोर को आपकी अधिक आवश्यकता है। प्यार-प्रीत का ज्वार थम गया है। उसने अतल गहराई पा ली है। मैं ऐसी ही ठीक हूँ।"...आज तक मैंने उनकी किसी इच्छा की अवहेलना नहीं की थी। जीवन के अहम फैसले मेरे लिए वे ही लिया करते थे, मैंने अपना शास्त्रीय गायन, मंच, प्रस्तुति सब छोड़ दिया था उनके लिए। यह अवहेलना लगी उन्हें, जैसा कभी सोचा न था वैसा प्रतिकार लगा। वे निर्वाक हो गये। प्यार का दु:सह ज्वार उनमें अभी बाकी था। शायद उन्हें लग रहा था कि मैं उन्हें सम्पूर्ण प्राप्त नहीं हूँ। मेरे पति न होने का अभाव खल रहा था उन्हें। वे आगे बढ़े, मेरे चेहरे को अपनी ओर घुमाया, मेरी आँखों

में अपनी आँखें डाल दीं, देर तक अपना उत्ताप सम्प्रेषित करने की चेष्टा की। मेरे चेहरे पर उन्होंने वही चिरपरिचित मुसकान देखी। ठण्डी छाँवदार, जिसकी उन्हें कामना नहीं थी। थोड़े-से आगे बढ़ आये। मेरे सिर पर अपना सिर टिका दिया...''तुम मुझसे रुष्ट हो रागिनी?''

''नहीं सर, बिलकुल नहीं। आपको याद है अभी आज मनोर आनेवाली है। आप मेरी गाड़ी ले जाइए, देर हो रही है।''...उन्हें झटका-सा लगा। मुझे छोड़कर जाते वक्त एक बार मुझसे कहा, ''मैं तुम्हारे उत्तर की प्रतीक्षा करूँगा।'' मेरे कान उधर ही लगे रहे। ए.के.पी. साहब ने गाड़ी नहीं ली। लगा बरसों से लदे बोझ को ज्यों धीरे-से हटा दिया था। एक गीला-गीला-सा अहसास बाकी था। कब नींद आयी, कब गहरी अँधेरी सुरंग में खींचकर मुझे ले गयी नहीं मालूम। स्वयं का गाया एक गीत गूँजता रहा मेरे पूरे वजूद पर...

'नन्दक-नन्द कदम्बक तरु तर धीरे-धीरे मुरली बजाव राधा, तुअ बिनु अनुखन विकल मुरारि।'

मैंने तो हौले से मुक्त किया उन्हें, वे सँभाल नहीं सके अपने को।

❑

उल्कापात

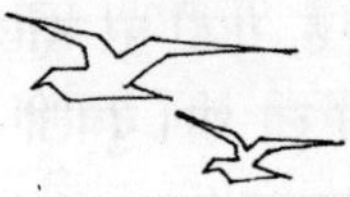

उस दिन मैं जिद पर अड़ गयी थी। मेरे मामा-मामी मुझे समझाकर हार गये थे कि मैं जीप पर शहर चली चलूँ पर मैंने नहीं माना था। मामा के कामत से वह छोटा-सा शहर अधिक दूर भी तो नहीं था। जीप से उतनी ही देर में पहुँचा जा सकता था, जितनी देर में इनसान एक लम्बी उबासी ले और चुटकी बजाते हुए मुँह बन्द कर ले। मैंने मामा-मामी से कहा कि मैं तो बैलगाड़ी पर जाऊँगी, जिसपर गेहूँ का भूसा जल्लों में लदकर शहर जाता है। रास्ते की हरियाली को जी-भरकर देखती जाऊँगी। अमराई में थोड़ी देर लगेगी। बैलगाड़ी पर खड़ी होकर झुके हुए आम के वृक्षों से टिकोरे तोड़ूँगी, पत्ते नोचूँगी। यह सब जीप से नहीं होगा। जीप सर्र से निकल जाएगी। मामी ने कहा था, "कोई बात नहीं, हम जीप अमराई में रोक लेंगे। तुम पत्ते नोचना, टिकोरे तोड़ना।"

लेकिन मैंने उनकी नहीं मानी—"धत्त, जीप को रोककर साहबी ठाट से क्या टिकोरे तोड़ना। ऐसा तो कहीं भी किया जा सकता है। तब नानी के गाँव आने का मजा ही क्या रहा! मैं यहाँ से अपने नगर जाकर क्या बताऊँगी सहेलियों को कि मैंने कौन-कौन सा एडवेंचर किया है?" मैं किसी तरह नहीं मानी। मामा ने पूछा किसी से—"सकलदीप सिंह की गाड़ी लद गयी क्या?"

"जी सरकार, लद गयी, अब जाने को तैयार है।"

"तो ठीक है, बच्ची उस गाड़ी पर जाएगी।"

"सरकार, भुस्सा की गाड़ी में कैसे जाएगी? देह छिल जाएगी।"

"अब इसकी जिद, क्या करेंगे, जीप तो पड़ी है!"

और मैं थोड़ी देर में गाड़ी पर चढ़ी बैठी थी। मामी ने कहा था, "ऐसा करो, सलवार-कमीज पहन लो। फ्रॉक में टाँगें खुली रहती हैं, गाड़ी पर चाँछ लग जाएगी।" तो मैंने रौ में आकर उनकी साड़ी ही पहन ली थी। दुबली-पतली मामी का ब्लाउज भी मुझे बड़ा हो रहा था, गाँठ डालकर पहनना पड़ा था। मुझे साड़ी में देखकर मामा हँस पड़े थे। मामी ने बलैया ली थी और गाड़ी पर चढ़ाते हुए कहा था तुमसे कि बच्ची को ठीक से ले जाना, जब आम तोड़ने लगे तो बैल की रास पकड़े रहना।

"मामा, क्या मैं टाँग-हाथ तुड़वाना चाहती हूँ, मैं तो सिर्फ गाँव का मजा लेना चाहती हूँ।" मैंने लाड़ में आकर कहा था। मामा मात्र हँसकर रह गये थे। तुम्हें मैं बराबर मामा के खलिहान में भूसा भरते, बैलगाड़ी में फसल लादकर आते-जाते देखा करती थी। तुम्हारा चेहरा मेरे लिए अनजान नहीं था। तुम अपने काम में मुस्तैदी से लगे रहते थे। कभी सिर उठाकर इधर-उधर देखते नहीं पाया था तुम्हें। ढीली-ढाली गोल गंजी और ऊँची धोती तथा कन्धे पर मोटा फूलदार रंगीन तौलिया, यही तुम्हारा लिबास था। तुम बोलते कम थे शायद, यही मैं देखती थी। तुम्हारी ओर विशेष ध्यान देने का कारण भी यही था। वैसे भी तुम मेरे मामा के कामत के विश्वासी कर्मचारी थे। तुम्हारी माँ नहीं रही थीं। पिता बाबाजी (साधू) हो गये थे। तुम अपने छह भाइयों में सबसे बड़े थे। इक्कीस-बाईस से अधिक के नहीं रहे होगे तुम तब। गठीले बदन के फुर्तीले नौजवान थे तुम। लोग पहलवान कहकर बुलाते थे तुम्हें। हालाँकि तुम भी मेरे सजातीय ही थे लेकिन अभिजात संस्कारों में पली मैं तुम्हारी ओर क्या ध्यान देती! मेरी आयु ध्यान देने की भी तो नहीं थी। मैंने तो अभी आँखें खोली ही थीं। आँखों को उस समय खूब फैला-फैलाकर आयताकार कर लेती मैं, प्रकृति का रूप-रस-गन्ध पीने की चेष्टा करती-सी रहती हरदम।

बहुत दिन बाद मामा-मामी के इस कामत पर आयी थी। गंगा के दोनों

किनारों में कितना बड़ा अन्तर है, यह मैं देखकर ही अनुभव कर सकी थी। एक ओर राजधानी की चहल-पहल, सुख और समृद्धि के खुलते नये आयाम, रोशनी, सिनेमा, बस-ट्रेन और ऊँची सोसायटी दूसरी ओर सीधा-सादा-भोला गाँव जिसे सूर्योदय सुनहरा कर जाता, साँझ रुपहला। इसी गाँव के लिए तो शहर में हम लालायित रहते थे। कहते रहते कि गाँव शहर से बहुत अच्छा है। उन दिनों बिजली इस पार तक नहीं आयी थी। हाँ, सुना था कि जल्दी ही कोई पुल बनने वाला है।

पिताजी विदेश चले गये थे, इसलिए मैं नानाजी की विशाल कोठी में रहकर ही पढ़ाई कर रही थी। नानाजी प्रान्त के सबसे प्रभावशाली व्यक्ति थे। उनके पास ग्रामीणों का जत्था अकसर आकर रहता था। उन जत्थों में मेरी कभी कोई रुचि नहीं रही। भाँति-भाँति की ग्रामीण महिलाएँ जो हमारी सम्बन्धी थीं, कोठी पर आती रहतीं। नानाजी का उन लोगों के साथ बड़ा मन लगता था।

गाड़ी का मुँह नीचे किया हुआ था। बैल अगल-बगल खड़े थे। एक छोटी-सी दरी बिछी थी। मैं उसी पर जाकर बैठ गयी। तब गाड़ी का मुहड़ा तुमने उठा दिया था। मैं चिहुँक उठी थी। मामा-मामी फिर हँस पड़े थे। तुमने पहली बार सीधे मेरी आँखों में देखा था और कहा था—"दोनों ओर से बाँस का बल्ला पकड़ लो, नहीं तो बार-बार चोट लगेगी।" तुमने बैलों को गाड़ी में जोत दिया था और उछलकर मेरे आगे बैठ गये। बाँस का छोटा-सा पैना और बैल की रास तुम्हारे हाथों में थी। बैलों को पुचकारते हुए तुमने गाड़ी चला दी थी, बैलों की घण्टियाँ टुनटुना उठी थीं। मामा ने कहा था —"बच्ची को घर ले जाकर छोड़ना, हमलोग शाम को आएँगे।"

मैंने दोनों ओर का बल्ला पकड़ लिया था। गाड़ी के हिलने के साथ ही तुम्हारा शरीर मेरे शरीर के साथ टकराता था। मैं बिल्कुल बेपरवाह थी, खेतों की ओर देख रही थी। गाड़ी निर्जन एकान्त की ओर बढ़ रही थी, पीले कनेर के फूल की तरह दोपहरी चटक पीली पड़ती जा रही थी। गाँव से हम दूर हो गये थे। अमराई नजदीक आ गयी थी। मैं टिकोरे तोड़ने को मचल रही थी। एक बार उठकर खड़ी होने लगी थी पर गड़बड़ा गयी। तुमने पीछे मुड़कर

देखा। घोर आश्चर्य था तुम्हारे चेहरे पर। और बड़ा अजीब-सा लग रहा था मुझे। आधा घण्टा बीत गया था, पर बैलों को पुचकारने के अलावा तुम एक शब्द भी नहीं बोले थे। मुझसे रहा न गया और मैंने ही तुम्हें टोका—"क्या मैं यहाँ खड़ी-खड़ी आम के टिकोरे तोड़ लूँ?" तुम औचक देखते ही रहे। मैं हँस पड़ी थी। फिर उठकर खड़ी हो गयी। झुकी हुई डाली से आम का एक फल पकड़कर तोड़ लिया।

गाड़ी की गति धीमी थी, पल्लव सहित आम मेरे हाथों में था, लेकिन तभी मैं झटका सँभाल नहीं पायी, गिर पड़ी। तुमने चिहुँककर मुझे सँभाल लिया था। फिर जाने क्या हुआ, तब नहीं समझा था, तुम्हारी बाँहें और कसती गयीं, मेरी साँस तेज होती गयी। मैंने कोई प्रतिकार नहीं किया था, कर ही नहीं सकती थी। उसके बाद मैं पीछे जल्ले पर सिर टेककर पड़ रही, तुम निःशब्द गाड़ी हाँकते रहे। हम गन्तव्य तक पहुँच गये। मामा की हवेली पर तुमने हौले से बाँह पकड़कर मुझे उतारा था। तुम्हारे हाथ उस समय मुझे बड़े कोमल लगे थे, तुम्हारी आँखें याचक बनी थीं। मैं उस दिन आते ही खाना खाकर सो गयी थी। शाम को मामा-मामी आये थे। उन्हें देखकर आश्चर्य हुआ कि मैं सहसा इतनी चुप और उड़ी-उड़ी-सी क्यों हूँ? मैंने कुछ नहीं कहा किसी से, कहने को कुछ था, ऐसा मैं समझती भी नहीं थी। तुम सारा दिन न तो कामत गये, न अपने गाँव। किसी बहाने से यहीं रुक गये। ऐसा लगा, तुम डर गये थे। मैं दो दिन बाद ही नानी के यहाँ लौट आयी। स्कूल खुलने पर सब कुछ सामान्य हो गया, लेकिन कभी-कभी मुझे यह सब याद आ जाता तो मैं बेचैन हो जाती। उम्र बढ़ने के साथ-साथ बेचैनी का एक दौरा-सा पड़ने लगा। लेकिन यह सब किसी ने न जाना। मैं तो मेधावी और पढ़ने-लिखने वाली लड़की ठहरी। मेरी बेचैनी को घर के लोग दूसरे अर्थ में लेते थे।

वर्षों बाद मैं डॉक्टर बनकर अपने मामा के गाँव आयी तो सब कुछ बदला हुआ था। कच्ची सड़कें पक्की बन गयी थीं। अमराइयाँ कट चुकी थीं, वहाँ कारखाने बन गये थे। कॉलोनियाँ बसी हुई थीं। गंगा पर पुल तो कब का बन चुका था। दिन-रात ट्रकों-बसों की आवाज होती रहती थी। मेरे पति भी डॉक्टर थे और हम दोनों की ही नियुक्ति इसी इलाके में हुई थी।

यहाँ आते ही जिस व्यक्ति की चर्चा सुनी थी, वह तुम ही थे। इलाके में कोई भी मार-पीट, खून-खच्चर, अनैतिक व्यापार होता था तो तुम्हारा ही नाम लिया जाता था। मैं यह कल्पना भी नहीं कर सकती थी कि वह तुम ही होगे, लेकिन एक दिन मेरी मामी ने ही बात उठायी। उन्होंने कहा था—"निगोड़े का राजयोग था, गुण्डों और तस्करों का सम्राट बनकर सच्चा साबित कर दिया है। भला देखो, हमारे यहाँ रहकर इसने बैलगाड़ी चलाना शुरू किया था, अब कई ट्रकों का मालिक है। करोड़पति हो गया है। कैसे खूँखार काम करते हैं!"

"आप किसके विषय में कह रही हैं, मामी?"

"अरे, तुम्हें याद नहीं है बच्ची, एक सकलदीप सिंह था हमारे कामत पर? बैलगाड़ी में भूसा लादकर शहर की कोठी पर ले जाता था?"

मेरे हृदय में बेतरह घबराहट समा गयी। बड़ी मुश्किल से मैं बोल पायी—"हाँ, याद है।"

"अरे, वही शैतान। धीरे-धीरे एक टुटही गाड़ी-खाड़ी खरीद लाया। खगड़िया से मण्डी तक व्यापारियों का माल लाता, ले जाता। अब पता नहीं कैसे वही बेवकूफ तस्करी का बेमिसाल गुर पाकर प्रान्त का एकछत्र सम्राट हो गया है, समझ में नहीं आता है। उसे तो दस्तखत भी मुश्किल से करना आता था। खुद गरीबी में पला था, सो गरीबों के लिए, सुनते हैं, अब भी उसके मन में बड़ी ममता है। जब आता है, दस-पाँच बेटियों की शादी करा जाता है। सुनकर काया जुड़ाती है, लेकिन काम कैसा गैरकानूनी और खतरनाक करता है!"

और उस दिन पहली बार मेरे मन में तुम्हारे लिए टीस-सी उठी। इतने दिनों से मैं मात्र उस घटना को, उस पीड़ा की पुलकन को और सबसे अधिक अनायास जगा दी गयी उस अनबुझ प्यास को याद करती थी, लेकिन उस दिन मैं तुम्हें स्मरण करने बैठी थी। मैं एक उच्च शिक्षिता लेडी डॉक्टर, आभिजात्य का गहरा संस्कार लिये; तुम एक अनगढ़, अनपढ़, अपराधी—और विडम्बना देखो कि मैं तुम्हें याद कर रही थी, तुम जीतेजी किवदन्ती जो बन गये थे। तुम्हारी सहृदयता की कहानियाँ बुरी तरह फैली हुई थीं। जन-साधारण में तुम मसीहा माने जाते थे। मुझे आश्चर्य होता, कैसे हुआ यह सब! इच्छा होती तुम्हें देखने की, कैसे लगते हो तुम अब!

एक रात अचानक मेरे दरवाजे पर दस्तक हुई थी। मैंने चट दरवाजा खोल दिया था। दूसरे लोग रात को दरवाजा खोलने में डरते थे वहाँ, पर मैं नहीं डरती थी। सामने तुम खड़े थे। उसी प्रकार की खादी की ढीली-ढाली गोल गंजी, खादी की ऊँची धोती और कन्धे पर मोटा रंगीन तौलिया। क्षणांश में ही पहचान गयी मैं। जबकि 15-20 वर्षों के अन्तराल के बाद देख रही थी तुम्हें। तुम्हारा चेहरा कातर था। तुमने एक छलाँग में दरवाजा पार किया और अन्दर से बन्द कर लिया। मैं स्थिर खड़ी थी। मेरे कन्धे को झकझोरकर तुमने अटपटी जबान में कहा, ''बच्चीजी, मैं सकलदीप हूँ।'' एक क्षण को तुम चुप हुए, नीचे देखा, फिर निगाह ऊपर करके कहा, ''मेरी औरत को बच्चा होनेवाला है, तीन दिन से छटपटा रही है। उसका ऑपरेशन होना है, लेकिन पुलिस के पहरे में है वह। कोई डर के मारे उसे लाने नहीं जाएगा, डॉक्टर को नहीं बुलाएगा। मैं खतरों से खेलकर स्वयं आया हूँ। अब उसकी जान तुम्हारे हाथों में है।'' कन्धे से उतरकर तुम्हारे हाथ मेरे हाथों में आ गये थे। मेरे आश्वासन को तुमने पहचान लिया था। चीते की फुर्ती से जैसे तुम आये थे, वैसे ही चले गये। मैं खड़ी रही। मैं अभी खड़ी ही थी कि पुलिस की जीप दरवाजे पर आकर लगी। उन्होंने कोना-कोना छान डाला था—''डॉक्टर साहब, आप खड़ी क्यों है, यहाँ किसी को देखा तो नहीं?''

तब कहीं जाकर मैं प्रकृतिस्थ हो पायी थी—''देखा है दारोगाजी, क्या आप मेहरबानी करके मुझे टाल पर ले चलिएगा? एक औरत प्रसव-वेदना में छटपटा रही है, एक व्यक्ति आकर कह गया है। ''मैंने कहा।''

''हाँ-हाँ, क्यों नहीं, हम तो आपको ही लेने आये थे, लेकिन कैसा था वह आदमी? क्या-क्या कहा उसने आपसे?'' दारोगा उतावली में था मानो।

''नाटा-सा काला आदमी था दारोगा साहब। अभी-अभी वह कहकर भाग गया पिछवाड़े से।'' मैं साफ बरगलाने वाला बयान दे रही थी, लेकिन अपराध-बोध कहीं दूर-दूर तक नहीं था।

''ओ...'' दारोगा ने साँस ली और मुझे लेकर तुम्हारे घर की ओर चल पड़ा था। मैं अपने साथ ऑपरेशन के सारे औजार लेकर गयी थी। पहले सोचा कि तुम्हारी पत्नी को लेकर अस्पताल चली जाऊँगी लेकिन देखते ही जान गयी,

कई दिनों की मर्मान्तक पीड़ा ने इसका जीवन-रस निचोड़ लिया है। उसके पास एक नर्स पहले से थी। वह पानी चढ़ाने का इन्तजाम कर रही थी। मेरे सोचने-विचारने का समय समाप्त हो गया था। मैंने उसका पेट चीर दिया। तुम्हारी पत्नी को लड़का हुआ था। उसे मानो यमराज से लड़कर लौटा लिया था मैंने। बच्चा स्वस्थ था। तुम्हारी माँ की आँखें रोते-रोते सूज आयी थीं। सारे समय मुझे आशीष देती रही थी वृद्धा। अपने जीवन की सबसे बड़ी खुशी मिली थी मुझे। बीच-बीच में तुम्हारी पत्नी बच्चे को लेकर मेरे पास आती रहती थी। मेरी देखभाल में कोई कसर नहीं थी। मैं देख रही थी पुलिसवालों की निगाह लगातार मेरे सभी क्रिया-कलापों पर लगी रहती। तुम्हारी पत्नी, माँ और बच्चा बड़े कष्ट में थे। तुम आ नहीं पाते थे, सुदूर तराई में जाकर बस गये थे, और वहीं से अनैतिक कार्यों का संचालन करते थे।

मैं सब सुनती रहती। मेरी दृष्टि में तुम्हारे दोनों रूप तैरते रहते। एक गेहुएँ रंग के इक्कीस-बाईस वर्ष के कोमल युवक का, जिसको ठीक से बोलना भी नहीं आता था, जिसने जाने किस ज्वार में अपने मालिक की भाँजी को सम्मोहित कर लिया था। तुम्हारा वह रूप कितना स्वाभाविक था, गेहुएँ रंग का ताँबई होते जाना कितना चित्ताकर्षक था। दूसरा रूप उस दिन रात को जब मेरे पास आये थे, तब का था। स्वस्थ शरीर, चेहरे पर आत्मविश्वास की झलक और अकथनीय साहस से भरा कदम। लेकिन दोनों बार तुम्हारे चेहरे पर जो स्थायी भाव था समझ नहीं पाती, वह सिर्फ मेरे सामने था या सदा-सर्वदा स्थिर बना रहनेवाला था। वह भाव था स्थायी कातरता का। काश, कि मैं तुम्हें समझा पाती कि तुम्हें मेरे समक्ष न तो कातर दीखने की आवश्यकता है, न अपराधी!

तुम अनैतिक व्यापार से धन इकट्ठा कर रहे हो, तुमने सम्पूर्ण प्रान्त पर एक आतंक-राज्य कायम किया है, तुमने राज्य की पुलिस की नींद हराम कर रखी है; इन बातों का डॉ. रेणु सिंह के लिए मायने रखना लाजिमी है पर 'बच्ची' के लिए इसकी कोई अहमियत नहीं है। वह तो बिना किसी आत्मिक, शारीरिक और नैसर्गिक सम्बन्ध के तुमसे कहीं जुड़ी है, यहाँ जुड़ाव कोई मात्र संवेदना के स्तर पर हो, ऐसा नहीं है; लेकिन कुछ है कि मैं कई बार ढाल बनकर तुम्हारे रास्ते पर खड़ी हो गयी हूँ।

काफी दिनों के बाद उस बार शीतलहरी के घने कोहरे में आये थे। काला कम्बल लपेटे हुए, धूसर बण्डी और कोकटी का कुर्ता पहने हुए, दाढ़ी और मूँछें बेतरतीब बढ़ाये हुए। तुमने समझा, मैं तुम्हें कतई पहचान नहीं सकती लेकिन मैं तुम्हें तुरन्त पहचान गयी थी। उन दिनों चारों ओर यह फैला हुआ था कि तुम अरसे से कहीं बाहर गये हो। अन्दर बैठी मैं आग से हाथ-पैर सेंक रही थी। तुम चुपचाप कुर्सी पर बैठ गये थे। बड़े निश्चिन्त-से लग रहे थे।

"बच्ची, तुम मुझे कैसे पहचान जाती हो? आश्चर्य होता है। क्या होता यदि तुम पुलिस में होतीं?"

"तुम यह काम क्यों करते हो? छोड़ दो अब भी।" मैंने तुम्हारे प्रश्न का उत्तर दूसरी ओर मोड़ दिया था। मैंने तुमसे जो कहा था, तुमने उस पर पहले से ही गौर करने की कोशिश भी की थी। तुम स्वयं बेचैन थे। गंगा की कछार में तुम जोखिम की जिन्दगी जी सकते थे, बहुत सुरक्षित भी थे, फिर भी तुम अपने काम से ऊब गये थे। मेरी बात तुम्हें लग गयी थी। तुम मेरे साथ देर तक अपने ही बनाये जाल से निजात पाने की योजना पर विचार करते रहे थे। उस दिन तुम निश्चिन्त थे, लग रहा था तुम्हें कोई भय नहीं है। मुझे तुम्हारा बेफिक्र नागरिक वाला वह रूप बड़ा अच्छा लगा था। लेकिन थोड़ी ही देर बाद तुम जैसे आये थे, वैसे ही चले गये। मैंने तुमसे कहा था, "इस ठण्डी रात में कहाँ जाओगे?"

"मेरे लिए चिन्ता न करना बच्ची, मैं जिस काम में लगा हूँ वह काम ऐसी प्रतिकूल परिस्थितियों में ही होता है।" आगे कुछ कहने-सुनने का प्रश्न ही नहीं उठता था। दूसरे दिन शहर में यह बात जंगल की आग की तरह फैल गयी थी कि तुम इधर ही कहीं घूम रहे थे। तुमने अपने विशेष व्यक्तियों से पुलिस के उस दस्ते पर हमला करवाया था, जो तुम्हारे गाँव को घेरे रहता था। जब पुलिस को सूचना देने वाले दो मुखबिरों की लाश पोस्टमार्टम को आयी, मैं अपने आप पर नियन्त्रण न रख सकी। तुम मेरे घर में बैठकर मुझसे कितनी भोली बातें कर रहे थे, मुझे छल रहे थे और मैं पगली उसे सच मान रही थी। तुमने जाल फैलाया था, उसकी रास थामकर बैठने को तुम्हें मेरा ही घर मिला था? मैं उस दिन अपने आपको पूर्ण अपराधी मान रही थी। यह और बात

थी कि किसी को यह सन्देह नहीं था कि तुम मेरे घर में छिपे बैठे हो। उसके बाद एक दिन तुम्हारी पत्नी मेरे पास आयी थी। वह बुरी तरह टूटी हुई थी। तुम नहीं जानते, मुझे उस दिन तुमसे बड़ी नफरत हुई। मैंने फैसला किया कि तुम अब जब भी मेरे यहाँ आओगे, मैं तुम्हें खड़ा तक न होने दूँगी।

इसी बीच एक ऐसा पुलिस अधिकारी यहाँ आया जो मेरे छोटे भाई का मित्र था। यह निष्कर्ष निकालना तो नितान्त सरल था कि इस स्थान पर सबसे बड़े निशाने तुम ही हो। हर ओर राजनीतिक, सामाजिक और आर्थिक अपराधों का जो सिलसिला तुमने बनाया था, उससे इसके अलावा और हो भी क्या सकता था। वह वरिष्ठ अधिकारी अकसर मेरे घर आता था। तुम्हारे सम्बन्ध में बहुत बातें होती थीं। मैंने कभी तुम्हारे विषय में मुँह नहीं खोला। मात्र सुनती रही थी। उसकी इच्छा थी तुम्हें जीवित पकड़ने की। एक दिन मैंने उससे पूछा था—"तुमने उसे गोली क्यों नहीं मार दी, जब सामना हुआ था?" जानते हो उसने क्या कहा था? उसने कहा था—"नहीं, मैं उसे जीवित पकड़ना चाहता हूँ। तभी तो अपराधों के इस जाल के पीछे जो माथा है, उसका पता चलेगा। कौन-कौन से लोग उसको शह देते हैं, उसकी पीठ पर किस-किसका हाथ है, यह मैं जानना चाहता हूँ। मैं चाहता हूँ कि पर्दे के पीछे छिपे काले चेहरे अनावृत हो जाएँ।"

"यह कैसे सम्भव है?" मैंने शंका प्रकट की थी।

"कैसे नहीं सम्भव होगा? मैंने उसके अरबों के काम को नष्ट करने का फैसला किया है। वह दाने-दाने को मोहताज हो जाएगा, और तब पेट के बल घिसटता फिरेगा। उसे नहीं मालूम कि उसके पीछे के लोग उसे कोई सहारा नहीं दे सकेंगे। अँधेरे में रहनेवाले लोग प्रकाश की एक पतली-सी किरण भी नहीं सह सकते।" कहते-कहते वह भयंकर रूप से उत्तेजित हो उठता था। मैं उसे देखती रह जाती। सोचती, काश! कि ऐसा हो पाता! वह उन चेहरों से नकाब उठा पाता।

ऐसे में तुम अन्तिम बार मेरे यहाँ आये थे। मैं चाहकर भी तुम्हें धक्का नहीं मार सकी। यह नहीं था कि मैं तुम्हारे खूँखार व्यक्तित्व से भयभीत थी; बल्कि था यह कि मैं तुम्हें कुछ विशेष बातें समझाना चाहती थी। उस दिन तुम बड़े

उदास थे। तुमने अपने भाइयों को जो काले रुपये सफेद करने के लिए दिये थे, वे सारे के सारे पचा गये थे। तुम्हारा मन अब तस्करी में नहीं लग रहा था। तुम अपनी पत्नी, माँ और बेटे के साथ शान्ति का जीवन बताने को बुरी तरह व्याकुल थे, लेकिन शायद तुम समझ गये थे कि अब शान्ति का जीवन तुम जी नहीं सकते। तुम चाहते थे कि कुछ धन तुम मेरे पास रख जाते, लेकिन मैंने मना कर दिया था। भय और अरुचि से मेरा मन तुमसे विरक्त हो उठा था। भय तुमसे नहीं था, भय अपनी बदनामी का था कि जब लोग जान जाएँगे कि तुम्हारी तरह का इनसान मुझसे इतना निकट है तो क्या कहेंगे? तुम उदास से चले गये थे। मैंने तुम्हें पुलिस के सामने समर्पण करने का जो सुझाव दिया था उसे तुमने अमान्य कर दिया था। तुम चले गये थे और मैं उस दिन सचमुच प्रार्थना कर उठी थी कि तुम पुलिस की गोली के शिकार हो जाओ। तुम मूर्ख थे लेकिन निरे हृदयहीन नहीं थे; या स्वयं बचे रहो इसलिए तुमने सहृदय होने का जीवन भर नाटक किया था। लेकिन यह सच था कि स्थानीय साधारण जन में तुम्हारी छवि सहृदय व्यक्ति की थी। इसीलिए तुम कभी पकड़े नहीं जा पाते थे।

एक दिन अचानक मेरे पति मृत पाये गये। मैं कहीं डिलीवरी केस अटेण्ड करने गयी थी। वे क्वार्टर के पिछले दरवाजे के पास पड़े मिले थे। उनकी आँखें विस्फारित थीं, जीभ निकली हुई, गले पर अपना ही हाथ कसा था। मित्र डॉक्टरों ने चुपचाप संस्कार कर देने को कहा था। मैं जानती थी कि लांछनाओं के एक दौर से मुझे गुजरना पड़ेगा। हवा में अजीब बू फैली रहती, कोई असामान्य बात हो जाये और तुम बीच में न पड़ो, यह असम्भव था। एक फुसफुसाहट यह भी थी कि तुम मुझसे मिलने आये होगे, मेरे पति ने तुम्हें अपमानित किया होगा और तुमने उनका गला घोंट दिया होगा। यह सब मेरे अत्यन्त निकट के परिवार-जन ही कहते थे। उस समय तो मैं विश्वास भी नहीं कर सकी थी, लेकिन मन में सन्देह तो था ही।

मेरा जी उचाट हो गया था। मैंने वहाँ बने रहने का अपना निर्णय बदल लिया था। मैं इस स्थान पर आ गयी थी, जहाँ अभी हूँ। इससे व्यक्तिगत रूप से मुझे घाटा हुआ। मैंने अपना नर्सिंग होम खोल लिया था, वह दूसरी लेडी

डॉक्टर को किराये पर देना पड़ा। लेकिन सच, मुझे तुमसे बुरी तरह कोफ्त हो गयी थी। यहाँ आकर मुझे सुकून मिला। सुना कि तुम अपने गाँव आकर रहने लगे हो, सुना कि तुम्हारे अपराधों का सिलसिला बढ़ गया है और सुना कि अब तो नागरिकों ने भी तुम्हारे खिलाफ अभियान छेड़ दिया है। उसी बीच तुम्हारा एक विश्वासी व्यक्ति मुझसे मिलने आया था। वह चाहता था कि मैं उधर चलकर तुमसे एक बार मिल लूँ। कहता था कि तुम्हारा जी अपराधों से भर आया है। कई प्रकार के दबावों के तहत ही तुम सब अपराध करने को विवश हो। तुम मुझसे मिलकर क्या कहना चाहते थे, मैं नहीं जानती थी, किन्तु मैं तुमसे ऐसे मिल नहीं सकती थी। यह देखकर मुझे और अधिक बुरा लगा कि एक तीसरा व्यक्ति भी हमारे-तुम्हारे सम्बन्धों को जानता है, इसलिए मैंने वह निर्मम निर्णय लिया कि तुमसे किसी हालत में नहीं मिल सकती। मैंने उस व्यक्ति के सामने बड़े दुराव-छिपाव के साथ बातें कीं। वह चकित था। मैं स्पष्ट देख रही थी। उसे लग रहा होगा कि जिस पर घोर विश्वास करके तुमने उसे भेजा, वह इतनी अधिक उदासीन कैसे है? वह चला गया।

'उधरे अन्त न होंहि निबाहू। कालनेमि जिमि रावण राहू।' आज अखबारों में देखा, तुम नहीं रहे। पुलिस की गोली से मारे गये। तुम सचमुच तुम ही हो, यह किसी को विश्वास नहीं हो रहा है, ऐसा लगता है। ईश्वर करे तुम मारे गये हो, तुम्हारे अभिशप्त जीवन का अन्त हो जाये। मेरी आँखें भर आएँ, ऐसा सम्भव है। आँसू की दो बूँद गिरे यह भी सम्भव है। लेकिन इनका तुम्हारी बेनामी सम्पत्तियों की तरह कोई मूल्य नहीं है। मैं तुम्हारे जीवन के अन्त के लिए तो रोनेवाली नहीं हूँ, हाँ, तुम्हारे जीवन के कुछेक पन्नों को देखा है, उसका दंश मुझे रुला जाएगा। तुम्हारी कसम, कुछ बूँदें आँसू की गिरे तो मन आकाश की तरह निर्मल हो जाये।

लोगों का अविश्वास विश्वास में बदल जाए, झूठ सच में—परमेश्वर की दया हो कि तुम मारे गये हो; मुझे सुकून मिलेगा। मेरे जीवन में तुमने निरर्थक उल्का की भाँति प्रवेश किया था, उसका इसी प्रकार पात होना ही चाहिए था।

❑

मौसम का दर्द

मौसम का यह असह्य दर्द मेरी रगों में पसरता चला गया। यह दर्द यूँ ही नहीं मेरे पीछे पड़ गया। इसे मैंने स्वयं ओढ़ लिया है। मैं तब नहीं जानता था कि क्या कर रहा हूँ। न वह जानती है कि कब नामालूम ढंग से मेरे अस्तित्व में रच बस गयी है। हाँ, यही सही है, है न अजीब दास्तान? बिलकुल किसी पुराने किस्से-कहानियों-सी। वह है भी तो किस्से-कहानियों की नायिका-सी। पहली बार जब मैं ओवरसियर होकर उसके इलाके में गया तो मेरा मन शंकित था। मैं सुदूर पूर्व के इस इलाके के लिए अपने आपको तैयार न कर पाया था। लेकिन नौकरी करनी थी क्योंकि पिताजी ने मुझे ओवरसियर बनाने में अपनी छोटी-सी हैसियत को दाँव पर लगा दिया था। माँ ने एक ओर नौकरी लग जाने की खुशी पर मिठाइयाँ बँटवायी थीं दूसरी ओर आँसू भी बहाती रही थी। मुझे विदा करते हुए पिता-चाचा हिदायतें देते नहीं थकते थे।

''देख बचवा, बिना मच्छड़दानी के न सोना।'' पिता थे।

''और नुनुआ पानी उबाल के पीना।'' चाचा थे।

''सुनने में आया है कि कोसी कछार की लड़कियाँ बड़ी शोख होती हैं, कहीं उधरई उलझ मत जाना, हाँ।'' चाची का खिलखिलाता उपालम्भ था। जितना कुछ सुना था उससे अधिक भयावनी स्थिति का सामना करना पड़ा था। इंजीनियर के जिस ऑफिस में मुझे रिपोर्ट करना था वहाँ कोई सवारी नहीं जाती थी। नाव में बैठकर,

थोड़ी दूर पैदल चलकर मैं वहाँ पहुँचा तो शाम हो चुकी थी। मुझे पाकर इंजीनियर साहब के दफ्तर का चपरासी हैरान रह गया। उसने पूछा था—

"क्या आप सारा असबाब लेकर आये हैं सरकार?"

"क्यों यहीं रहना है तो..."—मैंने कहा था।

"ऐं ऽ ऽ?" वह बड़े आश्चर्य से देखता रहा।

"सामान रखो भाई, कहाँ रखा जाएगा।" मेरे यह कहने पर उसके चेहरे पर और भी कई रंग आये, कई चले गये।

"हजूर, इहाँ तो अभी कुआटर बनबे न किया है, चलिए आपको मुखिया जी के दलान पर ले चलें।..."

"नहीं-नहीं, ऐसे कैसे किसी के दरवाजे पर...।" मेरे शहरी 'व्यक्ति' ने विरोध किया।

"तब सरकार, इहें एगो चौकी रखवा देते हैं। अकेल्ले न हैं?" दरबान ने रास्ता सुझाया।

"हाँ-हाँ यही करो, कहीं से चाय की व्यवस्था करवाओ।"—मैंने पास पड़ी कुर्सी खींच ली। रास्ते की भयानक थकान और ऊपर से यह अव्यवस्था मन ही मन झल्ला रहा था। दलान के आस-पास ग्रामीणों की भीड़ लग आयी थी। उसने उन्हें भगाया और व्यवस्था में लग गया।

"चाह!"—महीन स्वर सुन मैंने आँखें खोलीं। अँधेरा घिर आया था, कुर्सी पर बैठे-बैठे मैं झपकियाँ ले रहा था। मच्छड़ घनर-घनर कर चारों ओर मँडरा रहे थे। पास ही कहीं धूरा लगा दिया गया था जिसका धुआँ बादल की तरह वातावरण को लपेटे हुए था। एक केतली से शीशे के गिलास में चाय ढालकर खामोश खड़ी एक लड़की थी। अँधेरे के कारण उसकी आकृति स्पष्ट नहीं थी। वह भी धुँआ-धुँआ-सी लग रही थी। मैंने चुपचाप चाय का गिलास उठा लिया था। चाय जब तक पीता रहा वह निःशब्द खड़ी रही। जैसे ही चाय खत्म कर गिलास नीचे रखा वह उसे पुनः भरने को आगे आ गयी।

"अरे-अरे, क्या करती हो, चाय और नहीं लूँगा।" मैंने कहा और जेब से एक का नोट निकालकर उसकी ओर बढ़ाया और पुनः कहा,

"तुम अपने पैसे काट लेना, मेरे पास छुट्टे नहीं हैं।"

"धत!"—कहा उसने और गिलास उठा तेजी से एक ओर चली गयी। मैंने तब समझा था कि वह चाय की दुकान चलाती है। फिर सोचने लगा, शायद यह दुकान वाले की लड़की है, पैसे इसका बाप ही लेगा...।

"दिसा-फरागत हो लीजिए सरकार, तब असनान कर लीजिएगा—।"

दरबान पुनः आकर मेरी तन्द्रा भंग कर गया। नहा-धोकर जब तक मैं आया मेरा सारा सामान करीने से सजा दिया गया था। कमरे के आधे भाग को मेरा सामान घेरे हुए था। एक बड़ी-सी चौकी पर मेरा बिस्तरा लगा दिया गया था। मच्छड़दानी बाँस की बत्तियों के सहारे लटका दी गयी थी। एक ओर ईंटों की कतार थी जिसके ऊपर तख्ते डालकर मेरी अटैची और बक्से रखे गये थे। कमरे के कोने में एक नया चमचमाता हुआ लालटेन जल रहा था। अपनी नयी आवास व्यवस्था को देख मैं विचित्र अनुभव कर रहा था। तभी दरबान लोटे में पानी लेकर आ गया। चमचमाता हुआ फूल का बड़ा-सा लोटा और फूल का ही गिलास लाकर उसने एक मेज पर रखा जिसे ऑफिस की ओर से लाया गया था।

"अड़हुल, आ यहाँ रख हाकिम का खाना।" पीछे मुड़कर आवाज दिया दरबान ने। वही शाम वाली लड़की थी, एक बड़ा-सा थाल लेकर हाथों में, थाल के ऊपर एक और थाल था।

"अरे बाप रे, इतना सब खाना कौन खाएगा।" मैं भोजन के विविध प्रकार देखकर बिना बोले न रह सका। थाल के बीचोबीच स्तूपाकार भात का ढेर, एक बड़े से कटोरे में दाल, दूसरे उतने ही बड़े कटोरे में बड़ियाँ, दो-तीन रसेदार सब्जियाँ, शीशे की गहरी प्लेटों में कई प्रकार की भुनी और तली हुई भोज्य सामग्री जिन्हें याद रखना भी नामुमकिन है, सब था।

"अरे यह क्या मुझे अकेले खाना है?" मैं घबड़ा गया था। शायद मेरी मुद्रा कुछ हास्यास्पद हो गयी होगी तभी वह लड़की मुँह फेरकर मुस्कुराने लगी थी। मैं थोड़ा सँभल गया। दूसरी थाली में मैंने अपने खाने योग्य सामग्री निकाली और खाने लगा। जितना मैंने निकाला था वह भी शुद्ध घी के प्रचुर प्रयोग के कारण काफी गरिष्ट था। बड़ी कठिनाई से खा सका। जैसे ही उठने लगा, उस लड़की ने एक और कटोरा आगे कर दिया। मलाईदार दही का

कटोरा देख कोई अपने को रोक सकता हो तो रोक ले मैं उसका खास दीवाना हूँ, लेकिन मात्रा देख मैं भी डर गया, उसमें से थोड़ा लेकर खा लिया और उठ गया। दरबान गाल पर हाथ धरे बैठा अचरज से मेरी ओर देख रहा था।

"हाकिम, कहाँ कुछ खाये।" उसने कहा।

"और कितना खाता मैं, इतना-इतना अगर परोसेगी यह लड़की तो गयी उसकी दुकानदारी।" मैंने किंचित हास्य से कहा।

"कैसी दुकानदारी मालिक?" दरबान चकित था।

"तो यह भोजन का थाल कहाँ से आया?" अब अचरज की मेरी बारी थी।

"सरकार मुखिया जी के यहाँ से—। आप वहाँ नहीं गये तो खाना यहीं भेज दिया। वे अपने ही आते हजूर लेकिन उनके समधी आये हुए हैं। एही से न छप्पन परकार का भोजन बना है।" दरबान ने समझाया। पहले ही दिन इस स्थान पर ऐसा सुभोजन हुआ यह मेरे लिए हर्ष का विषय होना चाहिए था लेकिन मैं अपने कोड ऑफ कण्डक्ट को कैसे भूल जाता, तुरत दरबान को आड़े हाथों लिया।

"सरकार, तो यहाँ कोई होटल-फोटल है थोड़ो?" दरबान ने अपनी असमर्थता जाहिर की।

"और सरकार बड़ा साहब भी यहाँ आते हैं तो उन्हीं के यहाँ खाते-पीते हैं..."

"ठीक है, लेकिन मैं ऐसा कैसे करूँ, कोई दो-चार दिनों के लिए तो नहीं आया हूँ। कल से कुछ व्यवस्था करनी पड़ेगी।"

"जी मालिक, मुदा जब तक कोनो इन्तिजाम नहीं होता है वहीं खाना होगा नहीं तो मुखिया जी को दुख होगा।"

गहरी थकान के कारण रात कैसे बीती जान भी न पाया। सूर्योदय अब तक हुआ नहीं था। चाँद झाड़ियों में फँसे खरगोश की तरह अटका हुआ था। सारा वातावरण कर्पूरी आभा से दीप्त था। चिड़ियों का कलरव इतने पास से कभी नहीं सुन सका था। उठकर बरामदे में खड़ा ही हुआ था कि चाय का गिलास पकड़े दरबान हाजिर हो गया। सारा गाँव जगकर अपना काम कर रहा था।

यह सब मेरे लिए अद्भुत था। चाय का गिलास हाथ में थामे हुए पीछे से जो व्यक्ति आये वे ही मुखिया जी थे। गोरे-चिट्टे मुखिया जी बड़े भव्य लग रहे थे। उन्होंने आग्रह किया कि भले ही मैं उनके घर में न रहूँ खाना उन्हीं के घर का खाऊँ। मैंने चुपचाप मान लिया। और कोई दूसरा उपाय भी तो न था।

दिन के बारह बजे इंजीनियर साहब जीप में बैठकर आये। वे बड़े ही सहृदय लगे। मुझे मेरा काम समझाया, शीघ्र क्वार्टर तैयार करवाने को कहा, जिसके बाद वे उस स्थान पर रहकर बाँध का काम देख सकते थे। जाते-जाते मुझसे पूछते गये कि मुझे जिस वस्तु की आवश्यकता हो मैं नि:संकोच बता दूँ वे शहर से लेते आएँगे। मैं उनकी दयानतदारी पर निछावर हो रहा था और वे मेरे वहीं रहने के राहत बोध से उत्फुल्ल थे। उस दिन साइट पर खड़े होकर निरीक्षण करते कब साँझ उतर आयी, मैंने न जाना। सूरज ने मानो प्रकृति के आलते की शीशी उड़ेल दी थी। लाली ढरक गयी थी। पटेर के झुँझ से कई बालाएँ माथे पर उसके फूलों का बोझा लिये निकल रही थीं। साँवली चिकनी देह, एकवस्त्रा। सिर्फ साड़ी से सुडौल शरीर का उभार बलपूर्वक छुपाये हुए। इस प्रकार का वन-पीस-ड्रेस शो देखकर कहीं किसी क्लब में मजे से सिसकारियाँ भरी जा सकती हैं, किन्तु वहाँ ऐसा कुछ नहीं लगता था।

'राजा बेटा हँसलै हम मुसुके लियै हय, मोने मोन जोड़ल हय पिरीत।' गीत की एक टहकार सुनाई पड़ी और उसके बाद समवेत खिलखिलाहट।

"ऐ निर्लज्जी, चुपगे देखती नहीं..." किसी ने कहा और मुँह मानो बन्द कर दिया।

"ऐ हे ऽ ऽ गे अड़हुलिया, निर्लज्जी तो तुम है।" दूसरा स्वर था—"बड़ा बाबू के साथ रंग रभस चल रहा था।"

"चुप रह, तू भी कर न जा के रंग-रभस, उहाँ हवेली में काम करते-करते कोंढ़ करेज टूटता है, इहाँ इनको रभस सूझता है।" कहती हुई अड़हुल मारने दौड़ी। हँसी-मजाक में बोझा गिर गया। मेरा मन कुछ कहने को कर रहा था कि तभी विवेक ने रोक दिया। रोज मेरा खाना पहुँचाती हुई अड़हुल मुझसे खूब बातचीत करने लगी थी। साइट पर वहाँ एक भी औरत काम नहीं करती थी। वे खेत में ही लगी रहतीं। किसी प्रकार का परदा या बनावटीपन नहीं

था। सब कुछ उन्मुक्त। मुझे धीरे-धीरे सब कुछ अच्छा लगने लगा। पसरी हुई बालुका राशि, क्षीणधारा कोसी, बबूल और झौए के वृक्ष, काले चिकने तराशे हुए जिस्म वाले मुसहर तरुण-तरुणियाँ, गोरे चमकते रंगों वाली गहलौत कन्याएँ। अपने पहले कार्यभार के कारण मैं सब कुछ सीख लेना चाहता था, सो इंजीनियर साहब के बार-बार कहने पर भी शहर की ओर जाने से जी चुराता था। बहाने थे ही मेरे पास। मैं कहता—"सर, क्वार्टर जल्दी बना देना चाहता हूँ ताकि मेरा अकेलापन कटे, आपलोग आ जाएँ।"

"अरे यार, हम वहीं ठीक हैं क्यों इस निपट जंगल में फँसाते हो।"—इंजीनियर साहब खासे मजाकिया थे। काम लगभग पूरा हो गया था। 16-17 जून का दिन रहा होगा, हमें अपने बाढ़ नियन्त्रण कक्ष से सूचना मिली कि सारे मवेशी और लोग सुरक्षित स्थानों पर ले जाए जाएँ, बाढ़ का भयानक रेला आ रहा है। बाँध का काम उत्तर से हो चुका था इसलिए सारी मशीनरी उधर ही रहती थी। मैंने मुखिया जी से कहा। वैसे कोई ऐसा ऊँचा स्थान तो था नहीं फिर भी लोग पुराने तिलयुगा बाँध के ऊपर आ गये थे। देखते-न-देखते सारा इलाका जलमग्न हो गया था। कुछ लोगों को नाव द्वारा इस ओर हमारे नव निर्मित क्वार्टर में रखा गया था। मैं बीच गाँव में था, कई लोग अपने बच्चों और मवेशियों को पार कराना चाह रहे थे। मैंने वहीं रहकर अपनी नाव उन्हें दे दी, वे देर साँझ तक सब कुछ ढोते रहे। मैं सामान और बच्चों को चढ़ाने में उनकी मदद करता रहा। अन्त में बच गया मैं और मात्र अड़हुल। वह भी जिद किये बैठी थी कि आखिरी बार मेरे साथ जाएगी, उसकी बूढ़ी अशक्त माँ भी छूटी हुई थी। और उधर अँधेरे में नाव किनारे में कहीं डूब गयी थी। चाँदनी रात थी चारों ओर चाँदी पिटा हुआ था। कल-कल निनादिनी यह क्षीण नदी प्रबल अट्टहास कर रही थी। नदी सागर बनकर सारी फसल लील गयी थी। झिंगुरों की झंकार से निस्तब्धता टूट रही थी। कभी-कभी गीदड़ों का हुआँ-हुआँ शोर मचा रहा था।

"हाकिम, हाकिम देखिए ऊँ साँप कैसे पानी में भागा चला जा रहा है।" अड़हुल ने कहा। उसकी वाणी में भय का लेश भी नहीं था। मैंने देखा एक बड़ा-सा चमचमाता हुआ साँप जल चीरता हुआ पास के घर की ओर

जा रहा था।

"तुम्हें डर नहीं लगता है अड़हुल?"—मैंने उससे पूछा।

"काहे का डर, इनका हमारा तो रोज का नाता है, यह नाग-डीह है सरकार नाग-डीह; कोसिका का बहन हैं सब—झौआ (एक वृक्ष), कौआ, मलेरिया, जर (बुखार), साँप यहाँ प्यादा हैं।" मुझे समझा रही थी।

"अड़हुलिया, गे छौंड़ी साँझ देदे घर में।" उसकी बूढ़ी माँ ने आवाज दी।

"कहाँ से आग लेबो जे साँझ देबो, चुपचाप रह, चनरमा भगवान के इजोत से मन भर।" अड़हुलिया ने जवाब दिया।

"हाकिम से पूछ सलाई होगा, सिकरेट नै पीते हैं?" बुढ़िया ने पुनः कहा।

"नहीं बूढ़ी अम्मा मेरे पास नहीं है दियासलाई, मैं नहीं सिगरेट पीता।"—उस दिन मुझे अपने सिगरेट नहीं पीने पर बड़ा क्रोध आया।

"ओह...। हाकिम इहैं रह गया, बेचारा कैसे रात-भर सोएगा, क्या खाएगा।"

...बुढ़िया बड़बड़ाती रही। मैं गुमसुम ओसारे पर बैठा चाँद की ओर देख रहा था। अड़हुल धप्प से आकर मेरे पार्श्व में बैठ गयी सटकर। सारा शरीर झनझना गया था। मुझ शहरी बाबू के मन में चोर था। पहले दिन से ही यह गहलौत कन्या कलेजे में आधे फँसे तीर की तरह अटक गयी थी। उसने अपने पैर लटका लिये थे और पानी में छप-छप कर रही थी। गोरी, चिकनी, सुडौल पिण्डलियाँ चाँदनी और घोर मट्ठा कोशी जल में चमक रही थी। मुझसे रहा नहीं गया। उसे खींच लिया पानी से, खींचकर ऊपर कर लिया था, फिर भी मेरे हाथ वहीं थे, विद्युत स्पर्श पाते हुए, मैं बेसुध था।

"छिः-छिः हाकिम, यह क्या कर रहे हैं, मेरा गोर (पैर) पकड़े हैं।" खनखनाती हुई हँसी और मेरा हाथ बलपूर्वक हटाती हुई वह मेरे सीने के पास आ गयी। मैं सहम गया था, जाने यह क्या सोचे।

"सच पूछिए तो हाकिम हमको बड़ा सोहा रहा है यह सब।"

"क्या सोहा रहा है?" मेरा गला भर्रा आया था।

"यही सब, कोसी का बाढ़ सब साल आता है, मुदा इस साल कुछ गजब है।"

"क्या है?"

"उधर चलिए, बताएँ!" फुसफुसाती हुई कह रही थी। मैं मन्त्रमुग्ध-सा पीछे चला जिधर वह उठकर चली गयी। आमन्त्रण के उस ज्वार में मैं कुछ भी आगा-पीछा न देख सका। भोरुकवा उगने पर नींद खुली। मेरे साथ अड़हुल थी। भरे-भरे होंठ तृप्ति की मुसकान से आवेष्ठित थे। अधखुली पलकें निद्रा-निमग्न थीं। साड़ी का आँचल हटा था। आह। सौन्दर्य का भरपूर सागर ठाँठे मार रहा था। मुझे ममता हो आयी, इसने मुझे सब कुछ समर्पित कर दिया, मुझ पर अनन्य विश्वास किया। मैं इसे निभाऊँगा जीवन-भर।

छप-छप पतवार की आवाज सुनाई दी। सोचा कोई नाव है। थी भी। आँचल खींचकर उसे ढँक दिया, वह चटाई पर से आधी नीचे जमीन पर पड़ी थी। उसे छूकर हटाने का साहस नहीं कर सका। सोचा भोर का सपना देख रही होगी, कहीं टूट न जाय। उठकर दूसरी ओर आया, देखा कुछ लोग आ गये हैं नाव लेकर।

"हाकिम आप देवता हैं, हमलोगों की खातिर बनवास ले लिया।"

लोगों का मुँह पश्चाताप से सूखा हुआ था।

"अरे नहीं भाई, यह सब तुम्हारे कारण थोड़े हुआ, समय ने किया है।" मैंने उनकी बात का जवाब ऊपरी मन से दिया, भीतर ही भीतर तो अपनी उपलब्धि पर प्रसन्न था। सोच रहा था अनायास कुछ क्रान्तिकारी कार्य करने का अवसर हाथ आ गया है। प्रेम में आकण्ठ निमग्न था। नाव पर काफी लोग थे जो अपने क्वार्टर पर पहुँच गये। हफ्ते-भर जब तक पानी चढ़कर उतरा मैं बड़ा बेचैन रहा। अड़हुल की शक्ल ही न दिखाई दी थी। किसी से पूछ भी न सका, अपने मन का चोर ही मुझे पूछने न देता। ऐसे में ही दरबान आया और कहने लगा—

"आज तो आपको सहर जाना है न, एक सरिया (साड़ी) आँगी लेते आइएगा, अड़हुलिया का मेहमान आया है, बिदागरी है।"

"क्या, मैं नहीं समझा?"

"ऊ छौंड़ी अड़हुलिया है न सरकार, जो मुखिया जी के हवेली में काम करती है, आपको भी खाना-चाह देने आती है, वही सासुर जाएगी।"

"उसकी शादी हो गयी है?"

"जी हजूर, सादी गवना सभे कुछ, उ तो सरकार मसिमक मार (मौसम की मार) पड़ा था, खेत दहा जाता था सो दू बरिस से मेहमान (दूल्हा) मोरंग चला गया था। कुच्छो पता नहीं। हम सब समझे उहें कोनों नेपालिन से कर लिया है समध (शादी), मुदा आया। अब हम लोग मिलकर बिदा कर देंगे। जुआन-जहान बेटी अपने घर जाएगी।"

क्या वह जाएगी? मैं भीतर ही भीतर छटपटा रहा था। ऊपर से चुप था।

"नहीं, मैं आज नहीं जाऊँगा तुम किसी और से मँगवा लो।" मैंने उस समय टालना चाहा। सोचा अवश्य वह जबर्दस्ती जा रही होगी। उपाय कुछ सूझ नहीं रहा था कैसे परिस्थिति का सामना करूँगा कि वह आ गयी। मेरी आशा के विपरीत वह आज अतिरिक्त खिली हुई थी। उसका रंग निखरा हुआ था। उछाह समा नहीं रहा था।

"हाकिम, हम कल्ह भोरे चले जाएँगे। आपसे मिलने आये हैं।"

"कहाँ?" बोल फूट ही नहीं रहे थे।

"अपने आदमी के साथ, ससुराल।"

"तुम्हें मैं याद नहीं आऊँगा?"

"हाँ-हाँ आप हमारे गाँव के लिए देवता हैं आपको कौन भूलेगा?"

"बस, अड़हुल मैंने तुम्हें लेकर कई सपने देख डाले, तुम्हारा शरीर छूआ तुम्हें भोगा, यह सब भूल जाओगी? एक बार सोच लो मैं तुम्हें अपनाना चाहता हूँ अड़हुल।" मेरा अतिरिक्त भावुक स्वर वह अचरज से सुन रही थी। मेरी ओर ऐसे देख रही थी मानो मैं अजूबा हूँ।

"हाय हाकिम, आप हमें जात से बाहर करवाइएगा? जब दो साल की थी तभी बियाह हुआ, गवना हुआ, मेरा कमाह मरद है। उसको छोड़कर...। नहीं-नहीं आप अपने जात की लड़की से सादी कर लीजिए।"

मैंने उसके पास आकर उसका हाथ पकड़ना चाहा। वह पीछे हट गयी।

"क्या तुम वह सब भूल जाओगी, जो उस रात...।"

"अरे, हा-हा-हा...हाय राम, राह चलते पियास लगे बाट-घाट के कुएँ से पी नहीं ले आदमी पानी, कि घर आकर पानी पीने के सोच में हलकान

होवे। रात का मसिम था, आग और खढ़ एक ठैंया हुआ, लेस दिया। जाइए बाबू, आप मरद होकर तिरिया-चरितर दिखाते हैं। असीरबाद दीजिए। राजी-खुशी जाएँ।''

नीचे झुककर अपने आँचल से मेरा पैर छूकर आँखों में लगाया और चली गयी। कोसी कछार की वह हिरनी अपने खुरों से मेरी छाती-रौंदती हुई चली गयी। मैं पराजित-सा उसे देखता रह गया।

तब से मैं इस मौसम का दर्द झेल रहा हूँ। वहाँ से इच्छा करके बदली करवायी। उसका तर्क, दर्शन बार-बार रामायण की चौपाई की तरह मन ही मन दुहराता हूँ, चाँदनी रात को मौसम का दर्द तब भी पीछा नहीं छोड़ता। ❑

खिड़की

जहाँ से सड़क दायीं ओर मुड़ती है उसके परले सिरे पर है यह सी क्लास अखबारी दफ्तर। इसकी धूसर पीली इमारत दो भागों में बँटी है, इरा अकसर एक-सी सीढ़ियों के गलत हिस्से पर चढ़ जाती है और तब ध्यान आता है कि उसने यह क्या कर दिया। एक ही इमारत से दो अखबार निकलते हैं दोनों पर चढ़ने की एक ही सीढ़ी है जो आगे जाकर विभक्त हो जाती है। बीच में पड़ता है अकाउण्ट सेक्शन। अपनी गलती के कारण अकसर इरा को यह सेक्शन पार कर अपने कमरे में जाना होता है। अपने कमरे में जहाँ सह-सम्पादकों की कुर्सियाँ लगी होती हैं, लेकिन अकसर वे खाली होती हैं। न तो तब तक पाण्डे जी आये होते हैं न गुप्ता जी। इरा सबसे पहले कमरे में आती है और अपनी खिड़की के पास वाली कुर्सी पर बैठ जाती है। इसके तुरन्त बाद जनरल मैनेजर घोषाल आ जाता है। कोई-न-कोई काम उसे रहता ही है। इधर अधिक आने लगा है। इरा उसे रोज विश करती है। वह उसका जवाब देता हुआ आगे बढ़ जाता है। उसके जाने के बाद इरा बैठती है और तब उसकी दृष्टि खिड़की की ओर जाती है। सम्पादक मि. कुण्डू ने सचमुच उसके ऊपर यह एक बड़ा एहसान किया, जब इरा को यह खिड़की दी। खिड़की के पास की कुर्सी दी।

खिड़की के नीचे कुछ चाय-पान की दुकानें हैं, एक घड़ी मरम्मत की दुकान है और राजधानी का गौरव सिनेमाहॉल है।

आते ही इरा रोज खिड़की के पार देखने लगती है, तब तक देखती रहती है जब तक कि सम्पादक जी का टेलीफोन नहीं आ जाता। काम इसके पल्ले बहुत कम है जिन्हें वह पहले बड़ी तेजी से निपटा दिया करती थी, फिर बाद में बैठी खिड़की के पास सिनेमाहॉल में मार्निंग-शो की भीड़ को गिनती रहती थी। अब ऊब गयी है; काम को धीमी गति में सुस्ता-सुस्ता कर करती है। खिड़की से सीधे-सीधे सिर्फ देखा जा सकता है आया-जाया नहीं जा सकता। इरा होंठों में मुस्कुराती है। बड़ी दीदी सुधा की शादी थी, सुधा के बाद भैया थे और उससे छोटी इरा। विवाह समारोह में फिरोजी लहँगा पहने इरा सहेलियों के बीच घूमती रही थी। बारातियों की दृष्टि इसी पर थी यह खूब जान रही थी, कैशोर्य का भोलापन तो था, यौवन की समझ अभी दूर थी। दूसरे दिन सुधा की विदाई के वक्त उसके पति की बुआ ने मम्मी को एक ओर ले जाकर कुछ कहा था और सुधा से छह वर्ष छोटी इरा छह मास बाद ही दुल्हन बनकर चली गयी थी। विवाह की तिथि निश्चित हो जाने पर इसने विरोध करने की कोशिश की थी।

''मम्मी, आप अभी ही क्यों मेरी शादी कर रही हैं, मैंने कभी सोचा भी नहीं था।'' कहते हुए इरा रो पड़ी थी।

''बेटे, तुम जानती हो तुम्हारे लिए हमें वर ढूँढ़ना नहीं पड़ा, स्वयं तुम्हारी सास ने तुम्हें आँचल फैलाकर माँगा है।'' माँ ने समझाया।

''सो ह्वाट् मम? मैं पढ़-लिखकर अपने पैरों पर खड़ी होना चाहती थी, क्या स्कूल के डिवेट्स में दिये गये सारे दलील, दलील ही थे।'' उखड़ गयी थी इरा।

''तुम राजा बेटे हो, जानती हो न, तुम्हारे पापा को अपनी पोजीशन मेण्टेन करने को कितना कुछ करना पड़ता है। तुम्हें अच्छी-से-अच्छी शिक्षा मिले इसके लिए हमने कितना सहा है। अब अच्छा लड़का मिल रहा है, घर के लोग अच्छे हैं। तुम चाहोगी तो आगे पढ़ सकती हो। हमारे यहाँ विवाह पर कितना खर्चा लगता है तुम जानती हो, यहाँ ये कुछ नहीं लेना चाहते हैं बेटे!'' मम्मी ने और अधिक शान्ति से कहा।

''हाँ, यही अच्छी शिक्षा है कि बेटी को पढ़ाना शुरू किया और बिना

पूछे-पाछे जब मन किया जाने-अनजाने के पीछे लगा दिया।'' सोफे पर पसरकर इरा सुबक-सुबककर रोने लगी। नेवी ब्लू स्कर्ट में उसकी गोरी पतली टाँगें झाँक रही थीं। सचमुच यह अन्याय ही है, मम्मी के मन में भी विचार आया था लेकिन क्या करें इतना अच्छा सम्बन्ध फिर तो नहीं मिलेगा मुफ्त का। रोते-रोते इरा सो गयी थी सोफे पर ही। सफेद झक्क रंग पर लम्बी-लम्बी काली बरौनियाँ, छोटे-छोटे लाल-लाल होंठ और घनी काली केशराशि। कितनी सुन्दर बिटिया है। पढ़ने-लिखने, स्कूल के अन्य कार्यों में दिलचस्पी भी बेहद दिखाती है। सब छूट जाएगा। कश्मीर में पोस्टेड सेना के अफसर की रोबदार बीवी कैसे बन सकेगी। श्रीमती झा का मन डूबने लगा। फिर स्मरण हो आया वह स्वयं भी तो छोटी-सी थी जब इरा के पिता से विवाह हुआ था। वे एम.ए. में पढ़ रहे थे और यह सातवीं में थी। पुलिस में जाने का उनका पहले से विचार था सो मूँछें रख रखी थीं। परीक्षण से लौटी हुई भाभी ने हँसते हुए कहा था—''तुम्हारा दूल्हा तो पूरा तलवारी लाल चक्कू है ननद जी।'' अभी भी उन्हें याद आता है तो हँसी आती है। यह नन्ही-सी लड़की तो सत्रह की होने को आयी, इस उम्र में सुधा का जन्म हो चुका था। विवाह के बाद इरा पाँचवें दिन ही ससुराल चली गयी थी और जब लौटी थी तो उसका रूप ही बदला हुआ था। नन्ही लड़की स्त्री हो गयी थी, घोर उदासी की परत उसके चेहरे पर फैल गयी थी। उसके घर में आ जाने से घर उदास हो गया था। श्रीमती झा के उसके सामने जाते पैर थरथराते थे। छोटे भाई-बहन आँखें चुराया करते थे। इरा का पति युद्ध में काम आ गया था। सास और ससुर ने अपना दुख भुला दिया था, इरा को सँभालने में लग गये थे। इरा को काठ मार गया था। अनायास ही जिस व्यक्ति के प्रति इसके मन में कभी कोई कोमल भाव नहीं उपजा, उसके लिए कातर हो उठी थी। अपने आपको सँभाल लिया था उसने। पिता के आने पर सीधे-सीधे माँ के पास लौटने से मना कर दिया था। लेकिन कुछ दिनों बाद उसका पत्र माँ के नाम आया था। वह आगे अपनी पढ़ाई पूरी करना चाह रही थी। माँ ने उसे बुला लिया। इरा स्वाभाविक थी, अपने आचरण से उसने सारी उदासी को दूर हटा दिया था।

''मम्मी, होली पर भैया-भाभी को बुलाना है न, कल हम बाजार चलेंगे।

क्रोशिया का सुन्दर-सा फ्रॉक इला बुन रही है। मैं भी मुन्नी के लिए बुनूँगी।" इरा इठलाती होती।

"अच्छा चलो!" जो माँ अकसर पैसों की कमी का रोना रोती थी, वह अब कभी कुछ न कहती, सीधी राजी हो जाती। बी.ए. कर जाने के बाद इरा ने अखबार के इस दफ्तर में काम करने की अनुमति माँगी थी तब माँ थोड़ी सकपकायी थी। लोग क्या कहेंगे, झा साहब की लड़की अखबार के दफ्तर में काम करेगी। इतने बड़े पुराने घराने की बहू। क्या बात है कि इसके सास-ससुर खैर-खबर लेने भी नहीं आते। माना कि वे बूढ़े हो गये हैं, उन पर दैवी प्रकोप वज्र बनकर गिरा है लेकिन इनके लड़के क्यों नहीं आते। आती-जाती रहती इरा, तो कुछ मन ही बदल जाता है। पिता का यही आत्मविश्वासी व्यक्तित्व इरा को भी मिला है।

खिड़की की ओर एक नजर डालती है इरा; सम्पादकीय की डमी बनाकर भेज दिया है। यह काम भी कुण्डु साहब इसी पर छोड़कर जाते हैं अब। और अधिक विश्वास जगता है उसे अपने आप पर।

अब तो मन हल्का-हल्का-सा है, खिड़की से दीखते नीम के सफेद सुगन्धित फूलों की तरह। पेड़ पर बैठे नीलकण्ठ ने पाँखें खुजायी हैं। एक पंख टूटकर किस तरह तैरती हवा में जा रही है, हल्की-हल्की हिचकोले लेती।

दो वर्षों बाद प्रकाश आया था, आकाश का तीसरा भाई। यह आकाश से अधिक मिलता-जुलता है। पति के रूप में एकबारगी आकाश को पाकर इरा ने कोई बड़ी प्रसन्नता अनुभव नहीं की थी। उस समय इस प्रकार की अनुभूति ही नहीं जगी थी। एलिस की तरह आश्चर्यलोक में आ गयी थी मानो। मानो वह द्रव पी लिया था जिसके पीने पर सारे नजारे हसीन लगने लगे थे और एकबारगी उसके काम आ जाने पर लगने लगा था मानो एलिस नींद से जग गयी हो, मानो सुन्दर सपना टूट गया हो। दरअसल, सपने के सुन्दर होने का एहसास ही उसे बाद में हुआ। उसके बाद का समय वहाँ कालरात्रि की तरह बीता। घोर अप्रतिभ सास-ससुर और उदास घर। इरा से छुपाकर क्या सब होता रहता था। आकाश से छोटा विकास किसी राष्ट्रीय परीक्षा में आ गया था। वह ट्रेनिंग पर जाने वाला था। सामान बाँध रहे थे। घर में दबा-दबा उल्लास था।

इरा वैसे तो अलग-थलग-सी थी लेकिन उस दिन वह भी कुछ-कुछ करती हुई डोल रही थी।

''विकास!'' पिता का गम्भीर स्वर था।

''जी पिताजी!'' विकास ने उठकर पूछा था।

''बेटे, बड़ी साध से झा साहब से यह लड़की माँगकर लाया था।

मैं बड़े गरूर में था शिव-पार्वती-सी यह जोड़ी दूसरी होगी। लेकिन ईश्वर से मेरा अहंकार देखा न गया।'' झा साहब चुप हो गये कहकर।

''पिताजी, आप मन छोटा न करें। अब हम क्या कर सकते हैं।''

''जो हो गया उसके लिए हम कुछ नहीं कर सकते, लेकिन जो सामने है उसके लिए तो किया जा सकता है न बेटे!''

''हाँ पिताजी, इसीलिए तो मैं कह रहा हूँ भाभी को आई.टी. कॉलेज में भेज दीजिए, अपनी पढ़ाई भी पूरी कर लेंगी और मन भी लग जाएगा। अभी इनकी उम्र ही क्या है?''

''हाँ, यह तो है ही, उम्र ही क्या है, मैं तुमसे दूसरी बात कहना चाह रहा हूँ। क्यों न इसका विवाह कर दूँ। झा साहब ने हमारे कुल में कन्यादान कर दिया था। मैं चाहता हूँ यह मेरे कुल की होकर ही रहे। तुम्हारा क्या खयाल है विकास?''

''मैं समझा नहीं पिताजी!'' विकास ने धीमे से कहा।

''यह सेण्ट्रल सर्विसेज के क्वेश्चन्स से भारी सवाल तो है नहीं बेटे, मैं चाहता हूँ कि तुम इरा से विवाह कर लो।''

''यह आप क्या कह रहे हैं पिताजी!'' कहकर विकास सिर झुकाये अपने कमरे में चला गया। वह फूट-फूटकर रोने लगा। उस कमरे में बँधे हुए होल्डऑल, अटैचियाँ सभी तो आकाश की थीं जिसके नाम की चिप्पी के ऊपर विकास के नाम की चिप्पी सटा दी गयी थी। लेकिन यह नहीं सह सकेगा विकास। आकाश से दो वर्ष छोटा होने के कारण उसका छोटा सूट, उसके जूते सभी कुछ उसे पहनने ही पड़ते थे। अब यह अच्छा बदला चुका रहा है आकाश। अपनी पीछे छूटी हुई पत्नी भी उस पर चिपका रहा है। लेकिन पिता से सीधे-सीधे कैसे कहेगा विकास।

"पिताजी, मैं सोचकर कहूँगा।" विकास ने कहा था। जाते वक्त उसने अपना पुराना वाला होल्डऑल लिया था और छाँट-छाँटकर आकाश की निशानी वाली चीजें निकाल दी थीं। इरा ने सारा वार्तालाप सुन लिया था। उसे अटपटा लगा था। ट्रेनिंग सेण्टर से विकास की चिट्ठी आयी थी। उसने क्षमा माँगते हुए नम्र शब्दों में साफ-साफ इरा से सब कुछ कह दिया था और तब इरा ने अपने आपको और अधिक अटपटा पाया था उस घर में। वह पिता के पास लौट आयी थी। उन दिनों प्रकाश इंजीनियरिंग कॉलेज में था अब कहीं पास ही नौकरी लग गयी थी। भाभी से मिलने आया था। मकान के पिछवाड़े वाले लॉन में चाय पीते हुए उसने अधिकारपूर्वक इरा को वही सब कहा जो उसके पिता ने विकास से कहा था।

"भाभी, पिताजी की इच्छा है कि आप हमारे घर लौट चलें।"

"क्यों, मैं यहाँ ठीक नहीं क्या?"

"नहीं, आपके पिता ने आपका कन्यादान हमारे कुल में कर दिया था, भैया नहीं रहे तो क्या मैं हूँ न! आपको वचन देता हूँ...।"

एक जोरदार ठहाका लगाया इरा ने। प्रकाश ने चौंककर देखा, उसका चेहरा उतर गया।

"बी इजी माई बॉय, अब इरा बच्ची नहीं है, तुम क्यों अपना सेक्रीफाइस करते हो...मैं ठीक हूँ। सदर दरवाजे की तलाश मुझे नहीं है। खिड़की की हवा अच्छी लगने लगी है। जब इच्छा होगी, तुम्हें बताऊँगी। तब तक तुम मेरे भरोसे बैठे नहीं रह सकते। गो अहेड माइ बॉय। गो अहेड।"

इरा अब भी ठहाके लगा बैठती है, उसके विवर्ण मुख की याद में। लेकिन कभी-कभी उदास हो उठती है, कहीं गलत सीढ़ी पर फिर तो पैर नहीं पड़ गये इरा के? और बारबरा कार्टलैण्ड की पॉकेटबुक खोलकर बैठ जाती है।

❑

जलकुम्भी

वसुधा ने अपने घर में उत्सव की सृष्टि कर ली है। यह विशिष्ट अवसर भी तो है। वसुधा की अम्मा यह घर छोड़कर जा रही है। बेतरतीब घर को पानी से साफ कर फिर गुलाबजल के बोतलों से धुलवाया है। मँझली बुआ ने आपत्ति की—"क्या पागलपन है, इतने महँगे गुलाबजल का प्रयोग इस पैमाने पर करना कहाँ की बुद्धिमानी है। भैया भी अपनी बेटियों पर कोई अंकुश नहीं रख पाते। पहले ही भाभी की बीमारी ने इन्हें आर्थिक रूप से झकझोर दिया है।" मँझली बुआ ने हाल मे ही खगौल रेलवे स्कूल की हेडमास्टरी से अवकाश लिया है। रुपये-पैसे के हिसाब-किताब में माहिर समझी जाती हैं। सभी बहनों में सबसे सफल और सबल हैं सो उनकी बातों को यों ही नहीं लेता।

"भैया, भैया...इस लड़की को..." अभी बुआ पिताजी से गुलाबजल की शिकायत कर ही रही थीं कि एक जीप आकर रुकी। उसमें सुर्ख और पीले गुलाबों से भरी टोकरियाँ थी। जयमाल में प्रयुक्त होनेवाले बड़े-बड़े गुलाबों के हार थे। बुआ का मुँह खुला-का-खुला रह गया। मँझली बुआ ने छोटी बुआ से, जिसने रो-रोकर अपनी आँखें सुजा ली थीं, ठहोके देकर कहा, "देख श्यामला, भैया को क्या हो गया है! ये तो पगला गये हैं।" किसी ने कोई प्रतिक्रिया नहीं जतायी। वसुधा ने अपने हाथों फूलों की टोकरियाँ उतारीं; उसकी सहेली शान्ता

हाथ बँटा रही थी। वसुधा ने गुलाब की सेज सजा ली थी। अपनी अम्मा को चन्दन का उबटन लगाकर अपने हाथों नहलाया था। उनके लम्बे-लम्बे केशों की कंघी की और ढीला-सा जूड़ा बनाना चाहा।

"वसु बिटिया, जूड़ा मत बना। कोई कील काँटा संग नहीं जाता।" चाची ने बरजा।

"क्यों चाची? अम्मा कहीं भी जाती तो बड़ा-सा जूड़ा नहीं बनाती? इस महायात्रा में कैसे खुले केश छोड़ दूँ?" वसु ने उन्हें समझाने की चेष्टा की। उसके हाथ चल रहे थे। अम्मा उसके आगे साकार थीं। जन्मदात्री माँ, जिन्हें पल-पल वसुधा की जरूरत रहती थी, वसुधा का सारा समय इनके पास सिमटकर रह गया था।

अभी तो फिर भी उनकी जीवन्त रूप सबकी आँखों के सामने था। वसु की आँखों में उनका रूप टूटते जलबिम्ब की भाँति बनता-बिगड़ता जा रहा था। कहीं किसी के घर शादी का बुलावा हो या गौने का, अम्मा की तैयारी सिरे से शुरू हो जाती। वसु से ही उनकी भेददारी बातें होती।

"वसु, तुम्हें याद है रजत की शादी पर मैंने कौन-सी साड़ी पहनी थी?"

"हाँ अम्मा, वही गुलाबी बनारसी; जिसका आँचल और किनारा गहरा हरा है।"

"तब तो वह नहीं पहनती है, फिर कौन-सी पहनूँ?"

"अम्मा, वह बैंगनी वाली पहन ले न, बड़ी सुन्दर लगती है तू उसमें," वसु तारीफ के पुल बाँधती।

"वह तो अभी माला की शादी पर पहनी थी।"

"क्या बात करती है अम्मा, माला की शादी को तो तीन साल हो गये। अब तो उसकी बेटी चलने लगी है।"

"अच्छा? हम छुट्टी में तो गये ही नहीं!" अबूझ-सी कह उठती।

"माला यहाँ थीं कहाँ, वे तो कैलीफोर्निया में थीं। बुआ गयी थीं भूल गयी क्या?" अम्मा बीमारी के कारण बहुत कुछ भूल जाती।

"हाँ-हाँ याद आया।"

"अब तो तुम्हारी साड़ी की समस्या का समाधान हो गया।" वसु पूरी तरह

से इत्मीनान करना चाहती। अम्मा उबटन लगाकर स्नान करती, सफेद होते केश काले करती, लम्बे-लम्बे खूबसूरत लहरियों वाले केश। जब कॉलेज से लौटकर आती तो देखती अम्मा पलंग पर ढेर सारी साड़ियाँ बिखेरकर बैठी है। सोचती-सी चिन्तित मुद्रा है उनकी।

"क्या कर रही हो अम्मा, वह है तुम्हारे पसन्द की साड़ी।" एक साड़ी की ओर इशारा कर वसु दिखाती।

"नहीं रे मुझे नहीं जँचती। ये ले रुपये, तू जा और एक अच्छी-सी बनारसी साड़ी खरीद ला। सुन उसकी किनारी बैंगनी जरूर हो, मैं इसी ब्लाउज के साथ पहनूँगी।" किनारे रखे ब्लाउज की ओर इशारा करती हुई अम्मा कहतीं—"न हो तो ब्लाउज लेती जा मेल के लिए।"

"अम्मा, मेरी अच्छी अम्मा, मेरी आलमारी वाली नारंगी रंग की साड़ी पहन ले न, उसकी किनारी भी तो बैंगनी ही है। मुझे कहाँ दौड़ाएगी, मैं थक गयी हूँ।" वसु निहोरे करती कहती। वे रूठ जातीं बच्चों की तरह।

"वसु तू कैसी बात करती है? मैं तेरी साड़ी पहनूँगी, वह भी नयी? वह तो तेरी शादी के लिए है। पहले से खरीदकर रख छोड़ी है कि ऐन मौके पर मिले न मिले।"

"क्यों भई वसु, आ गयी क्या? बेटे तेरी अम्मा की तैयारियाँ चल रही है?" पिता जी अपनी जानी-पहचानी लुंगी और खादी को गोलगंजी में आकर खड़े हो जाते हैं।

"बाप रे, यह तो दुकान खोलकर बैठी है।" अम्मा वैसे ही मुँह फुलाये बैठी रही थी।

"इनमें से एक भी साड़ी इन्हें पसन्द नहीं आ रही है, नयी चाहिए।"

"अब अभी कहाँ से नयी आएगी, समय कम है। हमें आधे घण्टे के अन्दर चलना चाहिए। देर से पहुँचना मुझको पसन्द नहीं।" पिताजी ताकीद करते चले जाते। बड़ी मुश्किल से अम्मा को उसी साड़ी के लिए मना लेती वसु। तैयार होते ही माँ का बीमार रूप भी ताजा हो उठता। घर की शादी में सभी बहनें, भाई, माँ और पिता जी के साथ चल पड़ीं। अम्मा कालीदह में खिले हुए कमल-सी दीखती। वही अम्मा आज लाल और पीले गुलाबों के बीच

जापानी गुड़िया-सी दीखती है। लगातार पाँच वर्षों से जो प्राणान्तक पीड़ा सही, उसका अन्त हो गया। सारे दुःख-दर्द से मुक्ति पा गयी अम्मा, चेहरे पर एक भी शिकन नहीं रही। सुकून से सो रही है जैसे। गुलाबी जरीदार साड़ी, माँग भर सिन्दूर और बड़ी-सी बिन्दी। गोरा रंग रूई-सा सफेद हो गया है। मुस्कराता-सा चेहरा, सुघड़ होंठ, आज यह बिलकुल पैंसठ वर्ष की बीमार माँ नहीं लग रही है।

"भाभी जब ब्याहकर आयी थीं तो मैं सबसे छोटी होने के नाते हरदम इनके पास बनी रहती। इनके छोटे-छोटे पैरों की ओर मैं देखती तो मुझे लगता ये गिर तो नहीं जाएँगी। नन्हे पैर, भरा-भरा शरीर।" उनके पैरों में आलता लगाती छोटी बुआ ने कहा।

"श्यामला, भाभी के पैरों से बड़े वाले बिछुए निकाल ले। कोई छोटा-सा पहना दे, न हो तो लाल रेशम के धागे बाँध दे। उफ, कैसे रुपयों वाले बिछुए पहना करती थीं भाभी।" मँझली बुआ ने छोटी बुआ को आदेश-सा दिया।

"नहीं, नहीं, मेरी माँ के शरीर से कोई कुछ नहीं निकालेगा। कोई सोना-चाँदी नहीं।" वसुधा ने रोक दिया।

"अजीब लड़की है। चार-चार चाँदी का रुपया, अँगूठी, कान का पासा सब साथ जाएगा? कोई समझाओ इसे।" मँझली बुआ ने जोरों से कहा। बड़ी चिरौरी-विनती से मामा जी अँगूठी और पासे निकलवा सके। बिछुए तो तब भी साथ गये। पूरे चार रुपयों वाले। वसु ने उन्हें हाथ न लगाने दिये। उठाने का समय आ गया। सभी बहनें अम्मा पर गिरी पड़ रही थीं। रो-रोकर कह रही थीं—"मेरी अम्मा को थोड़ा विश्राम कर लेने दो। जी भरकर उनका रूप पी लेने दो।" किसने सुनी ये बातें। अम्मा को लेकर चले गये लोग। वसु टुकुर-टुकुर ताकती ही रह गयी। उसे होश नहीं था जैसे। थक-टूटकर सो गयी थी वह। लगातार पाँच वर्षों से कभी निश्चिन्त होकर नहीं सोयी। शाम ढल रही थी, कमरों में नीम अँधेरा-सा था। निरुपमा सुराही से पानी लेकर पी रही थी, बड़ी दीदी शुभागता कुर्सी पर बैठकर शायद चाय पी रही थीं। मँझली बहन अनुपमा वसु की तरह दीवार से टेक लगाकर अधसोयी-सी है।

साहित्यप्रेमी पिता ने बेटे-बेटियों का नाम चुन-चुनकर रखा। दोनों भाई दूसरी तरफ होंगे। पिताजी और चाचाजी वगैरह सामनेवाले मकान में होंगे। "वसु, जग गयी क्या? चाय लाऊँ?" शुभा दीदी ने पूछा। पूछा भी क्या? उठकर चौके की तरफ गयी। अनु दी ने उठकर कमरे में रोशनी कर दी। ट्यूबलाइट की दूधिया रोशनी रेशा-रेशा साफ सच! कमरे में गुलाब की खुशबू फैल रही थी। नीले रंग के सलवार-कमीज में नीरू उकड़ू बैठकर पानी पी रही थी। थोड़ी ही देर में शुभा दीदी चाय लेकर आ गयी। ट्रे जमीन पर रख दिया दीदी ने। ये चारों बहनें जुटकर शायद ही कभी किसी मौके पर बैठती हों। ऐसे ही एक मौके पर सबों को साथ बैठी देख वसु की सहेली नन्दिता ने कहा था। "जब तुम चारों बहनें एक साथ बैठती हो तो बी. प्रभा की चित्र-सी दीखती हो।" वसु हँस पड़ी थी।

"अम्मा कैसी दीखती है नन्दिता?" वसु ने हँसते हुए पूछा था।

"अम्मा तो रामकुमार की पेण्टिंग-सी दीखती है।" बहुत आनन्दित होकर हँसी थी वसु। अपनी अम्मा के रूप पर उसे सदा गर्व होता था।

दक्षिण बिहार के रियासती अमीर परिवार की चौथी बिटिया अम्मा अपने विशाल गृह-उद्यान की कुसुम ही तो थी। हाँ, कुसुम नाम था उनका। दूध-सा रंग और मक्खन-सी त्वचा। काले-काले मेघखण्ड से लहराते बाल और सजीला नाक-नक्श। अम्मा बेहद सुकुमारी थी। उन दिनों भी पाठशाला जाने का रिवाज था उनके घर पर। अम्मा पाठशाला में सबके आकर्षण का केन्द्र थीं। इतनी सुन्दर बिटिया की शादी के लिए कोई ऊँचे ओहदे वाला वर चाहिए था। इसी शर्त की डोर पकड़कर पहुँचे थे वसु के पिता। रूप-रंग से बेमेल जोड़ी को देखकर हित-कुटुम्बियों ने फब्तियाँ कसीं तो सीधा उदाहरण था नाना जी के पास—"सीता को राम ही मिलना चाहिए। अब सिया सुकुमारी के सर्वस्व श्यामल राम थे तो हम क्यों न करें अपनी कुसुम का विवाह श्यामसुन्दर जी से? इतने बड़े ओहदे के वर का नाक-नक्श देखा जाता है क्या? राज करेगी मेरी बिटिया। अब तक लाल घोड़ों की बग्घी पर बैठकर स्कूल जाती थी, अब मोटरकार से चलेगी।"

श्यामसुन्दर जी ने कभी सोचा भी न था कि ऐसी चम्पा-फूल-सी कोमल, सुन्दर जीवन संगिनी उनको मिलेगी। उनकी एक ही शर्त थी कि लड़की पढ़ी-लिखी अर्थात् उन दिनों की परम्परा के अनुसार स्कूल जाकर प्रवेशिका तक पढ़ने वाली होनी चाहिए। रूप-रंग की चर्चा उन दिनों घर के बड़े-बूढ़े करते भी नहीं थे। उन्हें ऊँचे खानदान की पड़ी रहती थी।

अम्मा बताती थी कि जब उन्होंने घर में कदम रखा तो इसने सारे काले लोगों को एक साथ देखकर चकित हुई थी। आदिवासियों के बीच घिरकर बैठी है ऐसा लगा था। अम्मा बताती कि उनका मान-सम्मान इस घर में उनके रूप को लेकर नहीं हुआ। ''देख वसु जब मैं आयी थी तो एक जेठानी, सास और तीनों ननदों की यथासम्भव सेवा करती थी। तेरे पिताजी को मुझसे मिलने का मौका ही कम मिलता था। लेकिन जब भी मिलता तो मुझे मेरे गुणों और व्यवहारों के लिए सराहा करते। कभी रूप की चर्चा नहीं की।'' उन दिनों तुरन्त पत्नियाँ अपने पति के कार्यक्षेत्र में नहीं पहुँच जाती थी। सो अम्मा ने भी अपने ससुराल के कस्बे में ही शुभागता और अनुपमा को जन्म दिया था। जब पिता का पदस्थापन राजस्थान में हुआ और सरकारी बंगला मिला तब अम्मा उनके साथ गृहस्थी बसाने आयी। सरकारी बंगले में ही वसु का जन्म हुआ था। अम्मा बताती, ''तेरे जन्म पर पहली बार तेरे पिता के मुँह से अपने रूप की प्रशंसा सुनी थी। उन्होंने तुझे गोद में लेकर कहा था—'कुसुम तेरी ये बिटिया बहुत कुछ तुझ पर गयी है। क्या रूप पाया है। यह मुझको बहुत प्रिय होगी।' तब मैंने तुझे भर आँख देखा था। नहीं तो मैं बड़ी उदास थी। तू तीसरी बिटिया जो घर में आ गयी थी। मेरी माँ ने भी नौ बेटियों को जन्म दिया था। तब कहीं जाकर एक भाई आया।''

''अम्मा तो तूने मुझे कई दिनों तक देखा भी नहीं। जा, मैं तुझसे नहीं बोलती।'' अम्मा से रूठने का अभिनय करती वसु। ये सारी बातें कहने की अम्मा को फुरसत तब मिली जब वह अस्पताल में मौत की अन्तिम घड़ियाँ गिन रही थी। रूठने का अभिनय मात्र कर सकती थी वसु। अम्मा के पार्श्व में हौले से सिर रख देती। वे सिर सहलाती कहतीं—''पगली ऐसा भी कहीं

हुआ है ? अरे मैं तो गौर से देखने की बात कर रही हूँ। अच्छा सुन, तूने कब से बाल नहीं धोये हैं बता।''

''धो लूँगी अम्मा, आज जरूर धो लूँगी। बड़ी ठण्ड है। इस गंगा किनारे के नर्सिंग होम में तो और अधिक ठण्ड है।'' वसु ने सायास अपने को यह कहने से रोका कि फुरसत ही न मिली।

''वसु, अनु आयी ?'' अम्मा ने मनुहार से पूछा।

''आयी थी अम्मा, तुम सो रही थी। अपने ससुराल के घर गयी है। फिर आएगी। तेरे पास ही रहेगी।'' अम्मा के चेहरे पर सन्तोष का भाव देखकर वसु आश्वस्त हुई।

''वसु, शुभा को कम फुरसत मिलती होगी। है न!''

''हाँ माँ'', वसु ने संक्षिप्त उत्तर दिया। अम्मा चुप-चुप-सी छत तक रही थी। वसु पलंग की पाटी से टिककर बैठी अपने घर के जंगल में खो गयी थी।

शुभागता की शादी घर पर अभिशाप बनकर आयी। चिकनी काली मिट्टी-सी अट्ठारह साल की ग्रेजुएट शुभा दी, बड़े और प्रभावशाली अधिकारी की प्रथम पुत्री शुभी दी, सम्पत्तिशाली पुराने घराने की बिटिया शुभा दी खूबसूरत सौरभ सिन्हा की पत्नी बनीं। प्रसन्नता उनके अंग-अंग से फूट रही थी। इतना रूपवान इन्जीनियर वर पिता ने दरवाजे पर उतारा था। क्या ही चकाचौंध वाली शादी हुई थी। पिताजी के सम्पूर्ण प्रभावों को गरिमा देने वाले उनके सभी तबके के मित्र-बन्धु शरीक थे। अभी थकान उतरी भी न थी। अभी तो अम्मा चैन से बैठकर शुभी दी का भाग्य भी सराह न पायी थी कि वे खोटे सिक्के की भाँति लौट आयी थीं। और तब शुरू हुआ था लम्बे अपमान का सिलसिला। बेटी की विपत्ति का चिथड़ा सहेज कथरी सीती माँ की उँगलियाँ लहूलुहान हो चलीं थी। सम्पूर्ण प्रभाव को नकारता स्वरूपवान दामाद सिर तानकर अड़ियल बना पिता के सामने खड़ा था। संगतियों ने राय दी थी —''मना-मुनु कर बेटी की गाँठ खुलने से बचा लो श्यामसुन्दर बाबू!'' परन्तु पिता को झुकना नागवार गुजरा था। शुभा ने एम.ए. की पढ़ाई शुरू कर दी थी। पिता 'ब्रीच ऑफ ट्रस्ट' का केस लड़ रहे थे। वर्ष पर वर्ष बीतते चले गये। बच्चे

सहमे-सहमे रहते। शुभागता पति को पाने के लिए तीज-त्यौहार करती रहतीं। बहनें खीजती रहतीं। अम्मा तीज की तैयारी उसी मनोयोग से करतीं, जैसा करना चाहिए। कभी-कभी अम्मा से अनुपमा और वसुधा यह पूछती कि, "क्यों करना चाहिए तीज शुभागता को?"—अम्मा का एक ही उत्तर होता—"कहीं तपस्या के बल पर इसका वर लौट आये।" सौरभ सिन्हा कभी शुभागता को नहीं अपनाएगा। यह तर्क अकाट्य था किन्तु उसका कोई असर भी नहीं पड़ता। उनका टण्ट-घण्ट चलता रहता। शुभागता चिड़चिड़ी और खुदगर्ज होती जा रही थी। अम्मा की सहानुभूति को पिता के मनुहार को जरा भी महत्त्व नहीं देती। अम्मा अकसर आहत हो उठती।

"जानती है वसु, शुभी मेरी पहली सन्तान थी लेकिन इसके जन्म पर मन जरा भी नहीं हुलसा। मैं उलटे बुझ-सी गयी थी।"

"क्यों माँ, क्या इसलिए कि वह बेटी थी। फिर तो हम तीन-तीन आ गयी।"—वसु हँसती हुई कहती।

"नहीं, इतनी अजीब-सी थी; मुझे डर लगता था।" माँ छत ताकती-सी कहती। मन भारी हो उठता। तब वसु को माँ का बार-बार का कहा वाक्य याद आता—"एक ही छत के नीचे चिढ़ और घृणा के साथ रहते इनसान को कैसा लगता है, यह तू नहीं जान सकती। जब इनसान का जीवनसाथी बिलकुल बेमेल हो तब कैसे जिये कोई, मैं बहुत जी चुकी मर-मर के। देखा है न तूने! मुझे सोफियाना चीजें पसन्द हैं, तेरे पिता का घर के अन्दर जैसे-तैसे रहना, जो-सो खाना अच्छा लगता है। तुमलोग भी तो उसी राह पर जा रही हो।" अम्मा उदास हो जाती।

"अच्छा छोड़ अम्मा, यह तो बता, अपने घर से दस कदम की दूरी पर रहने वाले सिन्हा साहब के परिवार की बातें नहीं जानती थी कि शुभा दी को उनके साथ ब्याह दिया?"—वसु ने अम्मा के सोच की धारा बदलनी चाही।

"यही तो बड़ी भूल हुई। जानती है वसु, मैंने शुभागता की शादी में जी भरकर खर्च किया। सारी साध पूरी कर ली। उन लोगों ने भी कोई कसर नहीं छोड़ी। समधी और समधन तो बहुत अच्छे मिले। जानती है शुभी की सास मेरी पुरानी सहेली है।"

"थोड़ा बहुत जानती हूँ अम्मा इसी से पूछती हूँ तूने शुभा दी को वहाँ क्यों ब्याहा? तेरी सहेली के किस्से जग-जाहिर थे।" अम्मा मानो कुछ सुन ही न रही थी।

"वसु उस समय तेरे पिताजी ने बड़े-बड़े नामी-गिरामी रसोइये बुलवाये थे। बीसियों तरह की मिठाइयाँ घर पर तैयार करवायी थीं..." वसुधा तब उतनी छोटी नहीं थी कि कुछ समझ न सके। बहुत बड़े क्षेत्र में दुकानें लगायी गयी थीं पान की, शरबत की। वसु और उसकी सहेलियों के बड़े मजे थे। बच्चे मधुमक्खियों की तरह दुकानों के गिर्द मँडराते थे। बिना दाम के पान और मिठाइयाँ खाने को। बड़े-बड़े फूलों के हार बारातियों के लिए इतने आये थे कि स्त्रियों के जूड़े भी सज गये। बच्चों ने भी अपने गले में फूलों की मालाएँ धारण कर ली थीं। सारा वातावरण बेला, जूही और चमेली की सुगन्ध से मह-मह कर रहा था। शादी में सभी सजे थे; परन्तु शुभागता मात्र स्नान होने तक हल्दी लगी गन्दी साड़ी में उकड़ू बैठी थी। चाँद जैसे सजे-बजे दूल्हे को देखकर आने के बाद शुभागता को आकर देखना घन-घटा को देखने जैसा लगा था वसुधा को। वसुधा तब स्कूल के अन्तिम वर्ष में थी। रूप-सौन्दर्य और प्रेम-स्नेह का भाव समझ में आने लगा था। अभी भी याद है वसुधा को—संवेदनशील होने के नाते उस चटख भीड़ में उदास हो गयी थी। इसके ऊपर अभी तक वह उदासी तारी है। शुभागता के ससुराल जाने तक सभी बुआएँ, मौसियाँ और चाचियाँ घर में जमीं रही थीं। उसके जाते ही एक-एक कर सारी विदा हो ली। शुभा दी इसी मुहल्ले के पहले छोर पर गयी थीं। कोई नयी बात नहीं थी; फिर भी जब भी उसके गहरे काले रंग की और लाड़लेपन के कारण बिगड़ैल स्वभाव की चर्चा सहेलियों के मुख से सुनती कभी वसुधा तो उसके रोम-रोम कान हो जाते। वह सुनती और सोचती। घर का सन्तुष्ट वातावरण उसे कुछ भी अम्मा से कहने को रोकता। वसुधा कहना चाहती, कई बार अपने आपको उसने रोका। अब सोचती है क्यों रोका? किन्तु क्या इस छोटी-सी लड़की की बात उस समय सुनने को कोई तैयार होता? आज जब वसुधा अपने

घर में सबसे अधिक होशियार पढ़ी-लिखी और हैसियत वाली हो गयी है तब भी कोई नहीं सुनता।

अनुपमा मेडिकल में जाने की तैयारी कर रही थी। वह छत पर बने बिना दरवाजे खिड़कियों वाले फ्लैट में बैठी पढ़ती रहती। उसे दीन-दुनिया का कोई खयाल नहीं था। शादी में आया फालतू सामान छत पर रख दिया गया था। अपने तरीके से अम्मा ने घर की सफाई करवा ली थी। पिताजी अपने सरकारी काम में व्यस्त हो गये थे। एक बात अम्मा को रह-रहकर कोचती कि शुभी की सास ने एक बार भी अम्मा को अपने घर नहीं बुलाया। शुभी अपने पति के साथ कानपुर चली गयी तब भी नहीं कहा। जब बड़े बेटे को भी नहीं कहा। ऐसी तो नहीं थी कभी सरला। अब क्या हो गया! समधन होते ही बदल गयी? क्या लेन-देन में कोई त्रुटि रह गयी? क्यों वह अचानक इतनी चुप हो गयी?

बड़े बेटे अभिषेक को शुभागता के पास कानपुर भेजा गया था। अम्मा बड़ी अधीर थी। शुभी ने एक भी पत्र नहीं डाला। शायद वह अपने घर में खूब ही रम गयी है। पर जाने क्यों अम्मा का मन आशंकित था। वह नर्सिंग होम के बिस्तर पर पड़ी-पड़ी आकाश को ताकती हुई जब वसुधा से कहती अपनी आशंका की करुण कथा, तब वसुधा भी अपनी अव्यक्त उदासी फिर से जीने लगती।

''बेटी वसु, मैं कभी-कभी सोचती, तेरे पिताजी के हाथ में जब मेरा हाथ डाला गया था तब मैंने सात परदों वाले घूँघट के अन्दर से जो कुछ देखा था उससे सिहर गयी थी। घृणा की एक लहर मेरे अन्दर उठी थी। मेरे कान में सखियों के गाने का स्वर लहरा रहा था।

'गोरा चिट् रहितऽ करेजा बिच रखिती
करिया पे एतना गुमान, चले ला धोती झाड़ के, ए सखी।'

अब तक जिसे उपालम्भ समझ रही थी वह कटु सत्य था। सुनती तो थी दूल्हा श्याम सलोना है पर बिलकुल काला नाग है यह कहाँ जानती थी। मैं तो आज से कई वर्ष पहले की दबी-ढकी औरत थी। मेरे पास किसी को

नापसन्द करने का न तो कोई अधिकार था न वैसी मनोवृत्ति; गाड़ी खींच ली जीवन की। परन्तु, यह तो लड़का है। विवाह-मण्डप पर सौरभ के हाथ पर शुभी का हाथ वैसा ही लग रहा था जैसे बेले के गजरे पर काला नाग कुण्डली मारकर बैठा हो। तब धक से मेरा कलेजा रह गया। यह हमने क्या कर दिया। सौरभ को शुभी कभी पसन्द आएगी? लेकिन तब तो देर हो चुकी थी।''

''अम्मा, अब आराम कर लो, बहुत देर से बोल रही हो।'' ग्लूकोज मिला हुआ मौसमी का रस चम्मच से पिलाती हुई वसुधा ने माँ को वरजा था।

''नहीं, मुझे नींद नहीं आती हरदम। बोलने से क्या होगा, चुप रहूँ तो अच्छा नहीं लगता। शुभी के कानपुर जाने से आश्वस्त हुई। शुभी मेरी काली है तो क्या हुआ, सुन्दर है। बड़ी-बड़ी चमकीली आँखें हैं उसकी, करीने से कटे बाल हैं, हँसती है तो हजार गड्ढे पड़ते हैं चेहरे में, मोहिनी है मेरी बेटी। सौरभ ने उसके आन्तरिक सौन्दर्य को अवश्य पहचाना होगा।'' उसके भोलेपन को गहरे काले रंग में बदलता देखती रहीं। अब वे चुप थीं। धीरे-धीरे उन्होंने पलकें मूँद लीं। एक चुप्पी फैल गयी थी बाहर। अन्दर वसुधा का आत्मालाप चल रहा था।

झर-झर मेघ बरस रहा था। इस शहर के नाले भरकर उफनने लगे थे। अम्मा ऐसे मौकों पर अकसर सालन बनवाती थी। उस दिन भी सालन आया था। चौके के बरामदे पर मचिया पर बैठी अम्मा सालन पकाने की तैयारी का मुआयना कर रही थी कि दरवाजे पर आकर रिक्शा खड़ा हुआ। रिक्शे के हुड से टप-टप पानी चू रहा था। अभिषेक के साथ भीगी-भीगी-सी शुभागता उतरी। अभिषेक के हाथ में वही छोटी-सी अटैची थी जो वह अपने साथ ले गया था। नंगी-बुच्ची शुभागता एक सादी सिन्थेटिक साड़ी में थी। उसे पहचानना मुश्किल था। छोटा भाई अभिजित माँ के पास सटकर बैठा था। दरवाजे की घण्टी सुन वही दौड़ा-दौड़ा गया, जैसे गया वैसे ही उत्साह में भरकर दौड़ा आया—''दीदी आ गयी, दीदी आ गयी।''

''क्या?''—माँ का चेहरा देखकर मैं सकते में खड़ी रह गयी। तब तक शुभा दी कमरे में पहुँच चुकी थीं। भीगे वस्त्र से पानी चू रहा था। आँखें

सुनी और थकी-थकी थी। ''दीदी को बैठने दो। छोटी दीदी, बड़ी दीदी को चाय दो।''

अभिषेक ने कहा और अपने कमरे की ओर अपनी अटैची उठाये चला गया। धीरे-धीरे दीदी की विपत्ति-गाथा के जंगल में घर बिलकुल खो गया।

''अम्मा-अम्मा!'' हौले से अभिजित ने उनके पैर सहलाते हुए जगाना चाहा। उसके हाथ में टिफिन कैरियर और थरमस था।

''छोड़ दो थोड़ी देर, बातें करती-करती थककर सोयी है।'' वसुधा ने अभिजित को बरजा।

''मैं जगी हूँ बेटे!''—अम्मा ने आँखें खोलते हुए कहा। दोनों ने उन्हें उठाकर बैठा दिया और खाने की छोटी मेज सामने रख दी। अम्मा धीरे-धीरे खाने लगी।

''दीदी, तुम्हारे लिए क्या लाऊँ?'' अभिजित ने उठते हुए कहा।

''लिट्टी ला देना। बालकनी से झाँककर देखा है गरम-गरम सेंक रहा है। बड़ी सोंधी-सोंधी खुशबू फैल रही है।''

''क्या आज भी शुभी ने वसु के लिए कुछ नहीं भेजा?'' अम्मा ने अभिजित से पूछा। अभिजित हँसता हुआ नीचे चला गया। अम्मा बड़बड़ाती हुई खाती रही। अभिजित लिट्टी लेकर आ गया। अम्मा का हाथ धुलवाकर अभिजित और वसुधा लिट्टी खाने बैठ गये।

''तुमने भी खाया नहीं क्या?'' अम्मा ने नाराजगी से पूछा।

''खाना अभी तक नहीं बना था माँ।'' अभिजित सदा मुस्कुराता रहता।

''बता तो जरा, उस लड़की को कभी अक्ल नहीं आएगी। जानती है कि तुम दोनों भाई-बहन रात-रात भर जागते हो मेरी खातिर। तुम्हें समय पर खाना चाहिए। यह ढाबे का खाना तुम्हें भी बीमार कर देगा। सारी गड़बड़ी मेरे कारण है।'' अम्मा फिर उदास हो गयी।

''नहीं अम्मा, तू नहीं है किसी गड़बड़ी का कारण। बीमार तो लोग होते ही हैं। शुभी दी भी थकी होती हैं। अपने घर कितने मेहमान आते हैं सो तो जानती है न, फुरसत कहाँ मिलती है।'' वसुधा ने समझाया।

''हाँ, सो तो है!'' अम्मा ने लम्बी साँस ली। अम्मा दिन-दिन छीजती जा

रही थीं। पिता जी डॉक्टरों का हुजूम जमा करते रहते। दवा और डॉक्टरों के इलाज से ठीक होना होता तो अम्मा कब की उठ खड़ी हो चुकी होती।

"छोटन बेटा शुभी ने कहा था मेहमान (सौरभ सिन्हा) आने वाले थे, आये क्या?"—अम्मा के इस प्रश्न ने मेरा मुँह तीता कर दिया। ऐसे व्यक्ति को अम्मा बिना झिझक मेहमान कहती चली आ रही है। उसने घर में सरेआम डाका डाला है। शादी में दिये गये सामान रख लिये, वधू को लौटा दिया। आया था सौरभ सिन्हा। शुभागता बेहद प्रसन्न थी। इन दिनों किसी प्रकार का झगड़ा नहीं करती घर में। बात-बात में झिक-झिक न करती। बहनों और भाइयों से बार-बार पूछती कि कौन-सी साड़ी पहन सौरभ से मिलने जाऊँ। हम सब मन ही मन दुखी होते। हमें पता था सौरभ सिन्हा क्यों आता रहा है। उसकी माँग बड़ी विचित्र थी। विचित्र क्या कहा जाए, स्वाभाविक रहती। इस बार सौरभ ने शुभी को शहर के एक बड़े होटल में बुलाया। उत्साहित शुभी दी ने अपने आपको सजाने में कोई कसर न छोड़ी। ब्यूटी पार्लर जाकर अपने बाल सेट करवाये, तरह-तरह के श्रृंगार कर अभिजित को साथ ले होटल मिलने गयी थी, अंग-अंग खिल रहा था, साँवली-सलोनी लग रही थी, रूखा-सूखा भाव परिवर्तित हो उठा था, शुभागता मानो अपने नाम को सार्थक कर रही थी। अभिजित लाउंज में बैठा रहा, शुभागता अपने पति कहे जाने वाले जीव से मिलने कमरे में चली गयी।

"चलो अभिजित!" कहती हुई थोड़ी ही देर में टूटी-सी शुभा दी निकल आयी। अभिजित शान्ति से साथ लग गया मानों उसे अन्दर घट रही घटनाओं का बोध हो, शुभी रास्ते भर बड़बड़ाती आयी थी।

"क्या मैं अपने पिता पर भार हूँ? कभी नहीं। मैं स्वयं अब एम.ए. पास हूँ। नौकरी करती हूँ, पर, उस चुड़ैल को कभी कानून पत्नी का दर्जा नहीं पाने दूँगी। मैं सौरभ सिन्हा को तलाक नहीं दूँगी। वह क्या सोचता है मुझसे बहला-फुसलाकर दस्तखत करवा लेगा? मैं भी देख लूँगी। मुझे उसने क्या समझकर ब्याहा था? अब भुगते।"

वही किस्सा दोहराया गया था इस बार भी। कई बार सौरभ सिन्हा आये थे, शुभा दी को आदर के साथ बुलवाया था। दीन-दुनिया की मीठी-मीठी बातें की थीं। जब शुभागता पूरी तरह सपनों के बादलों की सैर कर

रही होती तब तलाक का कागज उसके सामने रख देते। दीदी धड़ से औंधे मुँह धरती पर गिर पड़ती। उसके अन्दर का अतृप्त हिंस्र जीव जाग उठता—वह चीख उठती।

"नहीं, मैं तुम्हें तलाक नहीं लेने दूँगी। तुमने मुझसे विवाह किया कहाँ? क्या मात्र सात फेरे लेने से शादी हो जाती है? मैं लड़की से औरत बनी कहाँ? पहले मुझसे ठीक़ से रस्म निभाओ शादी की, तब तलाक लो।" सौरभ सिन्हा की सारी चालाकी धरी-की-धरी रह जाती। शुभागता काफी दिनों तक क्रोध में रहती। फिर धीरे-धीरे शान्त हो जाती, अभी वह क्रोध में होगी। अम्मा अपने प्रश्न का उत्तर चाहती भी नहीं। हमारे मौन ने उनके कान को सम्भावित जवाब दे दिया है। कभी-कभी वसु ही शुभी दी से कहा करती कि वह अब पूर्ण वयस्क है, नौकरी करने लग गयी है, क्यों नहीं, दूसरे विवाह की सोचती? अपने अनुरूप वर को क्यों नहीं चुन लेती? पर यह प्रश्न शुभागता को तेजाब की भाँति जला देता है। वह भड़क उठती है।

"मैं नहीं करूँगी विवाह, मैं क्यों करूँ विवाह? पिताजी ने सदा भारतीय नारी को मनसा-वाचा, कर्मणा एक पतिव्रता रहने की सीख दी है। माँ ने तीज पर पति का ध्यान करने का पाठ पढ़ाया है। आज मैं उनकी शिक्षा को झुठला दूँ? नहीं वसु, तुम हो गयी हो आधुनिक विचारों वाली, तो बनी रहो। मैं पोंगापन्थी ही सही, जैसी हूँ रहने दो।" अकसर वसु शुभागता की ठूँठ जिन्दगी को देखकर मन ही मन पीड़ित होती, ठूँठ पर बहार लाने के प्रस्ताव की छीछालेदर देखती रहती।

"वसु बेटी, मेरे पास समय नहीं है सो मैं तुम्हें यह करने का निर्देश देकर जाना चाहती हूँ। तू भी सुन ले अभिजित!" अम्मा डूबती-सी बोली।

"कहो, क्या कहती हो?" उदासीन से स्वर में कहा वसुधा ने। वसुधा का अन्दाज था अम्मा सदा की भाँति शुभी दीदी को प्यार मनुहार से रखने का आदेश देगी।

"वसु की शादी के बाद शुभी की शादी भी कर देना।" इस बात को कहकर अम्मा फिर चुप हो गयी। वसुधा और अभिजित सनाट्टे में आ गये। वे अबूझ-

से एक-दूसरे को देखते रहे। शादी-ब्याह सात जन्मों का बन्धन होता है। हमारी संस्कृति में एक बार पति चुन लिया जाता है। मेरी बेटी शुभागता गौरा पार्वती की भाँति साधना करके अपने पति को मना लेगी। ऐसी धारणा रखने वाली माँ आज यथार्थ के धरातल पर उतर आयी। अम्मा शान्ति से आँखें बन्द कर लेटी थी, धीमी-धीमी साँस चल रही थी, अपने सम्पूर्ण जीवन-दर्शन को, पुरानी मान्यताओं के केंचुल को एकबारगी उतार फेंकने का दर्द उन्हें टीस रहा था पर मन हल्का हो आया था। थोड़ी देर सन्नाटा व्याप्त रहा कमरे में। फिर—
"वसु बेटी, इधर तुमने कोई फिल्म वगैरह देखी?"—मुस्कुराती हुई अम्मा पूछ रही थी। विषयान्तर से दोनों भाई-बहन आश्वस्त हुए।

"नहीं अम्मा, पूरी कोई एक फिल्म कहाँ देखी है। दूरदर्शन में आधी-अधूरी कभी देख ली। तुम्हें फिल्म देखने की इच्छा होती है क्या? कहो तो कहीं से लाकर दिखा दूँ।"

"नहीं बेटी, आजकल की फिल्में अकसर मार-धाड़ वाली होती हैं। मुझे नहीं देखनी।"

"कहो तो कोई पुरानी फिल्म ही दिखा दूँ।" अभिजित ने पूछा।

"नहीं बेटे, आँखों को बर्दाश्त नहीं होगा। मैं तो यों ही पूछ रही थी। तुम्हारी उम्र खेलने-खाने की है। मेरे पचड़े में पड़कर कुछ नहीं कर पाते तुमलोग।"

"नहीं माँ अब इच्छा नहीं होती। तुम्हारी सन्तान बच्चा नहीं है। फिल्मों के पीछे पागल होने की उम्र बीत गयी।" अभिजित ने अपना वाक्य पूरा भी नहीं किया था कि धीर-गम्भीर कदमों से अनुपमा ने कोठरी में प्रवेश किया। सभी सुहाग चिह्नों में आवेष्ठित अनुपमा डॉक्टर कम ब्याहता बेटी अधिक दीख रही थी। थकी-अघायी, सुखी-सुखी। कपाल तक बढ़े जोड़ा-सिन्दूर, बड़ी-बड़ी आँखों में काजल की रेख और चमकदार बिन्दी। कान में लटकते बुन्दे, गले कलाई और नाक सब गहनों से आवेष्ठित। अनुपमा ने आगे बढ़कर माँ के चरण छुए। उसके कन्धे और हाथ से पैकेट लेकर किनारे रख दिया।

"वाह दीदी, बड़ा भारी है तुम्हारा बैग, क्या है इसमें। मरीजों से लगता है सिर्फ सिक्के लेती हो। वही भरा है न।"

अनुपमा अपनी माँ और बहन को देखकर मुस्कुरायी और पाँव के पास

पलंग पर ही बैठ गयी। अम्मा का पैर टटोलकर उसने देखा। उसके चेहरे पर सहमा-सा भाव पसर गया।

"वसुधा, तू जा घर से नहा-धोकर तैयार होकर आना। थोड़ा आराम भी कर लेना। मैं अम्मा के पास हूँ न!"

"हाँ, जरूर जाऊँगी। जरा घर की स्थिति भी देखनी है। तुम जीजाजी से पूरी छुट्टी लेकर आयी हो न!"

"ऊँ...छुट्टी की क्या बात..." अनुपमा कुछ बोल न पायी।

"तुम्हें मैं अभी जाने न दूँगी। माँ तुम्हारी रट लगाती रहती है। क्या तुम पर माँ का कोई अधिकार नहीं? अम्मा ने तुम्हें डॉक्टर बनाने की धुन में कितना सहा है यह भूल गयी। अरे तुम साबुत पात्र थी, तभी तो तुम्हारे अन्दर अपनी आकांक्षाओं का स्नेह डालती रही अम्मा। आज तुम अखण्डदीप की तरह जल रही हो तो उसकी ज्योति इसके लिए नहीं है? अनु दी..."

वसुधा उत्तेजित हो उठी थी। अनुपमा ने हाथ उठाकर उसे बरजा। हौले से समझाने के लहजे में उसे कहा। "तुम बहुत अधिक सोच जाती हो वसु। मैंने कब ऐसा किया है जिससे अम्मा को लगे मैं उपेक्षित समझ रही हूँ। तुम थकी हो और मेरा मतलब समझ भी नहीं रही हो। जाओ, ठीक से तैयार होकर आ जाओ। शुभी दी से, अभिषेक से सबों से कहना शाम तक आ जाएँ। अब जाओ।"—वसुधा अनुपमा के अतिशय गम्भीर आदेशानुसार स्वर पर सहम उठी। फिर हँसकर कहा, "मैं तुम्हारा इन्तजार करती थक उठी थी। क्या-क्या बक गयी। अम्मा, देख अनु दी आती है तो कितना अच्छा लगता है।" वसुधा अनुपमा के निकट जाकर उससे सट गयी। अनुपमा ने उसे बाँहों में भर लिया। इनका दिल भर आया। अम्मा गाल पर हाथ धरे मुस्कुरा रही थी। शान्त।

"अनु दी जरा नीचे तक छोड़ दे।" दोनों बहनें हक्के-बक्के भाई को छोड़ नीचे चली गयीं।

"अनु दी। क्या अम्मा अब जा रही है?" वसुधा कातर हो उठी।

"वसु, अपने को मजबूत रख। तू ही तो घर की धुरी है।" अनु की आँखों से आँसू बह निकले। वसुधा उससे चिपककर रोने लगी लगी निःशब्द

हिलक-हिलककर।

"वसु, अम्मा के कष्टों का अन्त हो रहा है। देख उनका चेहरा कितना शान्त और स्निग्ध लग रहा है। बाल-सुलभ हो गयी हैं। उन्हें हँसते-हँसते विदा कर बहना।"

"तुम तो कठोर-हृदया डॉक्टर हो तब क्यों रो रही हो? बोलो अनु दी। बोलो! मैं कैसे धीरज धरूँ?"

"वसु, तू नहीं धरेगी धीरज तो कौन करेगा। मैं जो रो रही हूँ—वह बेटी है अम्मा की। उनके लिए, अपने लिए रो रही हूँ। मेरा डॉक्टर होना किस काम का, मैं तो उनकी सुश्रूषा भी नहीं कर पायी। अब जा। समय कम है।"—रिक्शा रोककर अनुपमा ने वसुधा को बैठाया स्वयं आँसू पीती-सी सीढ़ियाँ चढ़ गयी। अम्मा अपूर्व शक्ति से दरवाजे की ओर देख रही थी। अभिजित आरामकुर्सी पर गरदन ढुलकाये गहरी नींद में सो रहा था। अनुपमा माँ के निकट बैठी उनका हाथ सहलाने लगी। कैसे कोमल बच्चों से हाथ हैं अम्मा के। डॉक्टरों के हजार समझाने के बाद भी दर्जन-भर काँच की चूड़ियाँ पहन रखी हैं। सूखी कलाई पर मोटी-मोटी नसों का जाल। पानी और खून चढ़ाने से घायल शिराएँ, डॉक्टर अनुपमा के शरीर में झुरझुरी-सी छा गयी। अम्मा की इस कोमल कलाई ने थपकियाँ दे-देकर सुलाया था कभी, आज अभी धीमे-धीमे महानिन्द्रा की ओर बढ़ रही हैं।

"मेहमान नहीं आये अनु?" अम्मा ने आशा से भरकर पूछा।

"ऊँऽऽहाँ! अभी आएँगे..." झूठ बोलते हकला रही थी। कह नहीं पा रही थी कि सतीश, अनुपमा के पति क्लिनिक बन्द कर अम्मा के पास नहीं आ सकते। उन्होंने बड़ी आजिजी से कहा था—

"अभी हफ्ते-भर पहले तो आयी हो। अब क्यों जा रही हो। नर्सिंग होम बन्द करना उचित नहीं है।"

"बन्द कहाँ होगा; तुम हो न, दूसरी लेडी डॉक्टर आती है, वही देख लेगी।"

"दूसरी डॉक्टर और तुम में बड़ा अन्तर है अनुपमा, तुम समझती क्यों नहीं? जब से तुम्हारी अम्मा बीमार हैं तुम काम को गम्भीरता से नहीं लेतीं।

अभी जाना क्या जरूरी है?''

''माँ अब जा रही हैं सतीश, वे नहीं बचेंगी। डॉक्टर पॉल ने फोन किया था।''

''हुँह, ऐसी खबर तो अकसर मिलती है। वे इतनी जल्दी कूच नहीं करनेवाली हैं, बार-बार तुम अपना काम छोड़कर नहीं जा सकतीं। तुम्हारे इस तरह क्लिनिक छोड़कर चले जाने से प्रैक्टिस पर असर पड़ता है। देखो तो आमदनी का चार्ट कितना गिर गया है।'' घृणा और क्रोध के मिले-जुले भाव से भर उठी अनुपमा। बिना कोई उत्तर दिये अपना बैग पैक किया और चली आयी। कितनी विवश है अनुपमा। अकेली वसुधा अम्मा की सेवा करती रहती है। ठीक ही तो कहती है वह, मेरी डॉक्टरी किस काम की जब मैं अपनी माँ की सेवा न कर सकी। उसे स्मरण हो आया, विवाह के बाद एक बार अम्मा बीमार पड़ी थी। अनुपमा को वसुधा ने फोन किया था कि ''तुम आ जाओ, अम्मा किसी डॉक्टर की नहीं सुनती। कहती है, मेरी अनु से अच्छी कोई नहीं है, वह तो गोल्ड मेडल लेकर पास हुई है।'' भागती हुई अनुपमा आयी थी। अम्मा को खूब समझाया था—''मैं तो छोटी डॉक्टर हूँ जिनसे बाबूजी तुम्हें दिखवा रही हैं वे सब मेरे टीचर रह चुके हैं।'' बच्चों-सी बुद्धि वाली अम्मा मान गयी थी।

घर में किसी प्रकार का कष्ट नहीं था। सतीश की माँ नहीं थी। भाई और बहन प्रायः अपने पैरों पर खड़े थे। ससुर साथ ही रहते। स्त्री रोग विशेषज्ञ और खूब मेहनती होने के कारण अनुपमा की प्रैक्टिस चल निकली। ससुर स्वयं इसके मैनेजर, खजांची सब थे। जमकर आमदनी होती पर अनुपमा पैसे को देख भी नहीं पाती। कभी माँ के घर आती तो पैसे ससुर से माँगती। जितना माँगती उससे बहुत कम रुपए मिलते, वह भी कड़ी हिदायत के साथ कि आइन्दा ऐसे अनाप-शनाप काम के लिए कुछ नहीं देंगे। रात-दिन मेहनत करनेवाली सफल डॉक्टर अनुपमा का मन बड़ा व्यथित होता। अपनी सारी व्यथा मन में छुपाकर अनुपमा कीमती गहने कपड़े पहने माँ के सामने उपस्थित होती। अम्मा की आँखों में सुहाग उतर जाता। शुभागता के जीवन की रेत जो पसरी रहती वह

दृष्टि ही बिला जाती।

"अनु बेटी, तुम लोग शुभी का खयाल रखना। उसके बारे में मैंने वसु से कह दिया है।" धीमे स्वर में अम्मा बोली।

"दीदी तो ठीक है, उन्हें क्या कष्ट है। अच्छी-भली सरकारी स्कूल में टीचरी करती हैं फिर घर में आराम करती हैं। तुम उनकी चिन्ता मत करना।"

अम्मा मुस्कुरायीं। अनुपमा समझती है अम्मा जाते-जाते मोह छोड़ रही हैं। फिर भी हिदायत देना नहीं भूलतीं। मानो इस धरती, इस आकाश, अपने छोटे-से घर और परिवार को छोड़कर हम चले, किन्तु मेरे अस्तित्व को याद रखना मेरी हर इच्छा का पालन करना। जैसा कहती हूँ वैसा ही करते जाना बच्चों। डूबने-सी लगी अम्मा। अभिजित को झकझोरकर उठाया अनु ने—"जा नर्स को बुला ला।" तभी डॉक्टर पॉल स्वयं आ पहुँचे, पीछे-पीछे पिता थे।

"सर, अम्मा..." कण्ठावरोध हो गया अनुपमा का। डॉक्टर ने सिर पर हाथ फेरा और तेजी से ऑक्सीजन की नली लगा दी। अनुपमा ने ऐसा तो कभी महसूस नहीं किया था। इस अवश्यम्भावी को अघटित सोच बैठी। इसके अन्दर की डॉक्टर गायब हो गयी थी। उसका शरीर थर-थर काँप रहा था। उसने अम्मा की कलाई पकड़ रखी थी। नामालूम ढंग से वह सोच रही थी कि अम्मा का हाथ जब तक वह पकड़े रहेगी, अम्मा कहीं नहीं जाएँगी। बाबूजी पास आकर अम्मा के कान में कुछ कह रहे थे। बाबूजी बड़े कायदे-कानून के मानने वाले व्यक्ति हैं। शायद वे अम्मा को निर्बन्ध कर रहे हैं। शायद 'राम-राम' कहने को प्रेरित कर रहे हैं। देखती हुई वसुधा और निरुपमा आ गयीं। शुभागता भी पीछे थी। वसुधा को देखते ही अम्मा का चेहरा खिल उठा। डूबते से उबर गयी मानो।

"वसु इधर आ पास मेरे..." वसुधा बिलकुल पास आयी।

"बेटी, तू सब सँभाल लेगी न।"

"हाँ-हाँ अम्मा, मैं सब सँभाल लूँगी।"

"मैं जाऊँ, बहुत तकलीफ है।"

"हाँ अम्मा तू जा!" वसु रोती-सी कह उठी।

अपने कपाल पर हाथ फिराया अम्मा ने।

"मेरी बिन्दी कहाँ गयी?" त्वरित वेग से वसु ने अपना पर्स खोला उसमें रखे झूठे कागज से काल्पनिक बिन्दी लेकर अम्मा के ललाट में चिपका दिया। सबको सन्तुष्ट भाव से एक नजर देखकर अम्मा ने अपनी आँखें मूँद लीं।

अपने सारे सन्तोष-असन्तोष, स्नेह और घृणा को लेकर चली गयी। अब तो सब कुछ राख हो गया। जैसा कि रिवाज है क्रिया-कर्म के बाद श्यामसुन्दर जी की छोटी-बड़ी बहनें, बेटियों के विवाह-पुनर्विवाह पर हिदायतनाम छोड़ती चली गयी। श्यामसुन्दर जी अस्वाभाविक रूप से चुप थे। इससे वसुधा को सुकून मिला। अनुपमा जाते-जाते वसुधा को एक बार और आश्वस्त करती गयी कि वह कम-से-कम महीने में एक बार अवश्य आ जाएगी। बीच-बीच में फोन पर हाल-चाल लेती रहेगी। "वसु तुझे यह कहने की जरूरत नहीं कि इस पूरे घर को समेटने की शक्ति मात्र तुम्हारे पास है।"—अनुपमा की आँखें डबडबा आयीं। वसु सूनी आँखों से उसे देखती रही। उसने एक शब्द का उच्चार नहीं किया। क्रिया-कर्म के दौरान झींकते, बिसूरते अपने एकमात्र जीजा डॉक्टर सतीश की घृणा से सर्द करनेवाली वसुधा और अभिषेक को बार-बार अपमानित करनेवाली चेष्टाएँ सब देखते-समझते भी एक बार वसुधा कुछ नहीं बोल सकी।

ये वही सतीश जी थे जो श्यामसुन्दर जी के घर का चक्कर लगाया करते थे। स्वयं नुक्कड़ पर रहते और अपने मित्रों को भेजते श्यामसुन्दर जी के पास अपनी तारीफें लेकर। उन्होंने दरअसल यह रिश्ता जान-बूझकर मँगवाया था। किसी ने उन्हें चेताया था उस घर की लड़कियाँ देखने-सुनने में औसत से भी कम हैं। बड़ी को तो पति ने छोड़ रखा है। क्यों विवाह करना चाह रहे हो। पर सतीश एक जहीन सर्जन से रिश्ता जोड़ना चाहते थे जिसकी कमाई खूब-खूब हो। शादी के तुरन्त बाद उनका चेहरा दीखने लगा था। किन्तु, अनुपमा भी क्या करे। अपने पिता का विवश मुखड़ा, माँ की आकुल आँखें और भाई-बहनों का सहमापन उसे कोई विपरीत बात सोचने न देता। अभी-अभी तो रिटायर पिता ने ढाई लाख रुपये खर्च कर डाले अनुपमा की शादी में। वसुधा सब समझती है। अभी तक तो कुछ अलग से सोचने की फुरसत ही नहीं रही।

अब वह थोड़ा आराम करना चाहती है। वह नहीं सोचना चाहती कि क्यों इस घर की लड़कियों को इतना दुख है। क्यों रूदन ही नियमित हो गयी। यह सोचकर सिहर उठती कि कहीं अम्मा की अतृप्त आकांक्षाओं का बोझ तो नहीं वहन कर रहे हैं हम सब। किन्तु, क्या अम्मा ने ऐसा कभी चाहा होगा। कभी नहीं। अम्मा तो बेहद संवेदनशील थीं अपनी बेटियों के लिए। अपनी सीमा में उन्होंने बेटियों को व्यक्तित्व देने की चेष्टा की थी।

अनुपमा के विवाह के समय मात्र तीन बनारसी साड़ी की माँग पर जब उसके ससुर उठकर चले गये थे, तब अम्मा ही थीं जो अनुपमा को समझा रही थीं।

''रूठने दे उन्हें, वे ऊपरी अकड़ दिखाते हैं, तुम्हारे जैसी बहू पाने को तरस रहे थे। तू जरा भी न डरना।'' पर अपने उस माहौल का क्या करेगी डॉक्टर अनुपमा! डॉक्टर अनुपमा बड़ी अच्छी महिला है। बड़ी अच्छी डॉक्टर है। सतीश तो ऐसे-वैसे ही डॉक्टर हैं। फिर भी देखो जरा भी घमण्ड नहीं है। इस प्रकार के चलताऊ प्रशंसा वाले वाक्य अपनी ससुराल में सुनती। मन एक विवश चिढ़ से आक्रान्त हो जाता।

अनुपमा ने निरुपमा को गले से लगाया। अभी उसकी रुलाई का वेग नहीं थमा था। नीरू यद्यपि एम.ए. पास कर घर बैठी थी, किन्तु अब तक अबूझ-सी थी। उसने बड़ी बहन को रोते देखा पर शायद कुछ महसूस नहीं कर सकी। उल्टे उसे चुप कराने लगी।

''दीदी मत रो। रोने से अम्मा लौटकर नहीं आएगी। क्या करोगी। प्रकृति का यही नियम है।'' अपनी कमजोर और मरियल आवाज में नीरू ने तेरह दिनों से सुने आप्त वाक्य दुहरा दिये। अनुपमा उसे अपने से अलग करती गाड़ी पर सवार हो गयी।

सब होते-हवाते मौसम बदलने लगा था। हवा खुश्क हो चली थी। धूल उड़ने लगी थी, बड़े-बड़े वृक्ष पत्ते तो क्या कोपल तक छोड़ने लगे थे। घिरे बरामदे में बैठे श्यामसुन्दर जी अधिक देर तक गिरते पत्तों की उदासी में अपने आपको लिप्त करने वाले नहीं थे। सो उनकी महफिल जुड़नी शुरू हो गयी थीं। अभी

भी कम-से-कम प्रान्तीय स्तर का कोई व्यक्तित्व जो राष्ट्रीय स्तर तक पहुँच रखता हो, को गरिमामण्डित करने के लिए मनाया जाने वाला शतवार्षिकी एवं अभिनन्दन ग्रन्थ का कलेवर इनके बिना पूरा नहीं हो सकता। ऐसी महफिलों में अपने को मसरूफ करके श्यामसुन्दर जी एक बार फिर से घर की समस्याओं को भूल गये। वैसे भी यह घर मात्र पुराने सामानों का जंगल मात्र था अब तो एक बीमार प्राण जो अटकता-घिसटता-काँखता अपने होने का अहसास दिलाता वह भी तिरोहित हो गया। इस अधबने से पुराने मकान के सामने जो पुराना-सा गढ़ा वर्तमान है, वसुधा छत पर खड़ी-खड़ी उसे ताकती रहती। मन अजीब-सा हो उठा। कहीं जी नहीं लगता। पढ़ने और पढ़ाने से दूर होती जा रही थी। व्यक्तित्व का खालीपन इतना प्रबल था कि कुछ पकड़ नहीं पाती। उसी गढ़े को देखते साँझ ढलने लगती। जब से उसके पिता ने यहाँ जमीन खरीदी, मकान बनवाना शुरू किया और अब जब यह अधबना मकान जीर्ण होने लगा, तब से अब तक यह गढ़ा है। गढ़े के परले सिरे पर सड़क से ऐन सटा हुआ जो वीरान मकान था वह बड़े बाजार में तब्दील हो गया है। वहाँ की चहल-पहल बेमिसाल है। बाकी चारों ओर भी सुन्दर मकान-दुकानों का अम्बार लग गया है। अगर कहीं कोई परिवर्तन नहीं हुआ है तो इस गढ़े में। वसुधा अनचाहे उस काले गन्दे जलकुम्भी से भरे गढ़े को शाश्वत मानने लगी थी। भूतकाल में भी यह गढ़ा यहीं था, वर्तमान में भी यहीं है और शायद यह भविष्य में भी यहीं रहेगा।

परले सिरे वाले छत पर पिता की बैठक आबाद रहती। पहले पिता इस तरह छत पर खड़ी रहने को मना करते थे। अब वर्षों से कुछ भी कहना बन्द कर दिया था। पिता शायद इस बात से आश्वस्त थे कि बेटियाँ पूर्ण वयस्क और जिम्मेदार हो गयी हैं। या कि पिता ने अपने आपको स्थितप्रज्ञ मान लिया है। वसुधा आकाश की ओर नहीं देख पाती है; घर लौटती हुई पाखियों की कतार की ओर से उसका ध्यान कब का टूट चुका है। जलकुम्भियों की भाँति निश्चल पड़ी रहती है तब भी जैसे मन खाली-खाली-सा रहता।

"वसुधा, बिटिया वसुधा?" पिता के स्वर ने ध्यान भंग किया। आश्चर्य! पिता वसुधा को काफी दिनों बाद पुकार रहे थे, पुकार में स्नेहसिक्त आह्वान

था, कोई विशेष प्रकार की व्यग्रता नहीं थी। सीढ़ियाँ फलाँगती-सी वसुधा नीचे उतरी। हाँफ उठी थी उतरते वक्त। उसे हाँफते देख पिता स्निग्ध हँसी हँस पड़े—"अरे-अरे, सँभल के बेटी। गिर जाओगी। पैर टूट जाएँगे। प्लास्टर चढ़ जाएगा। तुम तो सबकी सेवा करती हो, तुम्हारी कौन करेगा?" वसुधा को बहुत अच्छा लगा। लगा सामनेवाले गढ़े में हलचल हुई है। लगा पतझड़ बीत रहा है। पिता की छाया लौट रही है। दिल भर आया। "अभी-अभी अनुपमा का फोन आया था बेटी। वह आनेवाली है। आओ बेटी, बैठो थोड़ी देर तुम लोगों से बातचीत करने की फुरसत ही नहीं मिलती।"—पिता सोफे पर बैठ चुके थे। वसुधा ने चोर नजरों से देखा इस छोटे-से बरामदेनुमा बैठक में खासी गन्दगी जमा हो गयी थी। कोने जालों से भरे थे। टी.वी. सेट पर धूल का अम्बार था। गद्दे बेहद गन्दे हो गये थे। माँ के काम के समय शीशे का जो सेण्टर टेबुल टूटा था वह वैसा-का-वैसा ही पड़ा था। लगा वसुधा अपने इस बैठक को अरसे बाद देख रही है। पिता ने बिना किसी ओर देखे बात जारी रखी—"बेटी, शायद अनुपमा तुम्हारे लिए रिश्ता तय करने आ रही है। उसने टेलीफोन पर यही कहा कि वह अनिश्चित काल तक मेरे पास रही है। उसकी इस बात से मैंने निष्कर्ष निकाला है कि वह इस बार तुम्हारे ब्याह की तिथि तय करके ही जाएगी।" वसुधा पिता के इस कथन का क्या उत्तर दे। पिता ने अपनी ओर से सीधे-सीधे कोई बात नहीं की कभी किसी बच्चे से। बीच में सदा से माँ रहती थीं। पिता हमेशा माँ को हिदायत देते कि बेटियों से पूछकर बातें आगे बढ़ाएँ। शुभा की गलती वे दुहराना नहीं चाहते। पिता के कमरे में ढेर सारे महत्त्वपूर्ण लोग बैठे थे, उनकी जरा भी परवाह किये बिना देर तक वसुधा से बातें करते रहे—निश्चिन्त, निर्द्वन्द्व। खाना खाकर ही पिता उठे और अपने कमरे की ओर बढ़ चले। सब कुछ निपटाकर वसुधा बिस्तर पर करवटें बदलती रही। मन पर कोई बोझ नहीं था। लगा पिता के साथ-साथ वह भी उबर गयी है। अवसाद से। अपने स्वभाव के विपरीत पिता ने वसुधा के लिए वर ढूँढ़ना आरम्भ कर दिया था, तभी उसे लगा था समीर उसमें अतिरिक्त रुचि लेने लगा था। कॉलेज से निकलती तो वह गेट के पास मँडराता मिलता। बैंक में आगे-पीछे डोलता रहता। उसकी इसी रुचि को ध्यान में रखते हुए एक दिन

सहेली वीणा ने टोक भी दिया था।

"समीर जी, आप बैंक की नौकरी छोड़कर क्यों नहीं हमारे कॉलेज में चले आते हैं?"

"आना तो चाहता हूँ। कोई कहे तब न!" उसने उत्तर दिया था।

"मैं जो कह रही हूँ।" वीणा ने कहा।

"औरों से भी कहलवाइए।" समीर का इशारा समझ वीणा ने वसुधा को टहोके मारे थे। वसुधा लजाई-सी हँस पड़ी थी। समीर के लिए यही काफी था। वसुधा की स्वीकृति पर वीणा ने पिता से कहा था समीर के यहाँ रिश्ता लेकर जाएँ। वसुधा लेटी-लेटी हँस पड़ी। बगल के पलंग पर पड़ा छोटा भाई अभिषेक चौंक उठा।

"वसु दी, सोई हैं क्या? नहीं? अकेली हँस क्यों रही हैं?"

"छोटन, तुझे याद है समीर सिन्हा का?"

"कौन समीर, वही सैण्ट्रल बैंक...?"

"हाँ-हाँ, वही।"

"किस सन्दर्भ में?"

"और किस सन्दर्भ में। तुम समझे नहीं क्या?"

"रिश्ते के विषय में अगर कह रही हो तो जान लो कि उसकी शादी हो चुकी है।" अभिषेक गम्भीर होकर कह रहा था।

"यह भी मुझे मालूम है।"

"तब फिर उसे याद करने की क्या आवश्यकता पड़ गयी। ऊपर से हँसा जा रहा है।" चिढ़ और व्यंग्य छलक आया स्वर में।

"छोटन, कल अनु दी आ रही हैं। बाबू जी स्वयं आये थे कहने मुझे, फोन आया था। शायद मेरी शादी पक्की कराकर ही जाएँगी। सन्दर्भ यही था। तभी समीर याद आ गया। अभी उसी दिन तो मिला था बैंक में। वीणा और मैं थी सो नमस्कार करने की हिम्मत कर बैठा। मैंने तपाक से उससे पूछा कि अपनी शादी में मुझे क्यों नहीं बुलाया? क्या बताऊँ कैसा चेहरा बन गया उसका। बिलकुल सिटपिटा-सा गया।" फिर हँसने लगी वसुधा। अभिषेक कुढ़ता-सा हो गया। वसु

हँसने के बाद अनायास रोने लगी। उम्र बढ़ गयी है। विवाह योग्य हुए वर्षों बीत गये। दुर्योग कैसा कि विवाह हो नहीं पा रहा था। साल-दर-साल खिसक रहा है समय। क्यों जरूरी है यह सब। सचिवालय की घड़ी में तीन का घण्टा बजा उसके बाद नींद आई वसुधा को।

दिन खास चढ़ आया था। बिन्नी के नन्हे-नन्हे हाथों की गुदाज छुअन से जगी वसुधा।

"तू आ गयी बेटी!" हुलास से भर उठी वसुधा। मन आईने की तरह साफ था। अनुपमा और बिन्नी के आ जाने से घर भरा-भरा-सा लगने लगा। बाबूजी भी अपनी बैठक छोड़ कई-कई बार आने लगे बच्चे से खेलने। अनुपमा के साथ वसुधा की शादी की फाइल खोलकर बैठते। एक बात से वसुधा को हैरत होती कि अनुपमा शादी के किसी भी प्रस्ताव को गम्भीरता से नहीं ले रही थी। वसुधा से तो चर्चा ही नहीं करना चाहती। अपना क्लिनिक छोड़कर निरुद्विग्न बैठी थी। सतीश जी का कोई फोन नहीं आ रहा था। अलबत्ता उसकी ननद और देवर का फोन आता। इधर से यह स्पष्ट कोई उत्तर नहीं देती।

वसुधा को सब कुछ ठीक नहीं लग रहा था। जरूर कोई और बात थी।

नीरू के साथ बिन्नी खूब हिलमिल गयी थी। शुभी दीदी अपने स्कूल की परीक्षाओं में व्यस्त थीं। अभिजित को सरकारी नौकरी मिल गयी थी। वो दूसरे शहर चला गया था। अभिषेक प्रतियोगिता परीक्षाओं में व्यस्त था।

"कई दिनों से मैं छत की ओर नहीं गयीं अनु दी! चलो ऊपर चलकर बैठें।" वसुधा ने अनुपमा से आग्रह किया।

"चलो, चलते हैं।" दोनों बहनें ऊपर जाकर रेलिंग के सहारे अटककर खड़ी हो गयीं।

"क्या बात है अनु दी, सब कुछ ठीक तो है?" पूछा वसुधा ने।

"नहीं, कुछ ठीक नहीं है, वसु। मैं छली गयी हूँ।" अनुपमा का स्वर डूबा-डूबा-सा था।

"क्या हुआ?"

"ध्यान से सुन वसु, एक बार मैंने पहले भी तुमसे कहा था इस सतीश के

साथ मेरी पटेगी नहीं। यह बेहद खुदगर्ज इनसान है। तब तुम सबने अम्मा बाबूजी के दुख-सन्ताप का बहाना बनाया था। मैं भी डर गयी थी। वही एक डर मेरे अन्तर्मन में छुपकर बैठा था। अब असह्य हो चला। उस समय तुमने कहा था...।''

''हम सब इस त्रिकाल ठहरे जल में जलकुम्भियों की तरह डोलते हैं। हमारी जड़ें तक जमीन में नहीं जल के ऊपर हैं। यही न!'' बात काटते हुए वसुधा बोल उठी। इस बात का सीधे से जवाब न देते हुए अनुपमा ने स्थिति बतायी—

''वहाँ का क्लिनिक मैंने जमा दिया है, चार शय्या वाला नर्सिंग-होम भी शुरू कर दिया है। नर्स, कम्पाउण्डर और एक सहायक लेडी डॉक्टर को रख लिया है। बाहरी और ऑफिस की व्यवस्था सतीश स्वयं देखते हैं। अब जानती है उन्होंने क्या कहा?''

''क्या?'' खोयी-खोयी-सी बोल उठी वसुधा।

''कहा कि ठीक है, तुम चली जाओ अपने बाप के घर, अगर नहीं गयी तो धक्के मारकर निकाल दूँगा। वसु मैंने कड़ी मेहनत की है नर्सिंग-होम जमाने के लिए।'' गला भर आया।

''और जानती हो मैं डर गयी हूँ। बाबूजी को बुरा लगेगा। लोग क्य कहेंगे, तुम्हारी और नीरू की शादी कैसे होगी? सब सोच-सोचकर दिमाग खराब हो गया है। क्या करूँ?''

''तो तुम डरकर भाग आयी हो दीदी? नहीं दीदी, नहीं! मैं तुम्हें पलायनवादी नहीं बनने दूँगी। तुम शुभी दी नहीं हो सकती।'' वसुधा ने धीमे पर कठोर शब्दों में कहा।

''वसु, सुन मैं डरकर नहीं भागी। मैं तो तुमसे विचार लेने आयी हूँ। तुम बताओ क्या करना चाहिए?'' काले जल में ज्वार उठ आया। खदबदाहट होने लगी। जलकुम्भियाँ ऊपर-नीचे होने लगीं। फिर लगा—घोर आतप से जल सूख गया। धरती में दरार हो गयी। जलकुम्भियाँ धरती से सटकर बैठ गयी हैं। जब इन्द्र वर्षा नहीं देता, सूर्य प्रचण्ड हो उठता है, वरुण निष्प्रभावी हो जाते हैं तो धरती सारे बीज निगल लेती है। उसकी कोख सर्वश्रेष्ठ भण्डार है।

जलकुम्भियाँ मरती नहीं। अपने अन्दर जल का स्रोत छुपाये रहती हैं।

"दीदी, तुम डरोगी नहीं, समर्थ हो, एक-एक ईंट जोड़कर जिस घर को बनाया है उससे तुम निकलोगी नहीं। असह्य लगे तो सतीश चले जाएँ। कल सुबह चलो। मैं भी चलूँगी। अभी कॉलेज की छुट्टियाँ हैं। तुम्हारे परिश्रम से बनाये गये घर में टाँगें पसारकर आराम करूँगी, बिन्नी से जी भरकर खेलूँगी। तुम्हारी अच्छी-सी ननद रानी से ठिठोलियाँ करूँगी। तुम्हारे देवरजी से रोमांस करूँगी।" वसुधा अनुपमा के पीछे आकर खड़ी हो गयी। दोनों हाथों से उसके कन्धे दबा रखे थे उसने। अनुपमा की शिराओं में ऊर्जा भर गयी। वह अपने अन्दर छुपे साहस को खींचकर निकालने में सफल हो गयी।

"देखो अनु दी, बगुलों का झुण्ड अपने घर लौट रहा है। चलो कल चलने की तैयारी भी करनी है।"

अप्रैल की साँझ ढल गयी थी। वसुधा ने पीछे की ओर दृष्टि डाली। यहाँ एक कृष्णचूड़ा का वृक्ष था, अब है या नहीं। अँधेरे में भी लहराता वृक्ष आभासित है। वसुधा और अनुपमा पल-भर ठिठककर देखती हैं साथ-साथ, गहरे लाल फूलों के गुच्छे खिल आये हैं। हवा के सिहरन के साथ-साथ थिरक उठते हैं।

❑

अम्मा मेरे भइया को भेजो री, कि सावन आया

"**सब** कुछ नॉर्मल है। नॉर्मल डेलिवरी के आसार हैं; जाइए, जरा सावधान रहिएगा, जैसे ही पेन शुरू हो तुरन्त पहुँच जाइएगा। पहली दफा एहतियात बरतनी चाहिए।" अपनी मरीज को हिदायत देती डॉ. रजिया अचानक चौंक गयीं। स्वागतकक्ष में मरीजों के मनोरंजन के लिए रखे गये टीवी से जो आवाज कानों में पड़ रही थी वह उसकी अम्मा की लरजती हुई आवाज से बिलकुल मेल खाती है। उसने सुनने की कोशिश की। एक उम्रदराज स्त्री की बेबस आवाज।

"मुझे कुछ नहीं पता। मेरी एक बिटिया बम्बई में रहे है। बड़ी डाकदर है। ओका आदमी का दवाई का ब्यौपार है। बेटा एक ठो बम्बई में है, दूसर इहैं था।"

"अब कहाँ है अम्मा?" रिपोर्टर की आवाज थी।

"कहीं गया है बाबू। अब हम बुढ़िया को हरदम कुछ बतावे, हम याद रखें तब न। बिसरा गया।"

"अम्मा, आपका बेटा संगीन अपराध में पकड़ा गया है, आप नहीं जानतीं कि वह क्या करता है, कहाँ जाता है?"

"नहीं रे बाबू। नहीं जानती।"

"उसे कड़ी-से-कड़ी सजा मिलनी है, पता है आपको? उसने एक बड़ी आबादी को नेस्तनाबूद करने की कोशिश की है।"

"अगर अपराधी है तो सजा तो मिलेगी। नहीं है तो...।"

रजिया का सम्पूर्ण शरीर काँपने लगा। आवाज हो न हो उसकी अम्मा की है। उसने कुर्सी के हत्थे पर रखे अपने हाथ झूल जाने दिये। मरीजों को दूसरी पाली में आने की हिदायत दी और परदे खींच लिये।

अपना छोटा-सा क्लीनिक बन्द कर काँपते कदमों से गाड़ी तक आयी। घर नजदीक था फिर भी काँपते हाथों को सायास काबू करती गाड़ी चला रही थी। मन ही मन सोच रही थी—उस माँ की आवाज इसकी माँ से मिलती थी, उसके कुनबे की तफसील इसकी फैमिली प्रोफाइल की मानिन्द है पर जरूरी तो है नहीं कि इसी की अम्मा हो।

घर का दरवाजा खोल रजिया अन्दर आयी। बच्चे स्कूल से आये नहीं थे। शादाब शहर में नहीं थे। रजिया ने जग से ढालकर पानी पीया। खाने की तबीयत नहीं थी। हौले से उठकर सोफे पर बैठी। रिमोट से टीवी ऑन किया और आँखें मींच लीं। फिर हौले-हौले आँखें खोलीं। समाचार आ रहा था। सचमुच जो डर था वह भयावना होकर सामने लहराने लगा। उत्तर बिहार के धुर कोसी क्षेत्र की डॉ. रजिया, खाते-पीते किसान की इकलौती बिटिया, पढ़ने में जहीन; क्वार-कातिक की छुट्टियों में घर जाती तो उस वाकये को याद कर अब भी सहेलियों संग हँस-हँसकर लोट-पोट हो जाती। चाँदनी रात में काँस के फूल बड़े मनोहारी लगते। एक दिन इन लड़कियों ने देखी एक लम्बी आकृति इधर-से-उधर डोल रही है।

''देख रजिया, भूत!'' गुलाब चिल्लायी थी। सभी चौकन्नी हो गयीं। आधी रात तक सभी की नजरें जमी रहीं। नींद के साये पड़े, पलकें मुँदीं तो सपने में भी भूत दीखने लगे थे। सुबह होते ही छोकरियाँ भागीं सीमा की ओर। वहाँ देखा लम्बे मनीजरे की डाल पर एक फटी चिथड़ी-सी कमीज झूल रही थी। रात के डर का यही सार था। काश आज भी वही हो। आँखें मींचे सोचा रजिया ने। समाचार में जो नाम था, वह उसी के भाई का था अजीज शेख। कोई और भी अजीज शेख हो सकता है, या खुदा। तसवीर सामने की। लगा सिर पर नाव रोकने वाला लोहे का झगड़ गिर गया है। बड़े भाई की तसवीर ही तो है। संवाददाता क्या कह रहा है, वह बिलकुल नहीं सुन रही है। नीचे

लिखी इबारत पढ़ रही हैं आँखें : ''उत्तर बिहार की नेपाल सीमा से अजीज शेख नामक कुख्यात आतंकवादी पकड़ा गया।''

बरसात के दिनों में नदी-नाले तो सूखे क्षेत्रों में भी भर जाते हैं। रजिया के इलाके उत्ताल समन्दर में तब्दील हो जाते हैं। कहाँ नदी है, कहाँ खेत, पता नहीं चलता। सारी निशानदेही मिट जाती। सतह से नीचे की ओर जाती गोल-गोल भँवरें पता बतातीं नदियों का। पिता अच्छे खेतिहर होने के बावजूद अच्छे खिवैये और तैराक थे। एक बार जिन्सी नाव पर सवार ढेरों काँवड़ियों को लेकर नाव भँवर में फँस गयी। कई जानें गयीं, कई बचा ली गयीं इशहाक शेख के द्वारा। पर उनकी खुद के जीवन की नाव भँवर में फँसी सो नहीं निकली। रजिया को याद है अम्मा का पछाड़ खाकर रोना—''अरी चननिया कोसिका, हम्मर सुख न सुहाया री, कौन हमरा बच्चा-बच्ची के पोसिहै हो अल्ला।''—बड़ा भाई अजीज हाईस्कूल जाता, रजिया मिडिल स्कूल, और छोटा घर पर ही पढ़ता था। भाई हाईस्कूल पार कर नजदीकी शहर के कॉलेज में पढ़ने लगा। बी.ए. में पढ़ता था तब उसकी शादी की बात चली। उसने स्वीकार नहीं किया। अजीज बेहद गम्भीर और घरू लड़का था। अम्मा से प्यार करता था, भाई-बहनों की जिम्मेदारी का अहसास था उसे। उसने अम्मा से कहा था कि रजिया की शादी करने के बाद कुछ सोचेगा। शहर में रहने-पढ़ने का खर्च अजीज नहीं लेता, कुछ दिनों के बाद घर में अम्मा के हाथ पर पैसे रखने लगा। उसकी कमाई की वजह थी गाँव की लड़की डॉ. पन्ना वर्मा। डॉ. पन्ना वर्मा शहर की नामी-गिरामी डॉक्टर थी। अजीज के अब्बा की पन्ना के पिता खासी इज्जत करते थे। कॉलेज में दाखिला लेने वक्त जब अजीज पन्ना के पिता से मिलने गये तब उन्होंने उसे अपनी डॉक्टर बेटी से मिलने की सलाह दी। एक पत्र भी दे दिया। पन्ना ने अपने क्वार्टर के आउटहाउस में उसके रहने का इन्तजाम कर दिया। साथ ही कहा कि उसके खानगी अस्पताल में मुंशी की जगह दो-चार घण्टे सुबह-शाम बैठ जाया करे। उसकी एवज में प्रत्येक माह निश्चित आमदनी हो जाती। रजिया ने मैट्रिक की परीक्षा बहुत अच्छे नम्बर लेकर पास की थी। अजीज उसकी शादी करना चाहता था। लेकिन डॉ. पन्ना की सलाह पर कॉलेज लाकर आईएससी में दाखिला दिलवा दिया। रहने

को भाई का कमरा था, बाद में हॉस्टल में व्यवस्था हो गयी। डॉ. पन्ना ने अजीज को समझाया था—"रजिया जहीन लड़की है, उसे पढ़ने दो। कौन जाने मेरी तरह वह भी डॉक्टर बन जाए। शादी की जल्दी क्या है?"

"गाँव के लोग हैं, उँगली उठती है।" अजीज ने कहा था।

"मैं तुम्हारे गाँव की ही हूँ। मेरे ऊपर भी उँगली उठी थीं। डॉक्टर बन गयी तो शादी भी हो गयी। अब कोई कुछ नहीं बोलता।"

अजीज मान गया था। रजिया ने अपने आपको साबित किया। वह सचमुच मेडिकल में चुन ली गयी। छोटा मुन्ना शेख, मुन्ना ही रहा। ठीक से पढ़-लिख न सका। मैट्रिक पास करना उन दिनों आसान था, सो पास कर गया। अम्मा की सेवा में रहता। रजिया के मेडिकल की पढ़ाई के बहाने अजीज बड़े शहर में नौकरी करने चला गया। थोड़े ही दिनों बाद वह इसके खर्चे निकालने लगा। साथ ही अम्मा और मुन्ना की मदद भी करने लगा।

मेडिकल पास करते न करते रजिया की रूई के सबसे बड़े व्यापारी के बेटे शादाब से दोस्ती हो गयी। शादाब उसके एक सहपाठी का दोस्त था। दोस्ती कब प्यार में बदल गयी, पता ही न चला। रजिया ने जब यह खबर अम्मा को बतायी तो वह अवाक् रह गयी।

"मुन्नी, वो अंसारी भाई है, तेरा भइया न मानेगा। कई अच्छे घरों के शेख लड़कों के रिश्ते आये हैं।" उसने दुखी होकर कहा। कहने-सुनने से क्या होता है, रजिया न मानी। अजीज ने कहा, "कहो, मेरी नजरों से दूर चली जाये। नाक कटवा दी हमारी, देखूँगा तो काट डालूँगा।" रजिया जानती थी कि उसे भाई अपनी जान से बढ़कर प्यार करता है। उसने इसे डॉक्टर बनाया, खुद शादी नहीं की। लेकिन यह भी अपनी मुहब्बत और जिद दोनों से पैमाल थी। इनकी शादी में दोस्तों के अलावा सिर्फ डॉ. पन्ना वर्मा थी। रजिया ने अम्मा, भइया और मुन्ना के हिस्से का आँसू डॉ. पन्ना के कन्धों पर सिर रखकर बहाया। मुन्ना इलेक्ट्रॉनिक की दुकान पर काम करने लगा था। अम्मा बिसूरती रहती। अजीज जाने कहाँ लापता हो गया था। अजीज, एक जिम्मेदार भाई सब कुछ छोड़कर कहाँ चला गया? अजीज, अपने दोनों छोटे भाई-बहनों का अब्बा, कहाँ चला गया? उसका दिल जार-जार रोता। क्या कर दिया इसने? मुन्ना

शेख दूल्हा बना। एक उदास-सा दूल्हा, अम्मा के लिए बहू लाना था सो रिश्ते की एक गरीब लड़की को ब्याह लाया।

शादाब अपने बहनोई के साथ मिलकर मुम्बई में बिजनेस करने आ गये। पीछे से डॉ. रजिया भी आ गयी। डॉक्टरी चल निकली। पिछली बार जब ससुराल जाना हुआ तब पन्ना के साथ मायके भी पहुँच गयी रजिया। अम्मा ने बाँहों में भर लिया—"तू ऐसे गयी जैसे जानकी। काहे री, अम्मा नहीं याद आयी?"

"ऐसा मत कह, मैं कहाँ चैन से थी।" आँसुओं ने सारे गिले-शिकवे धो डाले।

"दुल्हन तेरी ननदी आयी है, आ जा मिल तो ले।" अम्मा की पुकार पर कोने में खड़ी बहू पास आ गयी।

"अम्मा, बड़ी प्यारी है भौजाई!" अपने गले से चेन निकालकर उसे पहनाती बोली रजिया।

"अरी बतहिया, सोना का चेन क्यों पहनाती है? हम गरीबों के घर लूट-मार करावेगी क्या?" अम्मा ने कहा। वहीं तय हुआ कि मुन्ना शेख बहन के साथ चलकर खुद की दुकान कर ले। अजीज का तब तक कोई पता नहीं था।

कहाँ है मेरा अब्बा सरीखा बड़ा भाई, क्या हुआ उसका? इतना गुस्सा था तो काट डालता मुझे? खुद क्यों कट गया? सोचती रजिया। बार-बार गाँव का सावन याद आता और याद आते गीत के बोल—

"अम्मा मेरे भइया को भेजो री, कि सावन आया।

बेटी तेरा भइया तो बाला री..."

अचानक एक दिन शादाब नमूदार हुए यह कहते हुए कि "अजीज भाईजान की खबर मिली है। वह इसी शहर में हैं। तुमसे मिलने आएँगे।"

"इस तरह के मजाक न करें तो अच्छा है।"

"सच कह रहा हूँ। आज शाम को आएँगे।" रजिया हैरान थी। सचमुच अजीज आये और बड़े प्यार से मिले। ऐसा कि कभी कोई गिले-शिकवे ही न हों। रजिया ने कहा, "भाई, मुन्ना भी यहीं है, मिल लेना। तुम हो कहाँ आजकल?"

"यहीं तुम्हारे पास!" ठहाका लगाया। तीनों भाई-बहन फिर एक हो गये।

"गाँव चलेंगे। दूल्हा भाई, बच्चे और हम सब। अबके गाँव में मछली पकड़ेंगे, भूनकर खाएँगे मडुए की रोटी से। बहुत दिन हो गये।" मैथिल स्वाद वाला इनसान बोल रहा था। जाने की तारीख पक्की हो गयी थी। अजीज से मिलने को अम्मा तड़प रही थी।

"बेटुआ, तेरे अब्बा के जाने के बाद तू ही तो सिर का सोना-सिन्दूर है। कहाँ खो गया?" नर्सिंग होम से आकर रजिया खरीदारी में जुट जाती। मुन्ने की बीवी के लिए हरे रंग की चूनर, चूड़ी; अम्मा के लिए सादी साड़ी, बच्चे के लिए तमाम सामान। बाजार में खरीदारी करती औरतों को देख उसका जी बौरा जाता। बड़ी कठजुनी के पेड़ पर लगा पटरा रखा झूला याद आता। कजरी याद आती—"कइसे खेलय जइबई सावन में कजरिया बदरिया घिरि अएलै सखिया।"

टीवी के हर चैनल पर बम हादसे की कलेजा चीरने वाली आवाज थी। डॉक्टर के नाते वह भी दौड़ी थी, कइयों का इलाज कर रही थी। उसकी भी एक मरीज मारी गयी थी। उसका गाँव जाने का उत्साह कुछ कम हो गया था। मुन्ना का फोन आया था—"भाई कहाँ हैं?" उसने कहा, "पता नहीं।"

उसकी तसवीर सभी चैनलों पर दीख रही है। अम्मा की लरजती आवाज गूँज रही है। रजिया एक बार और चौंक गयी। मुन्ना शेख थाने लाया गया। अब बारी है शादाब की और खुद रजिया की। नजदीकी रिश्तेदार हैं। उसे सचमुच शक हो रहा है। कहाँ थे भाईजान इतने अरसे? नम माटी की महक की कसम लेती है रजिया—भाई मिलेंगे तो पूछूँगी, कितनों के सावन को जलाकर राख कर डाला, हरदिल अजीज शेख? काँवरियों को बचाने में डूब जाने वाले इशहाक शेख का जाया।

❑

विवश विक्रमादित्य

कमिश्नर साहब के यहाँ पार्टी समाप्त हो चुकी थी। चन्द अफसर और शहर के गणमान्य सारे अतिथिगण चले जा चुके थे। लॉन में बिछी कुर्सियों पर अब कमिश्नर श्री सक्सेना और श्रीमती सक्सेना बैठे थे और साथ में बैठे थे नये जिलाधिकारी श्याम साहू और उनकी पत्नी सीमा जिनकी शान में यह दावत दी गयी थी। अभी दो दिन पहले ही श्याम ने कार्यभार सँभाला था। रिवाज के अनुसार कमिश्नर के यहाँ पहली पार्टी हुई जिसमें जिला के अन्य समकक्ष अधिकारी और शहर के चुने हुए लोगों से श्याम का अनौपचारिक परिचय कराया गया। राजधानी में किसी जिला विशेष में जाने पर जो हिदायतें दी जाती हैं श्याम को उस तरह की हिदायतों की आवश्यकता नहीं पड़ी। बल्कि तबादला होते ही सहकर्मियों ने कहा था—"अच्छा, श्याम तो अपने इलाके ही जा रहे हैं न! इनका घर पास पड़ेगा, है न यार?"

"और वैसे भी जगह बड़ी शान्त है, कोई प्राब्लेम डिस्ट्रिक्ट थोड़े हैं।" दूसरे ने टीपा था। साथियों के मन में ईर्ष्या की कौंध थी, वे सोच रहे थे यह हम सबमें थोड़ा ज्यादा चालू है मन लायक पोस्टिंग मार ली। श्याम इस पोस्टिंग के विषय में कुछ सोच ही नहीं पाया था कि उसे प्रसन्न होना चाहिए या नहीं। वैसे जिलाधिकारी के रूप में यह पहली पोस्टिंग थी। चॉयस का सवाल ही कहाँ उठता था। यह जिला किसी जमाने के एक

बड़े रियासत का एक भाग था। श्याम के पूर्वज उसी रियासत के रहने वाले थे इसलिए नया कतई नहीं था। सब कुछ जाना-पहचाना था असंख्य मित्र व रिश्तेदार थे। सबसे बड़ी दिक्कत व्यक्तिगत रूप से श्याम की यही थी कि कैसे वह अपने शासकीय काम-काज को अपने लोगों के हस्तक्षेप से बचा ले जाये। कई लोगों से उसने कह भी दिया था कि वे अब गाहे-बगाहे ऑफिस और बंगले के चक्कर काटने छोड़ दें। कमिश्नर ने स्वागत करते हुए कहा था—"आओ भई श्याम तुम्हारे आने से बड़ा भला हुआ मेरा भी, जिला की नस तो तुम औरों से जल्दी ही पकड़ लोगे, इधर के ही हो।"

"जी हाँ सर, इलाका तो अपना ही है, लेकिन कोई खास प्रॉब्लेम।"

"हूँ ऽ ऽ, ऐसा मत समझना, पढ़े-लिखे लोग साधारण लठैतों से अधिक खतरनाक होते हैं। किसने कहा तुमसे कि प्रॉब्लेम नहीं है! पुलिस प्रॉब्लेम थोड़ा कम है, उससे तुम्हारा कोई खास भला नहीं होगा, आजकल इस जगह की पॉलिटिकल इम्पोर्टेन्स बहुत बढ़ गयी है। आये दिन प्रॉब्लेम ही प्रॉब्लेम क्रियेट करेंगे ये लोग।"

"जी हाँ सर!" श्याम ने चुपचाप सुन लिया। लॉन की कुर्सी पर एक और व्यक्ति बैठा था वह था भूतपूर्व रियासत का राजकुमार श्रीवत्स।

"अच्छा तो सर, हमारे लिए कौन-सा दिन तय करते हैं?" राजकुमार ने पूछा।

"भई श्याम इन्हें तो तुम जानते ही हो ये हैं कुमार श्रीवत्स इनके यहाँ रिवाज है कोई भी जिलाधिकारी आये तो पहला भोज यही देंगे। अब तुम बताओ कब रखें ये भोज की तारीख।" कमिश्नर साहब ने श्याम से ऑर्डर की शक्ल में अनुरोध किया। "अच्छा...?"—श्याम ने कुमार श्रीवत्स की ओर देखा। दीर्घकाया, अरुणाभ भरा हुआ गोल चेहरा, साधारण बुश्शर्ट और पैण्ट में सजा यह युवक कहीं से भी रियासत का राजकुमार नहीं दीखता। क्षण-भर उसकी ओर देखता रहा श्याम, मानो लहर आयी जो सामने की मूर्ति को लील गयी। उसके स्थान पर बैठा था एक मोटा-ताजा व्यक्ति शेरवानीनुमा रेशमी कीमखाब में, शान्तिपुरी धोती और जरी वाले चप्पल में। मदालस गुलाबी आँखें और गोल-गोल चमकते हीरे के कुण्डल।

"हाँ तो कल की रखूँ सर... ?" वह युवक कहता है।

"कल कोई दूसरा काम तो है नहीं ऐसा कि रात की पार्टी टाली जाये, रख लो कल ही।" कमिश्नर साहब ने श्याम की ओर से कहा।

"लेकिन सर हमारा सामान वगैरह खोलना, सेट करना अभी कहाँ हो पाया है, हम कल उसी में लगे रहेंगे, रात को आराम करना चाहेंगे।" श्याम नें एक बहाना बनाया।

"तो फिर परसों रख लेते हैं।" कुमार साहब अड़े थे। "देखिए भई सोचकर बताएँगे, क्यों सीमा?" अपनी पत्नी की ओर देखकर कहा श्याम ने। ऐसे मौकों पर सीमा कुछ नहीं बोलती, वह जानती है कि इस प्रकार के प्रश्न अपने आपमें उत्तर होते हैं। और श्याम शायद पार्टी टालना चाहता है।

"अच्छा सर, अब चलें!" सहसा उठ खड़ा हुआ श्याम, सीमा भी खड़ी हो गयी। और झटके से चला गया। अच्छा-भला प्रसन्नचित्त व्यक्ति श्याम गम्भीर हो उठा था। प्रसन्न होने का समय तो अब आया था। रियासत का अदना-सा, भट्ठी के मालिक का वंशज जिलाधिकारी हो गया और हेतु-हेतु मदभूत राजा उसे झुककर सलाम कर रहा था। इसी राजकुमार के बाप-दादे का मुँहलगा था श्याम का दादा। वह भी बड़े फख्र की बात थी। उन दिनों श्याम जब छोटा-सा बच्चा था और कभी-कभार उसके दादा और दादी जी शहर आ जाते तो यह बड़ी अजीब-सी नजरों से उन्हें देखता। काले-कलूटे छह फुटे दादा जी गाँव में ही सोडा के घुले मिर्जई अचकन पहनकर आते जिसके बाँधनेवाले फुदने जरी के होते थे। वे वस्त्र राजपरिवार की निशानी थे जो बताना कभी नहीं भूलते। दादाजी के मुँह से सदा राजपरिवार की कहानियाँ सुन-सुनकर श्याम खासा परिचित हो उठा था। दादा की याद के साथ दादी भी जुड़ी थी श्याम की स्मृतियों में। सफेद झक्क चमड़ी दादी की। दादी जी बड़ी प्यारी लगती श्याम को, कलाइयों बाँहों और छाती की हँसुलियों पर भाँति-भाँति के चित्र-विचित्रित गोदने कौतुक से देखा करता, सफेद रेशम की तरह चिकने केश सहलाने में बड़ा आनन्द आता उसे। दादा के साथ दादी की याद को जोड़ने वाला राजपरिवार का प्रसंग श्याम के जहन से कभी नहीं उतरा। जहाँ दादा राजा के वैभव का बखान करते, उनकी दानशीलता की चर्चा

करते उनकी दीनवत्सलता पर न्यौछावर दीखते, वहीं दादी जी का स्वर तीखा होता। बड़े-बड़े बाग-बगीचे के बीच बने हुए केलि-गृहों की चर्चा करती दादी का स्वर धीमा हो जाता। लगता उनका रोम अब भी कण्टकित हो उठा हो, मानों काली पुतलियों के अन्धकार से सफेद शफ्फाक कोये भी स्याह हो उठे हों, अब जब भी श्याम को यह सब स्मरण आता है एक साथ ही दादी के लिए प्यार और दादा के लिए घृणा से भर उठता है।

थोड़ा बड़ा होने पर अनेक बातें अनायास जानने लगा था श्याम। उन दिनों शिव की श्रावणी पूजा चल रही थी। श्याम के पिता सपरिवार देवघर पूजा करने गये थे। वहीं गाँव के बहुत लोगों से सहसा साक्षात्कार हो गया था।

''काहे बबुआ, गाँव-घर बिलकुल छोड़ दिये?'' गाँव की एक वृद्धा ने कहा था।

''काम से फुरसत ही नहीं मिलती है क्या आऊँ।'' पिता ने कहा।

''तुम्हें यहाँ काम से फुरसत ही नहीं, उधर जिसनुआ खेत-पथार की सारी कमाई ले के ऐश करता है दूकान-दौरी का हिसाब भी नहीं देता तुम्हें न?'' एक वृद्ध ने उत्तर के रूप में ही प्रश्न किया था।

''नहीं देता है काका, मुझे भी फुरसत नहीं होती है समय निकालकर जाना ही पड़ेगा ऐसा लगता है।'' पिता ने चिन्ता व्यक्त की थी।

''अरे बेटा जब से भाई-भावज (श्याम के दादा-दादी) गुजरे हैं तुम्हें देखा नहीं था। जरूर आना।'' एक बूढ़ा कह उठा था।

''अरे बबुआ तुम्हारा यह बेटा बिलकुल बंगटू भाई पर गया है।'' एक ने कहा।

''बिलकुल वैसा ही रंग-रूप, वैसा ही लच्छन। बड़ा भाग्यवान होगा।'' दूसरे ने तुरत कहा था।

''बंगटू भाई की तरह ही एकबाली होगा।'' बातचीत का रुख श्याम की ओर मुड़ गया था। उन दिनों भी श्याम अपने प्रतापी, एकबाली और न जाने क्या-क्या दादाजी से अपनी तुलना करवाना पसन्द नहीं करता था। उसी स्थान पर उसे अपनी मनोर बुआ से भेंट हुई थी। पार्वती मन्दिर की परिक्रमा कर ये लोग सामने वाले बड़े पत्थर पर बैठकर सुस्ता रही थी और श्यामा के माता-पिता पण्डित से गठबन्धन करवा रहे थे।

"हाय भौजी, तुम्हारा मुँह देखे कितना समय बीत गया।" कहकर जोरों से लिपट गयी थी मनोर बुआ। श्याम हक्का-बक्का खड़ा था।

"मेरे भैया, तुम्हें कैसे अपनी बहन याद नहीं आती मैंने तुम्हारे लिए क्या-क्या नहीं मनौतियाँ कीं, सामा में फाँड़ भरूँगी यह साध लगायी थी। तुम क्यों हमसे मुँह मोड़ बैठे ओ निर्मोही।"

बाद में माँ से पूछने पर पता चला था श्याम को, वो इसकी सगी सबसे बड़ी मनोर बुआ थीं।

"हमारे यहाँ क्यों नहीं आती ये माँ, लगता है कहीं शहर में ही रहती हैं।" श्याम ने बुआ के पहनावे और मोटरगाड़ी को देखकर ऐसा पूछा था।

"हाँ बेटे रूप ही काल हो गया, सुखी सम्पन्न तो है तेरी बुआ।" माँ ने उसाँस खींचते हुए कहा था।

इस उत्तर का तब कोई अर्थ न लगा था श्याम को। लेकिन किसी अस्वाभाविक गन्ध को ताड़ गया था। कोई विशेष बात अवश्य होगी तभी तो इतना अधिक स्नेह करनेवाली बुआ छिटकी पड़ी थी।

"क्या सोच रहे हो तुम! यहाँ आते ही लगता है बदल गये हो।" सीमा अकसर उसके व्यस्त पड़े ठण्डे हाथ को प्यार से सहलाकर कहती।

"नहीं कुछ तो नहीं हुआ, मैं तुम्हें बदला क्यों लग रहा हूँ डार्लिंग?" भुजाओं में सीमा को सहेजते हुए श्याम मानो स्वयं बिखर जाता है। यहाँ आकर उसे स्मृतियाँ इस तरह तबाह कर देंगी समझ नहीं रहा था श्याम।

उस दिन कोई समारोह था शहर से हटकर गाँव में। दूर-दूर तक फैले खेतों के बीच बड़ी-सी मछली के आकार का एक खेत-खण्ड गुलाबों से भरा हुआ। उससे दूर एक ऊँचा-सा चार खम्बों वाला मचान पक्का सीमेन्ट का। मचान के ऊपर झरोखे वाला एक कमरा कमरे के चारों ओर गोल बरामदे।

"आओ भई श्याम इसी पर चढ़कर तो रियल सीन देख सकोगे।" कमिश्नर साहब घुमावदार सीढ़ियों से चढ़कर ऊपर जाते हुए श्याम को बता रहे थे।

"देखो अब सफेद गुलाब की क्यारियाँ मछली की तरह दीखती हैं न। रीयल रोहू मछली। पूँछें और पंखियों के स्थान पर जो गुलाब थे वे सूख चले

हैं। पर देखो वो, बीच में घिरा हुआ लाल गुलाबों से मछली की आँख, है न वण्डरफुल।'' जवाब नहीं था कुमार साहब के शौक का। और यह मचान बना है उसे देखने को। कहते हैं गवर्नर जनरल तक प्लेन से आये थे इसको देखने। अब तो सब खत्म हो रहा है। हमें प्रिजर्व करना नहीं आता न। कमिश्नर साहब के चेहरे पर उदासी घिर आयी थी। श्याम सुन रहा था बस, कोई जवाब नहीं दे पाया था।

''एनी वे, वैसे ये जगह एक-आध दिन के लिए बड़ी प्लेजेण्ट है। तुम अपनी वाइफ के साथ एक नाइट हाल्ट जरूर करना।'' कमिश्नर साहब के होंठों पर स्नेहिल मुसकान थिरक उठी।

''थैंक्यू सर!'' संक्षिप्त-सा उत्तर देकर चुप हो गया श्याम।

रात को खाते वक्त सुनाया था गेस्ट हाउस के पुराने नौकर ने उस बाग में खड़े मचान का इतिहास।

''हाकिम ई कुंज भवन बड़े कुमार साहब के चाचाजी का बनाया हुआ था। अन्तकाल में यहीं रहकर भजन-कीर्तन करते रहे बूढ़े महाराज साहब। कौन बात का बिसखोट हुआ हम लोग नहीं जानते हैं। मुदा प्राण त्यागने राजमहल में नहीं गये। लहास भी यहीं जलाया गया। ऊ मचान जो है न वो ही सारा (समाधि) है महाराज साहब का।''

''आहो ऽ ऽ ओ! तभी गुलाब का बाग वगैरह है यहाँ!''

''जी हुजूर, मालिक को फूल-पत्ती बाग-बगीचे का बड़ा शौक था। एतने नहीं मालिक, बाद में कुमार साहब भी हरदम यहाँ आते रहे। कुमार साहब तो जानबे करते हैं हुजूर कैसे थे सो...।''

''क्यों क्या बात थी?'' कमिश्नर साहब की जिज्ञासा थी।

''कुमार साहब बड़े ऐश करनेवाले मनुस थे हुजूर, उनके सामने जो भी सुन्दर लड़की पड़ जाती उसे मँगवाकर ही छोड़ते। गुलाब बाग के माली की बेटी कमली पर उनकी नजर पड़ गयी थी, हमलोगों ने लाख समझाया हुजूर कि डाइन भी सात घर छोड़कर अपना गुन-बान चलाती है, अपने खास अमला की बहू-बेटी को बखसिये सरकार, एक से एक परी हमलोग ला देंगे मगर ऊ पट्ठा माना ही नहीं। लड़की थी धुन की पक्की। उसी मचान पर जसन का

इन्तजाम था। घास काटने वाली बंगाली हँसुआ से गला रेत लिया उसने।'' गला भर्रा आया था बूढ़े बैरे का।

''ओह-ओह, तब उन्हें पता चला होगा अपनी गलती का।'' कमिश्नर साहब भी द्रवित हो गये थे। श्याम की रगों में लहू तेज-तेज दौड़ने लगा।

''कहाँ सरकार, वहाँ तो साहब से बढ़कर मोसाहेब लोग पापी थे। उन दिनों प्रेमनगर का बंगटू साहू उनका खास मोसाहेब था।'' कमली के मरते ही उसने कहा—''जल्दी-जल्दी हटाओ इस असगुनियाँ को, कुमार साहब का जसन भंग कर दिया, हम दूसरा इन्तजाम करते हैं।'' हमलोगों को तो हुजूर काटो तो खून नहीं, कौन-सा इन्तजाम होगा। सोच-सोच के परेशान हो रहे थे। मुदा बंगटू साहू भी एक ही कलेजा वाला आदमी था, अपनी ही बेटी मनोर को कुमार साहब के पास भेज दिया। श्याम की कनपटियों के पास रक्त ठाठे मारने लगा था मानो भयंकर झंझावात में पड़ा हो, जीभ तालू से चिपक गयी, चेहरा सफेद पड़ गया। लग रहा था उसे जैसे वह दूर से आती आवाज सुन रहा हो।

''क्या बात है श्याम, तुम्हारी तबीयत कुछ सुस्त लग रही है, चलो उठा जाये। इस बैरे ने कुमार साहब की कहानियाँ सुनाकर मेरा भी मन खट्टा कर दिया है। हर महल के नीचे एक-न-एक कहानी दफन है। खूबसूरती के पीछे कैसी-कैसी भयंकर घटनाओं का जाल है...।'' कमिश्नर साहब उठकर हाथ धोने लगे। लग रहा था श्याम भरे बाजार में बड़ी क्रूरता से नंगा किया जा रहा हो। सभी व्यंग्य से उसकी ओर देख मुस्कुराते हुए निकलते जा रहे हो बंगटू साहू का पौत्र, श्याम...। प्रतिहिंसा से भरा हुआ श्याम यह सोच-सोचकर सन्तुष्ट होता कि अदना-सा भट्ठी वाले खानदान का, महाराज के मोसाहेब का वंशज श्याम जिलाधिकारी है और रियासत का राजकुमार उसे सर कहता है और उन्हीं सन्तुष्ट क्षणों में कभी राजमहल में भोज की स्वीकृति दे दी थी।

''देखो मैं तैयार हो गयी, अरे तुमने ये क्या पहन लिया है मात्र एक साधारण शर्ट और पैण्ट?'' गहरे लाल बनारसी में सजी पत्नी सीमा सामने खड़ी थी।

''क्यों, क्या इस ड्रेस से मैं जिलाधिकारी नहीं रहूँगा?'' भवें टेढ़ी कर पूछा श्याम ने।

"तुमने तो बात को ही बदल दिया, मैं तो वैसे ही कह रही थी। एक तो इतनी बड़ी पार्टी है। दूसरे राजमहल में है इसी से कह रही थी।" उदास होती हुई सीमा ने कहा।

"हूँ ऽ ऽ ऽ ठीक है चलो।" श्याम के मन को यह बिलकुल नहीं भा रहा था कि सीमा इतना सज-धज कर जाये। वैसे सीमा को सजकर रहने का कोई शौक नहीं था। वो तो श्याम ही था जो अकसर उसे अच्छी तरह रहने को प्रेरित करता।

पार्टी में बहुत सारे लोग आये थे लेकिन केन्द्र-बिन्दु तो श्याम ही था। कुमार श्रीवत्स बिछा-बिछा जा रहा था। उसकी पत्नी सीमा के पास बैठी थी। और छोटी राजमाता कमिश्नर साहब की पत्नी श्रीमती सक्सेना के पास। यह बड़ा-सा आयताकार हाल था, वैभव के पुराने निशान मिट चुके थे। ऊँची-ऊँची दीवारों पर बड़े-बड़े फ्रेम में चित्र लगे थे भूतपूर्व राजाओं के। झाड़-फानूस अपने स्थान पर थे धूमिल-गन्दले, अब रख-रखाव कहाँ होता था कि चमकते। श्याम बड़ा हल्का महसूस कर रहा था। उसके मन में आश्वस्ति का भाव था। कोपरकोट में चलने वाली महारानी आज बंगटू साहू के पोते के साथ बैठी है, कृपाकांक्षी है। शरबत और जूस का दौर समाप्त हो गया था, सूप चलाया जा रहा था।

"अच्छा साहबानो, यह वही हाल है जहाँ महाराज साहब के सामने बड़े-बड़े कलाकार अपनी कला का मर्म समझा चुके हैं, नर्तकियों की रून-झुन अभी भी फिजाओं में तैर रही है। इस हॉल का ट्रेडीशन है एक-से-एक नायाब आर्टिस्ट लाने का। सुनने में आया है मैडम सीमा आई मीन मिसेज श्याम साहू बहुत अच्छा गाती हैं। मैं यहाँ बैठे सभी साहबानों की ओर से उनसे अनुरोध करता हूँ कि वे गाएँ कुछ।" बिलकुल परम्परागत अदा में कुमार श्रीवत्स बोलने लगा।

"हीयर-हीयर!" कमिश्नर प्रसन्न होकर ताली बजा उठे। सीमा शरमाई-सी श्याम की ओर देखने लगी। श्याम की आँखों के सामने कई लहरें आयीं और गयीं। सीमा अकसर पार्टियों में गाती रही है। गाती भी बहुत नायाब थी। सीमा गाने को राजी हो गयी थी।

"यहाँ बैठिए मैडम यहाँ!" एक कुर्सी हाल के बीच में लगा दी कुमार ने।

"बीच में बैठने से सब ठीक से सुन सकेंगे।" श्याम कुछ न देख रहा था न सुन रहा था। सीमा ने आलाप लेकर गाना शुरू कर दिया था। मुस्कुराते हुए कुमार श्रीवत्स का सूट-बूट से सजा सम्पूर्ण व्यक्तित्व तिरोहित हो गया। श्याम के सामने वहाँ खड़ा था एक मदालस चिकना, घोर कामी कुमार रेशमी अचकन में हीरे के झलमलाते कुण्डल में वारी जाता हुआ। कुर्सी पर बैठी बनारसी साड़ी में सजी सुन्दरी सीमा के गरिमामय रूप के ऊपर छा गयी गाने वाली वारांगना की आकृति-कुटिल, सुमोहिनी। सारे बैठे हुए अफसर, नगर के गणमान्य अतिथि दरबारी के रूप में दीख रहे थे, अदाओं पर वाह-वाही करते, लारें लपकाते। श्याम की कनपटियों पर रक्त बजने लगा। उसे होश न रहा कि वह कहाँ है, कौन है।

"ओह, इस कुटिल कुमार ने इसीलिए बुलाया था हमें कि अपनी औकात दिखाये, हमारी असलियत याद दिलाये?" सोच रहा था श्याम।

"सीमा ऽ ऽ चुप करो!" एक बार वह दहाड़ उठा। आगे बढ़कर जोर का चाँटा जड़ दिया पत्नी के गोरे खूबसूरत गाल पर। हाथ पकड़कर खींचता हुआ हॉल से तेजी से निकल पड़ा। सारे लोग सन्नाटे में आ गये। कुमार हतवाक्-सा खड़ा रह गया। सीमा कुछ समझ ही न पायी। उसे लगा वह पूरा-का-पूरा बिल्लौरी फानूस गिरकर टूट गया है, किर्च-किर्च बिखर गया है और उस पर उसे लहूलुहान घसीटे लिये जा रहा है श्याम। और श्याम? बंगटू साहब के मोसाहबियत की लाश खींचे चला जा रहा था मानो। लाश, जो मुर्दे में अवस्थित बेताल की तरह चिपकी थी उसके कन्धों से। और वह विवश विक्रमादित्य उसे बार-बार वृक्ष से उतार लाता है।

❑

घर से घर तक

वह एक सामान्य सुहावनी भोर थी। आशा की ट्रेन गया रेलवे स्टेशन पर रुकी खड़ी थी। अपने अन्दरूनी उत्साह में आशा भाव-विभोर थी। दिल्ली के टिकट-घर की धक्कम-पेल में भी वह टिकट के बारे में साथ खड़े सहयोगियों से पूछना न भूली। यह पूछना उसने अच्छा समझा कि कौन-सी गाड़ी से गया जाना ठीक रहेगा और किस क्लास का टिकट सुविधाजनक रहेगा। "आपको यदि दृश्य देखने हों तो सेकेण्ड क्लास की स्लीपर में जाइए। ए.सी. सुविधाजनक तो है पर बन्द रहता है।" एक किशोर छात्र ने सलाह दी। आशा ने उसकी सलाह मानी। स्त्रियों के लिए टिकट की पंक्ति छोटी थी सो उसने उसकी टिकट भी ले ली। वह अब उसके साथ था।

"आप कितने दिनों बाद भारत आयी हैं?" पूछा उसने।

"सवा सौ साल बाद।"

"क्या?" वह हैरत में आ गया।

"हाँ मेरे आजा-आजी सवा सौ साल पहले भारत से मजूर बनकर गुयाना गये थे। मैं आज पहली हूँ जो लौटकर अपनी भूमि पर पैर रख रही हूँ।"

"ओ हो, अब समझा आप हिन्दी अच्छी बोल लेती है।"

"मैंने हिन्दी में बी.ए. ऑनर्स किया है। घरों में लोग मिली-जुली भाषा बोलते हैं।"

"आप यहाँ किसलिए आयी हैं, क्या टूरिस्ट बनकर?"

“नहीं, मैं एक कोर्स करने आयी हूँ। लेकिन सच पूछो तो मैं अपने पुरखों का घर देखने आयी हूँ।”

“भारत आपको कैसा लगा?”

“अच्छा, बहुत अच्छा।”

“अच्छा?” किशोर हैरत से देखता रहा।

“यहाँ मैं घुल-मिल गयी। मेरी सूरत-शक्ल अलहदा नहीं है। मैं यहाँ की आम भीड़ का हिस्सा हूँ ऐसा लगना मेरे लिए कितना सुखकर है तुम नहीं समझोगे। क्या मैं तुम्हें तुम कह सकती हूँ क्योंकि तुम मुझसे छोटे हो।”

“बिलकुल, मैं यह कहने ही वाला था मैं आपको दीदी कहना चाहता हूँ। वैसे आपका नाम क्या है।”

“मेरा नाम आशा है, आशा रामरूप। तुम्हारा क्या नाम है? तुम अपने बारे में बताओ।”

“मेरा नाम सुधीर कुमार है। मैं दिल्ली में पढ़ता हूँ। गाँव से गया, फिर दिल्ली; यही मेरी यात्रा है।”

“तुम्हारे पिता-माता गाँव में हैं?”

“हाँ, गाँव में हैं, थोड़ी जमीन है खेती करते हैं। आप गया देखकर लौट जाएँगी?”

“मैं गया और बोधगया के पास अपना गाँव ढूँढूँगी।”

“आपके गाँव का क्या नाम था?”

“कुढ़नी की मुसहरी, शायद तब मुसहरी गाँव का हिस्सा होते हुए भी नहीं होता था। तब लोग छूआछूत मानते थे। एक-दूसरे की छाया से भी दूर रहते थे। आजा बताते थे कि वे निर्धन मजूर थे और अछूत भी।”

“ओह!” सुधीर ने भर आँख देखा आशा को।

“तुम मेरा गाँव ढूँढ़ने में मेरी मदद करोगे?”

“करूँगा, जरूर करूँगा।” कुढ़नी फल्गू नदी का तटवर्ती गाँव है, आजकल उसकी मुसहरी में कुछ ज्यादा ही हलचल है। मुसहर औरतें खासकर किसी एन.जी.ओ. की मदद से रेतों पर वृक्षारोपण कर रही हैं। पूरा क्षेत्र हरा-भरा हो रहा है। सुधीर मन ही मन खुश हुआ कि आशा दीदी जब अपने गाँव जाएँगी तब प्रसन्न होएँगी। गाँव के घर फूस के हैं परन्तु अब स्त्रियाँ फटेहाल

नहीं, पुरुष मात्र कौपीन पहनकर नहीं रहते। अन्तर्राष्ट्रीय पहनावा शर्ट और पैण्ट पहनते हैं। हल और कुदाल चलाते वक्त हाफ पैण्ट पहनते और सर पर लाल गमछा बाँधते हैं। स्त्रियाँ मूँगा-मनके के साथ रोल्ड गोल्ड के बाली-झुमके लटकाती हैं। एकदम से आधुनिक हो गयी हैं। इनकी पुरानी आदत अब भी बरकरार है कि जो कुछ भी कमाती हैं उसे खर्च कर देती हैं। रोज सालन-मछली और चावल खाती हैं। संग्रह नहीं कर पातीं। संग्रह करना इनकी फितरत में नहीं। शायद आशा दीदी यह जानकर भी खुश होंगी कि एक मुशहरी की भगवतिया एम.पी. हो गयी। वे भगवती देवी कहलाने लगीं। लेकिन, यह तो कुछ भी नहीं है, सिक्के का एक पहलू भी नहीं। ज्यादातर मुसहरियों के बच्चे-बूढ़े जवान औरतें पिचकी अल्यूमिनियम की थाली-कटोरे में घटैये (सूअर) के मांस के लिए लड़ते दीखते हैं। मजूरी से आज की दो जून की खुराक नहीं जुटती, लोग आज भी शहरी स्लम के वासी होने को मजबूर हैं। जिस गाँव में स्वयं सहायता समूह का पदार्पण हो गया है वहाँ की स्थिति थोड़ी बदलने लगी है।

"तुम्हारा गाँव किस तरफ है?"

"कुढ़नी के पास है, मेरे गाँव के रास्ते ही आप कुढ़नी पहुँचेंगी। आपने कहीं ठहरने के लिए जगह पहले से बुक कराया है?"

"लोगों ने बताया कि बोधगया में कई होटल और गेस्टहाउस हैं। उन्हीं में ठहरूँगी, यह कोई कठिन काम तो नहीं है?"

"नहीं, आजकल ऑफ सीजन है। मैं रुकने में मदद करूँगा। मेरा गाँव बोधगया में है। बिलकुल सीमावर्ती गाँव है।"

"शुक्रिया, धन्यवाद, थैंक्यू!"

"अरे-अरे दीदी, बहुत हो गया।" हँसने लगा सुधीर।

"अपने यहाँ धान खूब होता है?"

"धान? हाँ धान होता है, खूब नहीं।"

"और क्या-क्या होता है? आजा-आजी कहते थे कि जब सूखा पड़ता था तब जंगल के पत्ते खाते थे। अब तो वैसी बात नहीं? हरित क्रान्ति का जमाना है।"

"गेहूँ, मकई, अरहर और महुए की खेती नहर किनारे होती है। रेत पर

सब्जियाँ और मौसमी फल बहुतायत से होता है। लेकिन यह सब जमीनवालों के लिए नफे का सौदा है। मजदूर आज भी मजदूर हैं। खेती करते हैं, ठेले चलाकर फल-सब्जी बेचते हैं। मजदूरी पर्याप्त नहीं मिलती तो लड़ना सीख गये हैं।''

''ये तो अच्छी बात है, मुँह में जबान तो आयी। वरना अन्याय के खिलाफ आवाज ही नहीं उठा पाते थे।''

''आवाज उठाने-भर से कुछ नहीं होता है दीदी, अभी राह का पता नहीं।''

''देश आजाद हुआ, प्रजातन्त्र चल रहा है यही क्या कम है?''

''कम-से-कम हम विश्वास नहीं करते। बहुत हुआ कम-से-कम में गुजारा करने का सिद्धान्त-पालन करना। हमें वह सब कुछ चाहिए जो हमारे पुरखों से दूर रखे गये।''

''क्या सब?'' ''हमें गाय भी चाहिए और उसका दूध भी, मरी गाय और उसकी खाल नहीं। गाय हमारी भी माता है, पर गूँगी माता। हमें उसका दूध चाहिए, हाँ दूध।'' सुधीर आवेश में आ गया था।

''किसने मना किया है तुम्हें गाय का दूध पीने से? कानून ने तो नहीं?''

''हमारी गरीबी ने, हमारे सामन्ती समाज ने।'' सुधीर अब भी उत्तेजित था।

''तुमने स्कूल पास किया, कॉलेज में पढ़ते हो, क्या गाय अब भी खालते हो?''

''नहीं, न तो खालते हैं न किसी की हिम्मत है कि खालने को मजबूर करे।''

''यह है न परिवर्तन। कोई तुम्हें मजबूर नहीं कर सकता।''

''लेकिन कई जगह मजबूर करते हैं। कई जगह मजदूरी करने खेत में जाने को कहा जाता है, शर्त अपनी लगाते हैं। तब लड़ाई होती है। मारकाट की नौबत आ जाती है।''

''तुम्हें यह अच्छा लगता है?''

''नहीं, मेरा परिवार सुन्दरानी जी के सर्वोदय आश्रम का कार्यकर्ता है। हमारी बात अलग हैं। तभी तो हम अलग किस्म के हैं। लेकिन अब भी अकाल पड़ने पर पत्ते उबालकर खाने की नौबत है।''

''ऐसा है क्या?''

''बिलकुल है। सरकारी व्यवस्था बेहद लचर है। सहायता आने तक भूखों

मरने की नौबत आती है अकसर।" यह सब सुनकर आशा सोच में डूब गयी। दोनों चुपचाप बैठे रहे ट्रेन में तब तक, जब कि खाना न आ गया। रेलवे कैण्टीन का वेजिटेरियन खाना था। ट्रेन में लगभग मौन रहकर खाया।

"आपको खाना अच्छा लगा।"

"बहुत अच्छा। यही खाना हम खाते हैं। भात, रोटी, दाल और सब्जी। हमने वहाँ अपना गया बना रखा है।"

"दीदी अभी सो जाइए। कल सुबह चार बजे जग जाना ताकि खिड़की से खेत देख सको। अभी खेतों में सरसों फूल रही है, गेहूँ के पौधे बित्ते भर के हो गये। आम और लीचियों के बौर आये हैं। चार बजे हम बिहार की सीमा में पहुँच चुके होंगे।"

"ठीक है मिस्टर गाइड, मैं सो जाती हूँ।" दोनों ने अपनी चादरें फैलायीं और सो गये। नींद बहुत देर में आयी और जल्दी खुल गयी। समय का उलट होना भी एक कारण था। चादर पूरे शरीर पर लपेटकर बैठ गयी आशा। ठण्डक की हवा में। आँखें फोड़-फोड़कर बाहर के दृश्य को कैद करने लगी—मानो। धीरे-धीरे भूरी रात का साया मद्धिम पड़ने लगा। भोर सुहावनी थी। गाड़ी स्टेशन पर आ लगी थी। दोनों ने अपने झोले उठाये, प्लेटफार्म पर आ गये। आशा एक आम बिहारी लड़की की तरह दिख रही थी, सूती छींटदार सलवार कुरती और चुन्नी, कन्धे पर कटे केश, नाक की सीध में छोटी-सी कत्थई बिन्दियाँ, एक कलाई में शीशे का कड़ा दूसरे में घड़ी, पूरी बिहारी। चारों ओर कुली दौड़ पड़े। इनके पास कोई सामान न था। ये सीधे बस-स्टैण्ड पर पहुँचे।

"बोधगया चलना है न, पहले मैं आपको ठहरा दूँ फिर गाँव जाऊँ। गाँव से आऊँगा और आपको सब कुछ दिखलाऊँगा।"

"जैसी तुम्हारी इच्छा।" आशा ने सुधीर पर अपना कार्यक्रम छोड़ दिया था। दूसरे दिन की रात वाली गाड़ी से दिल्ली लौटना था, तीसरे दिन आधी रात के बाद अपने घर लौटने का टिकट था। यह सुधीर को पता था। सुधीर ने अपेक्षाकृत खाली बस देखी, आशा को बिठाया, अपने लिए सीट रखा। स्टेट बस की टिकट ले आया। बस खुलने में पन्द्रह मिनट की देर थी। सुधीर चाय ले आया। मिट्टी के सकोरों में चाय। वैसे कई चाय वाले प्लास्टिक के कप इस्तेमाल करने लगे हैं।

"वाह, क्या खुशबू है!"

"सोंधी खुशबू।"

"माटी की महक।"—आशा भाव विभोर हो उठी। सुधीर ने देखा, दीदी की आँखें भर आयी हैं।

"यह जो कोने पर चाय वाला है, इसी से मैं चाय लेता हूँ। अच्छी बनाता है।" आशा ने देखा धरती से उगा हुआ-सा कोयले का चूल्हा, चाय उबल रही थी। उसे स्वयं का गाँव जो निकेरी के डेल्टा पर बसा था याद आया। धरती पर उठे-से मिट्टी के चूल्हे और लकड़ी का ईंधन सहज सुलभ है वहाँ। शहर पारामारिबाँ आने के बाद गैस स्टोव देखा उनकी माँ ने, गाँव, कस्बा और शहर का यही कर्म है। यह विश्वव्यापी है, ग्लोबल। शायद।

मुश्किल से पन्द्रह मिनट में बोधगया पहुँच गये, रास्ते में काले पत्थर के ढोंके, काली जुती हुई मिट्टी, तोड़ी (सरसों) का खेत, विरल जंगलात और नवीन स्थापत्य के कुछ नमूने देखने को मिले। बोधगया में एक सस्ता किन्तु साफ-सुथरा होटल चुनकर टिका दिया सुधीर ने।

"आप फ्रैश होकर खा-पी लें, खाना यहाँ मिलता है, फिर हम अगली योजना बनाएँगे।" आशा को उलझी-सी देखकर कहा, "ऐसे क्या देख रही हैं, मैं दो घण्टों में लौटता हूँ, वो देखिए खिड़की से बाहर, वही तो मेरा गाँव है।" फूस और खपड़ों के छाये छतों वाले गाँव दिखाकर कहा सुधीर ने।

"ठीक है।"

"ठीक नहीं है, आपके पास रुपये हैं न। मेरा मतलब डॉलर मत निकालिए किसी के सामने। मैंने आपका परिचय दिया है कि आप हमारे कॉलेज की टीचर हैं विदेशी नहीं, वरना लूट मचा देंगे।"

"मेरे पास रुपये हैं।" हँस पड़ी आशा। कैसा सचमुच का भाई है। सुधीर चला गया। आशा बाथरूम में नहाते-नहाते सोचती रही। उसके दो भाई गरीबी के कारण पढ़ नहीं सके। उन्हें हॉलैण्ड जाकर डेक पर मजदूरी करनी पड़ी। धीरे-धीरे वे ठेकेदार हो गये और कुछ अधिक पैसे कमाने लगे। माई भी शहर आकर काम करने लगी। माई ने भाई को पैसे भेजने शुरू किये और शर्त लगायी कि कम-से-कम आशा को पढ़ाये। अँग्रेजी और हिन्दी। आह, मेरे भाई, खुद नहीं पढ़ा बहन को पढ़ाने की शर्त लगायी। सुधीर भी वैसा ही है

बिलकुल भारतीय भाई। नहाकर निकली तो सोचा सुधीर के आने पर वह किसी बूथ पर जाकर फोन कर लेगी। अपने भाइयों से बात करेगी। वह अपनी काली माटी की जमीन पर खड़ी होकर बातें कर रही है। उसकी बायीं बाजू में फल्गू का विस्तार है। दायीं ओर निरंजना की क्षीण धारा बह रही है। बालों में कंघा कर रही थी कि बेयरे ने खाना लगा दिया। उसने पेट भर खाया और बिस्तरे पर लेट गयी। आँखें मूँद सोने की मुद्रा में आ गयी। मन:प्राण पूर्णतया जागृत था पर आँखें झपक रही थीं। सुधीर के दरवाजे थपथपाने से नींद उचटी।

"अच्छा, खूब रही, आप तो सो गयीं। मैं भागता ही रहा।"

"तुम सुबह तक ट्रेन में खर्राटे ले रहे थे, मैं देर से जगी थी।"

"हाँ तो चलिए बाहर, मैं आपको बोधगया घुमाऊँ। देश-विदेश से लोग यहाँ आते हैं।"

"सबसे पहले किसी बूथ पर ले चलो, मैं भाई और माई से बातें कर लूँ।"

"चलिए!" दोनों निकट के बूथ पर पहुँचे। भाई तो यह सुनकर खुशी से रो पड़ा। उसने कहा कि उसे पता है उसकी मातृभूमि कितनी अहमियत रखती है। सारे हिन्दू मरने के बाद वहीं तो जाते हैं। उसने बहन से कहा कि गया जाकर पितरों को पिण्ड देकर आये। अम्मा ने कहा कि—"हाँ, पण्डा को अपने दान-दक्षिणा से मतलब है आज्ञा देंगे जरूर। फिर मेरी जानकारी में हिन्दू धर्म में स्त्री को यह सब अधिकार है।" कल के लिए आज ही बात कर हम सुबह-सुबह पिण्ड दान करें, फिर दोपहर बाद आपकी मुसहरी जाएँगे।" सुधीर ने आशा का कार्यक्रम तय किया।

"जैसा तुम समझो"—सबसे पहले महाबोधि मन्दिर की ओर आशा को लेकर गया सुधीर।

"मुझे बताने दो मैं क्या-क्या अन्दाजा लगा सकती हूँ।"

"सामने जो कुछ है वही सच है, अन्दाजा लगाना क्यों?" सुधीर था।

"अरे यार, इतिहास में जो पढ़ा उसके अनुसार लगा रही हूँ।"

"चलिए लगाइए।"

यूँ घूमते रहे, अन्दाज से आशा ने लगभग सब कुछ ठीक पहचाना—बोधिवृक्ष, चक्रम पथ, जलाशय और समाधि स्थल। थोड़ी देर बाद विभिन्न

देशों के मन्दिरों को उसके आधुनिक स्थापत्य और साज-सज्जा को भी देखा। घूमते-घूमते थक गयी आशा। साँझ ढल आयी थी। दोनों ने बैठकर ढाबे में चाय-नाश्ता किया।

"आपको अपने घर ले जाना चाहता था पर अब मुझे अभी गया जाकर आपके पुरखों के श्राद्ध का इन्तजाम करना है, अब आप होटल चलिए।"

सुधीर ने कहा। ढेर सारी स्थानीय दर्शनीय स्थलों की पुस्तिकाएँ ले ली थीं आशा ने। होटल के कमरे में बैठी-बैठी पढ़ने लगी। सुधीर चला गया। सुधीर के लौटने में दो घण्टे लग गये। उसके हाथों में कुछ सामान था।

"यह श्राद्ध का सामान कल के लिए। हमें चार बजे चल देना है।"

"तुमने क्यों खरीदे?"

"घबराइए नहीं, मैं आपसे अभी रुपये लेता हूँ। एक तो मैं इतना बड़ा सेठ नहीं कि आपको मुफ्त सामान ला दूँ, दूसरे श्राद्ध आपके पितरों का होगा आपका पैसा लगना चाहिए वरना वहाँ रिजेक्ट हो जाएगा।" ऊपर उँगली उठाकर सुधीर ने कहा। आशा को हँसी आ गयी।

सुधीर की मदद से आशा ने श्राद्ध सम्पन्न किया फल्गू किनारे, मन्दिर में जहाँ-जहाँ विहित है। शायद अब अछूतों से कोई परहेज नहीं है पण्डों को। शायद प्रेत कार्य में कभी न रहा हो। आशा पूरे क्रियाकलाप से सन्तुष्ट दिखी। एक अहम काम हो गया। शरीर में स्फूर्ति-सी आ गयी, रोमांच का अनुभव हुआ। आज सात समन्दर पार से अपनी भूमि पर आ गये ऐसा आभास हुआ। आजा-आ, बूढ़े आजा-आ, नाना-ना सकल परिवार। आहा कितना गुरुतर कार्य किया आशा ने। उसे लगा उसके कन्धे थोड़े ऊँचे हो गये हैं। उसके सिर के चारों ओर जरूर प्रभामण्डल निर्मित हो गया है। कम-से-कम अपने आप में ऐसा ही अनुभव कर रही थी आशा।

"दीदी आप खाना खाइए, मैं घर से आता हूँ, फिर गाँव चलेंगे।" कहकर तेजी से चला गया सुधीर। आशा ने खाना खाया और प्रतीक्षा करने लगी। अपने गाँव जाएगी, माई ने कहा था, थोड़ी मिट्टी खुरचकर ले आना जमीन की, वह लेगी। अपनी मुसहरी की स्त्रियों से चन्द बातें करेगी और लौट आएगी। समय मिला तो सुधीर के घर जाएगी।

सुधीर अपने घर पहुँचा ही था कि यह खबर तेजी से फैल गयी कि साम्हो

गाँव के लोग अपने किसी सम्मानित बुजुर्ग का दाह-संस्कार करके फल्गू से लौट रहे थे कि जीप-गाड़ियों पर हल्ला बोलकर सात लाशें गिरा दीं। यह सब कुढ़नी-मुसहरी के पास हुआ। सुधीर का हलक सूख गया। यह क्या हुआ, इधर काफी दिनों से सब शान्त था। क्या तूफान के पहले की शान्ति थी? अब क्या होगा? अपने गाँव में ऐसा क्यों करेंगे मुसहरी के लोग? लेकिन हुआ तो यहीं। यह खुशहाल होता गाँव! इन्दिरा विकास के तहत बनी पक्की दीवारों और फूस की छत वाले घर में रहनेवाले पर्यावरण के कार्यकर्त्ता ऐसा कर सकते हैं क्या? नहीं, जरूर वहाँ घात लगाकर बैठे जहानाबाद के अपराधी या बदला लेने को तत्पर जनों का काम होगा। पर स्थान तो वही है। पुलिस लाशें उठाकर ले गयी। पुरुष पकड़कर थाने ले जाये गये। गाँव में मरघट की शान्ति है। सुधीर ने अपने एक मित्र से मोटरसाइकिल माँगी और आशा को लेकर गाँव की ओर चला। आशा से कुछ न कहा। फल्गू की रेत पार करते ही देखा आग के बड़े-बड़े गोले उड़-उड़कर मुसहरी की ओर आ रहे हैं, मिनटों में गाँव धू-धू कर जलने लगा। आशा ने सुधीर की ओर देखा। आँखें प्रश्नवाचक थीं।

"कल रात इस गाँव में कुछ राहगीरों का कत्ल हो गया। वे उच्च जाति वर्ग के थे। शायद उन्हीं की ओर से यह तोहफा है आग का गोला।" बायीं बाजू में स्त्रियाँ बच्चों के साथ खड़ी थीं, भीड़ की शक्ल में।

"आप लोग?" आशा थी।

"हम इसी मुसहरी के हैं। यही होगा जानती थीं सो बच्चों को लेकर निकल आयीं। पर सब कुछ भसम हो गया।" अधेड़ औरत रोने लगी।

इनके देखते-देखते सबकुछ राख हो गया। आशा ठगी-सी देखती रही। क्या कहे इनसे कि सात समन्दर पार से लाल मिट्टी वाली जमीन के घर से इस काली मिट्टी के घर तक आयी यह इनकी बिछुड़ी बहन है, सदियाँ पार कर आयी है। क्या एक मुट्ठी पुरखों के पसीने से सनी मिट्टी मिलेगी? या कि खून सनी राख!

□□□